Die Neun m

Albertus T. Dudley

Writat

Diese Ausgabe erschien im Jahr 2023

ISBN: 9789359257525

Herausgegeben von
Writat
E-Mail: info@writat.com

Inhalt

VORWORT

DIE herzliche Aufnahme, die „FOLLOWING THE BALL" von jungen Lesern und Eltern – beide scharfe Kritiker, wenn auch von sehr unterschiedlichen Standpunkten – erhalten hat, hat zum Schreiben dieser zweiten Geschichte geführt, in der Baseball eine ausreichend wichtige Rolle spielt, um den Titel zu suggerieren.

Das Ziel des Autors bestand jeweils darin, eine lesbare Geschichte zu schreiben, die dem Leben einer eindeutig amerikanischen Schule entspricht, der Leichtathletik in ihrem besseren Geist und Charakter treu bleibt und ein männliches und vernünftiges Ideal lehrt – nicht predigt. Wenn ihm dies nicht gelungen ist, kann das Scheitern sicherlich nicht auf mangelnde Erfahrung mit der Leichtathletik oder dem Schulleben oder den Verhaltensweisen von Jungen zurückgeführt werden.

Herzliche Anerkennung für seine fachkundige Beratung zu den technischen Aspekten des Baseballtrainings und -spiels gebührt Dr. Edward H. Nichols aus Boston, der als Spieler, Cheftrainer und Hochschulberater wahrscheinlich mehr zu Harvard-Siegen auf der Raute beigetragen hat als jeder andere ein Mann. Das Stück, das den Höhepunkt des in Kapitel XXVI beschriebenen Spiels markiert, ist ein historisches Stück, das einem Wettbewerb zwischen Yale und Harvard entlehnt ist. Sein Held war Herr George W. Foster, einer der neun Harvard-Champions.

KAPITEL I

EIN UNWILLKOMMENES VORSCHLAG

„ WIE sie schreien! Wo bleibt dein Patriotismus, Phil, in dieser düsteren Menge herumzuhängen, während alle deine Freunde draußen heulen? Wussten Sie nicht, dass Yale das Spiel gewonnen hat? Warum bist du nicht da draußen bei den anderen?"

Philip Poole blickte lächelnd auf, antwortete aber nicht.

„Er tröstet die Betroffenen", sagte Dick Melvin, der sich mit Poole den Besitz des Zimmers teilte. „Du willst dich nicht über uns arme Harvard-Leute freuen , oder, Phil? Vielen Dank für Ihr Mitgefühl."

„Das ist nicht der Grund", sagte der Junge nach einer Pause mit dem nüchternen Blick in seinen großen, weit geöffneten Augen, der ihn ernst erscheinen ließ, auch wenn seine Gefühle in die entgegengesetzte Richtung tendierten. „Ich sehe einfach keinen Grund für so einen Krach. Ein Yale-Football-Sieg über Harvard ist ein zu gewöhnliches Ereignis, um sich darüber aufzuregen."

Der Chor aus Schreien und Stöhnen, der diese Erklärung begrüßte, zauberte ein zufriedenes Lächeln auf das Gesicht des Jungen. Er war der Jüngste im Unternehmen, erst im zweiten Jahr bei Seaton; die anderen waren überwiegend Senioren. Als Melvins Zimmergenosse und in gewisser Weise immer noch unter der Obhut des Oberstufenschülers, war Poole ebenso sehr mit den älteren Schülern wie mit seinen eigenen Klassenkameraden verbunden; und die so entwickelte Intimität hatte sowohl dazu gedient, seinen Verstand zu schärfen als auch ihm Übung in der Selbstverteidigung zu geben .

Melvin selbst war noch nicht viel länger in Seaton als Phil. Er war zu Beginn des mittleren Jahres eingetreten, ein unbekannter Junge, grün, zuversichtlich, begierig darauf, ein Stipendium zu gewinnen und so seinem Vater einen Teil der Schulkosten zu ersparen. Doch schon bald war er vom Fußball und dem Glamour der Welt des Schulsports fasziniert und hatte es versäumt, seinen Sport den eigentlichen Zielen des Schullebens unterzuordnen. Wie er es in die Elf der Schule schaffte und mit ihr in die Niederlage ging; wie er sein Stipendium verlor; wie die Pflege des jungen Phil, die ihm plötzlich vom Onkel des Jungen angeboten wurde, ihn nüchtern und stabilisierte und es ihm ermöglichte, in der Schule zu bleiben; wie er und John Curtis den langen, harten Kampf kämpften, um ein starkes Team aufzubauen, und schließlich die Konkurrenzschule besiegten – all das wurde bereits in einem anderen Buch erzählt und kann hier nur ganz kurz erwähnt werden. Das große Spiel, das den Höhepunkt des Kampfes markierte, war noch ein junges Ereignis.

„Du hast es nicht so gelassen hingenommen, als Seaton vor zwei Wochen den Sieg errungen hat und dein geliebter Dick den Nachmittag damit verbracht hat, den Ball über den Hillbury zu kicken Torpfosten", sagte Varrell , ein großer, ruhiger Junge mit scharfen, unruhigen Augen, die das Gespräch von Angesicht zu Angesicht verfolgten.

„Das ist etwas anderes", antwortete Poole. „Ich bin der Erste für Seaton und dann für Yale. Das College kann warten, bis ich dort ankomme – und das wird noch lange dauern", fügte er reumütig hinzu, „wenn das, was mir heute im Algebra-Kurs gesagt wurde, wahr ist."

Die anderen lachten herablassend, wie es sich für diejenigen gehörte, die auf ihren vorläufigen Zeugnissen „Punkte" vorzuweisen hatten und Cæsar und Algebra nur als entwachsene Bekannte kannten – Freunde, die sie nie gewesen waren.

„Er spielt aus", sagte Todd misstrauisch. „Ich bezweifle nicht, dass er bei seiner letzten Prüfung ein ‚A' bekommen hat."

Für ein Mitglied der Gruppe nahm das Gespräch eine unangenehme Wendung. John Curtis sprach ebenso unwillig über Prüfungen oder den Eintritt ins College wie die Familie eines Sträflings über Gefängnisdisziplin. John war Kapitän der Football-Mannschaft gewesen, ein Spieler mit Rekord, der bereits von College-Komitees auf der Suche nach gutem Material für die Elf der Universitäten umworben wurde. Der Ruhm des Sieges ruhte immer noch voll und strahlend auf ihm, aber weder die Bewunderung seiner Kameraden noch sein eigenes Erfolgsbewusstsein konnten ihn dafür wettmachen, dass er bei den letzten College-Prüfungen nicht für die Vorprüfungen empfohlen wurde und dass er derzeit eine düstere Aussicht hat.

„Mal sehen, was sie draußen im Hof machen", sagte er abrupt und hob seine zweihundert Pfund von einem knarrenden Stuhl.

Knall, Knall, Knall, Knall! ging ein schwerer Gegenstand die Treppe hinunter. Melvin riss die Tür rechtzeitig auf, um am Ende des Korridors das Geräusch von Schritten und das Zuschlagen von zwei oder drei Türen zu hören.

„Das Ding muss aufhören, hörst du?" Er schrie in die Richtung, aus der das Geräusch gekommen war.

Der Korridor war still. Niemand antwortete; niemand erschien. Doch hinter den Ritzen der geöffneten Türen erklang ein leises Kichern , das der

Aufseher eher vermutete als hörte. Aus einer Tür am Ende tauchte ein unschuldiger Kopf auf, der mit einem grünen Schirm geschmückt war.

„Wen brüllst du überhaupt an? Ein Kerl kann an diesem Ort nicht studieren, egal wie sehr er es versucht. Zuerst feuert ein Trottel unten eine Bowlingkugel ab, und dann bringt der Monitor mit seinen Apache-Geschreien Ihr Blut zum Fließen. Ich würde lieber den Ball hören, ein schöner Anblick. Es ist nicht so anstrengend für die Nerven."

„Sagen Sie diesen Kerlen, sie sollen sofort damit aufhören, oder ich werde jeden einzelnen von ihnen anzeigen."

„Sag es ihnen selbst!" erwiderte der grüne Farbton; „Ich bin nicht ihre Großmutter."

In Nummer 9 brüllte die Gesellschaft vor Gelächter. „Für die armen Kerle in diesem Saal gibt es keinen Spaß mehr, seit Dick darüber hinweggesetzt wurde", sagte Curtis.

„Nein, er nimmt seine Pflichten ernst", kommentierte Todd. „Was haben Sie mit ihnen gemacht, Herr Monitor", fragte er, als der Beamte zurückkam, „ sie auf Bewährung zu setzen?"

„Habe sie gewarnt", antwortete Melvin mit ungestörter guter Laune.

„Mit wem haben Sie gearbeitet?"

„Tompkins."

"Was!" rief Curtis, „dieser wild aussehende, struppige Mann aus Butte, der aussieht, als wäre er gerade aus der Menagerie entkommen?"

„Das ist es", antwortete Dick; „Obwohl er gar nicht so schlimm ist. Er ist ein bisschen verrückt, das gebe ich zu."

„Es ist nicht so ein Freak, wie er aussieht", sagte Todd. „Du hättest sehen sollen, wie er unten bei Morrison den Safe öffnete. Sie hatten die Zahlenkombination verloren, und die Angestellten hatten den ganzen Vormittag herumgeraten, herumgedreht und am Knopf gezogen. Dann kam dieser Tompkins herein und versuchte es. Er hatte die Tür in zwei Minuten geöffnet. Ich habe einfach an der Schleuse gelauscht, bis er das richtige Geräusch gehört hat."

„Könnte keine große Sperre gewesen sein", sagte Curtis. "Aufleuchten; Mal sehen, was draußen los ist."

Der große Kerl ging pfeifend die Treppe hinunter, gefolgt von Todd und Poole. Varrell und Dickinson, der Läufer, blieben immer noch zurück, letzterer war durch die Verstauchung, die er sich bei dem großen Spiel zugezogen hatte, zu sehr außer Gefecht gesetzt, um unnötige Bewegungen auszuführen, ersterer offenbar desinteressiert. Die Harvard-Sympathisanten hatten sich versammelt, und um zahlenmäßig auszugleichen, was ihnen an gerechter Sache fehlte, riefen sie über den Hof zur Yale-Band und übertönten Jubelrufe mit noch lauteren Loyalitätsrufen.

„Die Narren!" rief der menschenfeindliche Dickinson aus.

"WHO?" rief Varrell , plötzlich aus Träumerei erwacht.

„Na, diese Kerle da draußen verschwenden ihre Zeit und Kraft mit etwas, das sie überhaupt nichts angeht."

"Oh!" sagte Varrell und sank wieder in seinen Stuhl zurück.

Dickinson und Melvin tauschten einen überraschten Blick. Sie wussten, dass Varrell einmal ernsthafte Probleme mit seinen Ohren hatte und immer noch ein wenig taub war; aber er kam sowohl in der Klasse als auch unter den Jungen so gut zurecht, dass es kaum möglich schien, dass er diese lauten Rufe draußen nicht hören konnte.

Sie saßen noch ein paar Minuten schweigend da und lauschten dem Jubel, der über den Hof hin und her schallte. Bald wurden die Kehlen müde und die Stimmung änderte sich. Während die Enthusiasten mit den Füßen stampften und die Hände in die Taschen vergruben, wurde ihnen langsam bewusst, dass die Novembernacht wirklich kalt war. Sie dachten an warme Räume und noch zu erledigende Arbeiten und machten sich auf den Weg, um Schutz zu suchen. Auf der Treppe war das Trampeln von Schritten zu hören; In den Eingangsbereichen wurden gute Nachtwünsche ausgetauscht und aus den Fenstern gerufen. Dann herrschte wieder die natürliche Ruhe.

„Dick", sagte Dickinson schließlich, „du weißt, dass Saville die Schule verlassen hat."

„Ja, das habe ich gehört", antwortete Melvin. „Er war doch Ihr Streckenmanager, nicht wahr? Wer wird seinen Platz einnehmen?"

„Du", antwortete Dickinson ruhig.

Melvin lachte. „Ich sehe mich in diesem Job."

„Ich meine, was ich sage", fuhr Dickinson fort. „Als ich das Amt des Kapitäns der Leichtathletikmannschaft übernahm, erfolgte dies nur unter der Bedingung, dass ich in geschäftlichen Angelegenheiten keine Probleme haben sollte. Also ernannten sie Saville. Jetzt, wo er weg ist, brauche ich einen anderen Mann, der genauso vertrauenswürdig ist."

„Das ist bloße Schmeichelei", antwortete Dick immer noch im Scherz. „Ich bin ein zu alter Fisch, um an so einem Köder zu knabbern."

Dickinson wurde empört. „Ich bin nicht schmeichelhaft. Ich weiß, wenn Sie die Sache in Angriff nehmen, wird sie gut gemacht sein."

„Aber ich will es nicht", flehte Melvin, endlich ernst. „Es gibt zwanzig Leute, die gerne dienen würden, die es genauso gut machen würden wie ich. Außerdem spiele ich Fußball, und wer hat jemals von einem Fußballspieler gehört, der als Manager fungiert?"

„Ich habe auch gespielt, nicht wahr, aber das entbindet mich nicht von der Kapitänsrolle. Ich bin mir sicher, dass ich genauso gerne aus der Sache herauskommen würde wie du."

„Ein Mann, der ein Viertel in fünfzig Sekunden schaffen kann, kann nicht erwarten, dass er da rauskommt."

„Sagen wir vierzig!" rief Dickinson wütend aus. „Das können Sie auch."

Dick lachte. Nichts erregte Dickinsons Zorn so sicher wie die Annahme, dass er ein hervorragender Läufer sei, dessen Rekorde sich immer weiter nach unten bewegen würden, ohne dass eine bestimmte Grenze in Sicht sei. Diese Sensibilität, die teilweise auf die extreme Bescheidenheit des Jungen zurückzuführen war, teilweise auf seine Angst, solch hohe Erwartungen zu enttäuschen, hatten seine Kameraden mehr als einmal zu ihrer Belustigung genutzt.

„Ich glaube, ich komme ganz raus", sagte der Läufer düster.

„Das geht nicht", sagte Melvin; „Die Schule hat dich nicht zugelassen."

„Dann werde ich dir sagen, was ich tun *werde* ", erklärte Dickinson und schlug mit der Faust auf die Armlehne des Stuhls. „Ich werde darauf bestehen, dass du die Meile noch einmal läufst, wie du es letztes Jahr getan hast."

"Nein Sir!" sagte Melvin und presste die Lippen zusammen.

„Das wirst du tun müssen, wenn ich darauf bestehe. Du spielst kein Baseball und hast im Frühling überhaupt nichts zu tun. Ich kann so viel Druck auf dich ausüben, dass du einfach nicht widerstehen kannst."

Darauf antwortete Melvin nicht sofort, sondern dachte ruhig nach.

„Was denkst du, Wrenn?" sagte Dickinson und wandte sich an Varrell , der stiller Zeuge des Gesprächs gewesen war. „Ist er nicht genau der Mann, der das Vertrauen der Schule genießt? Und als Manager könnte man von ihm nicht erwarten, dass er kandidiert, oder?"

„Natürlich nicht", antwortete Varrell prompt.

„Wirst du dann mein Assistent sein und mir helfen, das Geld einzusammeln?" forderte Melvin und wandte sich an den letzten Redner.

Aber Varrell war nicht leicht zu fassen. „Sie brauchen keinen Assistenten", antwortete er grinsend. „Du bist selbst allem gewachsen. Die Athletic Association würde mich sowieso nicht wählen."

„Seien Sie da nicht zu sicher", bemerkte Dickinson.

Das Trio trennte sich mit noch ungeklärter Frage. „Das war eine großartige Feldherrschaft", sagte sich Dickinson jubelnd, während er die Treppe hinunterhumpelte. „Er hat Todesangst vor dem Meilenlauf. Ich schätze, ich werde ihn landen."

KAPITEL II

AUF DEM EIS

WIE Dickinson vorausgesehen hatte, gab Melvin dem Druck nach, der auf ihn ausgeübt wurde, und ergab sich mit der undankbaren Aufgabe, das Leichtathletikteam zu leiten. Die Wahl fand eine Woche nach Thanksgiving statt und weckte nur verhaltenes Interesse. Angesichts des feinen Eises auf dem Fluss und der nahen Weihnachtsferien hatten nur wenige mehr als einen Gedanken an den fernen Frühling. Sogar die Probleme der Baseball-Saison wurden bisher nur oberflächlich erwähnt. In diesem Jahr herrschte bei Seaton ein allgemeiner Optimismus, der alles mit sich brachte, wie die Fluten des Vertrauens, die manchmal über den Aktienmarkt hinwegfegen. Es machte kaum einen Unterschied, wer Kapitän oder Manager war; dies war Seatons Jahr; Die Teams mussten unbedingt gewinnen. Nur wenige der klügeren Köpfe – vielleicht nicht alle Kapitäne und Manager selbst – waren sich der Gefahr einer solchen Stimmung völlig bewusst.

Erwies sich die Aufgabe des Sportmanagers für Melvin vorerst als Pfründe, so war ein anderes Amt, das ihm plötzlich auferlegt wurde, genau das Gegenteil. Niemand wusste genau, wie die Eishockey-Rivalität begann oder wer sie als Erster entfachte. Es war genau die Art von Wettbewerb, die am wahrscheinlichsten entstehen würde, wenn Jungen aus allen Teilen des Landes zusammenkommen, jeder seiner Heimat und seinem Staat treu, und jeder bereit, sich seiner Überlegenheit zu rühmen und diese Prahlerei mit Zunge und Muskeln zu verteidigen. Dick war kaum zweimal auf dem Eis gewesen, als die Eishockeyspieler begannen, sich in Teams aus New England und Western zusammenzutun. Durch eine natürliche Übereinkunft wurde der Hudson River zur Grenzlinie gemacht – eine ziemlich unfaire Aufteilung, wie sich später herausstellte, denn zu den Neu-Engländern gehörten wesentlich mehr als die Hälfte der Skater. Zunächst war die Rivalität allgemein und unorganisiert; dann wurden die Teams sorgfältiger ausgewählt; Und schließlich, als der Sieg bei diesen verschiedenen Gefechten von Ost nach West schwankte und sich Begeisterung und kämpferischer Patriotismus ausbreiteten, wurde die Schule nach Experten durchsucht, Meisterteams ausgewählt und ein Tag für einen einzigen entscheidenden Wettbewerb festgelegt. Zu seiner Überraschung erfuhr Dick, dass er zum Kapitän der Westmannschaft ernannt wurde.

Sands, der Kapitän der neunten Schule, der in Chicago lebte, überbrachte ihm die Nachricht.

„Wie absurd!" rief Dick entsetzt. „Na ja, ich bin kein Eishockeyspieler. Es muss ein Dutzend Kerle geben, die besser sind als ich."

„Sie denken sowieso, dass Sie der beste Anführer sein werden", entgegnete Sands; „Und da es sonst niemanden gibt, der in Frage kommt, wem die Stipendiaten folgen werden, musst du es einfach annehmen. Wenn ein Mann wie Sie letzten Herbst mit einem Fußball umgeht, soll er zu allem fähig sein. Versuchen Sie es bitte nicht mit der Neun. Man kann seinen guten Ruf nicht ausnutzen, und ich würde es hassen, wenn ich Sie aus dem Kader entlassen müsste."

Sands warf sich auf das Sofa und wartete auf eine Antwort.

„Da besteht keine Gefahr", antwortete Melvin ungerührt. „Ich spiele nicht Ball. Was das Eishockeygeschäft angeht, bin ich durchaus bereit, die Führungsrolle zu übernehmen, vorausgesetzt, dass ich nicht den Anspruch erhebe, ein Crack zu sein."

Er überlegte einen Moment und fuhr dann fort: „Welches Material gibt es? Curtis und Toddy leben nicht in Neuengland. Das gibt uns vier starke Männer als Kern."

„Du bist da draußen", antwortete Sands düster. „Curtis lebt in New York und Todd in Brooklyn, und beide liegen östlich des Hudson."

Melvin sah ernst aus. „Dann sind sie auf der anderen Seite. Das gefällt mir nicht. Ich habe in so vielen harten Kämpfen Seite an Seite mit John Curtis gestanden, dass es wie Verrat erscheint, gegen ihn zu spielen. Ich möchte es wirklich nicht tun."

Sands lachte. „Das bist du überall. Du packst alles Große und Kleine mit tödlichem Ernst an, als würdest du die Schlacht von Gettysburg ganz alleine ausfechten. Dies ist kein Hillbury- Spiel; Es ist eine Art Lerche."

„Oh ja, ich weiß alles über so einen Spaß. Wenn man anfängt, ist es ein Witz; Bevor du durch bist, ist es ein Kampf um Blut."

„Was halten Sie von meinem Fall?" antwortete Sands. „Ich habe einen Bruder in Yale und einen anderen in Harvard, und beide sind im Team."

„Ich habe von ihnen gehört", sagte Melvin. „Wie schaffen sie es, eine Verschrottung zu vermeiden?"

„Sie diskutieren überhaupt nie über College-Angelegenheiten. Wenn ich mit einem zusammen bin, drängt er mich, nach Yale zu gehen; Als der andere mich erwischt, redet er über Harvard; Wenn wir alle zusammen sind, schneiden sie das Thema ab."

Dick meditierte immer noch. Sands versuchte einen anderen Weg.

„Die New Englanders reden groß. Curtis sagt, die Greasers würden sich wünschen, sie wären in der Ebene geblieben, wenn sein Team mit ihnen fertig ist."

„Hat er das wirklich gesagt?" fragte Dick und richtete sich auf.

„Er hat es getan, und Toddy hat Marks gesagt, dass die Amis uns so schnell vom Eis befreien würden, dass man meinen könnte, sie hätten Sapolio benutzt."

„Er muss uns entweder als sandlos oder als mächtig grün betrachten", sagte Dick.

„Und er hat auch mehr als die Hälfte recht", antwortete Sands, „was das Grün betrifft." Es ist eine Sache, mit einem Mob auf die altmodische Art und Weise zu spielen, wie es einem gefällt, und eine ganz andere, ein reguläres Team aus sieben Spielern zu leiten, mit komplizierten Regeln, Heben, Schießen, Bodychecks, Pässen und On-Side-Spielen und Abseitsspiel und alle Tricks des neuen Spiels."

„Ich glaube nicht, dass er uns so einfach finden wird, wie wir aussehen", antwortete Melvin, während er eine Schublade öffnete und ein Blatt Papier herausnahm. „Ich werde das Amt des Kapitäns übernehmen, zumindest vorläufig; und wir werden die Kandidaten noch heute Nachmittag bekannt geben. Ich werde die Mitteilung veröffentlichen, sobald ich sie schreiben kann. Sehen Sie sich alle Kerle an, die Sie finden können. Sagen Sie ihnen, die Amis krähen, und wir werden einen großen Vorstoß und jede Menge Eifer haben. Kennen Sie Eishockeyexperten auf unserer Seite des Flusses?"

„Der einzige Crack, von dem ich gehört habe, ist ein Kerl namens Bosworth, aber er ist auf der anderen Seite."

„Ich bin froh darüber", sagte Melvin; „Ich mag ihn nicht."

Auf den Ruf des Kapitäns hin versammelten sich Dutzende Enthusiasten am Oberlauf des Flusses. Varrell war unter ihnen, und Sands und Burnett und mehrere kräftige Männer, die als Stürmer vielversprechend zu sein schienen, und ein kleiner, drahtiger, dunkelhaariger Kerl aus Minneapolis namens Durand, den Dick sofort als einen zuverlässigen Spieler auf dem Spielfeld erkannte zweite Mannschaft. Die erste Aufgabe bestand darin, herauszufinden, wer gut mit dem Spiel vertraut war und wer einer besonderen Unterweisung bedarf; die zweite Möglichkeit besteht darin, die Erfahrenen dazu zu bringen, die Unerfahrenen zu coachen; Die dritte bestand darin, die Männer in Trupps aufzuteilen, mehrere Spiele in Gang zu bringen und die Arbeit zu beobachten. Schließlich entschied sich der Kapitän für einen Versuch sieben, gab dem Gestrüpp einen zusätzlichen Mann und versuchte es mit einer zehnminütigen Halbzeit.

Der kleine Durand und Varrell , der seine Klassenkameraden als Sportler nie beeindruckt hatte, fanden sich im Gestrüpp wieder. Varrell übernahm den Coverpoint und Durand platzierte sich unter den Stürmern. Der Puck wurde konfrontiert und begann seine unberechenbare, skurrile Reise, wobei er wie ein wildes Ding hin und her, auf und ab schoss. Bevor das Spiel wirklich gut begonnen zu haben schien, geriet das runde Gummistück in Varrells Reichweite und blieb an der Ferse seines Schlägers hängen. Er wirbelte nach rechts, um Barnes auszuweichen, passte zum kleinen Durand, als Melvin ihm den Weg versperrte, nahm Durand den Puck erneut ab, als dieser in seinem Zug gestoppt wurde, und schoss ihn dann mit einem Schwung und einem Schnappschuss hart auf den Ball Beiträge. Der Torwart brachte seine Füße so schnell zusammen, wie er konnte, aber nicht schnell genug; Der Puck war bereits an ihm vorbei und flog kniehoch über das Eis wie eine Schwalbe, die über den Boden streifte.

„Wieder zentriert!" rief Melvin, überrascht und verärgert über die Leichtigkeit, mit der die Sache erledigt wurde. „Mach dich bereit, Sands", rief er dem Torwart aufmunternd zu. „Unfälle werden passieren; Sie werden es nicht noch einmal tun."

Die ersten Stürmer schnitten eine Zeit lang besser ab und trieben den Puck mit reiner Wucht durch die eingeschüchterte zweite Verteidigung nach unten . Zweimal schossen sie auf das Tor und verfehlten es, und dann bekam Varrell erneut eine Chance und hob den Puck mit einer Art Schaufel direkt vor sich in einem langen, schönen Bogen sechs Meter hoch bis zum anderen Ende. Sands schickte es mit fast ebenso gutem Hub wieder zurück. Eine glückliche Sekunde hielt es an, reichte es an Varrell weiter, der es auf seltsame, wackelnde Weise weiterführte, und übergab es sicher an Durand. Letzterer stürmte abwechselnd nach vorne, und während Melvin sich fragte, in welche Richtung Durand rollen würde, nahm Varrell erneut den Puck und schoss ein wunderschönes Tor direkt vor der Nase des Kapitäns.

Sands, Melvin und Varrell stapften zurück zur gemeinsamen Rezitation. „Wo hast du spielen gelernt?" fragte Sands. „Du gehst wie ein Profi mit einem Stock um."

„Ich habe das letzte Jahr in einem kanadischen Internat verbracht", antwortete Varrell . „Monatelang gab es gutes Eis und Hockey war so ziemlich das einzige Spiel, das wir hatten."

„Sie und Durand haben zum zweiten Mal das ganze Spiel gespielt. Was für ein Winder der kleine Racker ist! Er wiegt nicht mehr als hundertzehn, und dennoch kannst du ihn nicht umwerfen, um dich zu retten."

„Er checkt tief", sagte Dick, „und steht fest auf den Beinen. Aber er ist furchtbar leicht. Ich bezweifle, dass er viel Durchhaltevermögen hat."

„Ich glaube, Sie irren sich", sagte Varrell. „So etwas habe ich schon einmal gesehen; Sie werden nie müde."

Im Training am nächsten Tag, als Varrell und Durand im Gestrüpp waren, war das Ergebnis am Ende der ersten Halbzeit ausgeglichen. In der zweiten Halbzeit spielten die beiden Männer mit der ersten Mannschaft, und die Abwehr war so beschäftigt, dass sich das Spiel um ihre Torpfosten zu konzentrieren schien und Melvin Sands schließlich auf die andere Seite verlegen musste, um ihn daran teilhaben zu lassen die Praxis. Um die Ausdauer zu testen, wurde die Länge der Hälfte verdoppelt. Als es darauf ankam, war Durand so fleißig wie eh und je auf und ab, drehte, checkte und schoss, während einer der großen Stürmer offensichtlich erschöpft war und Melvin selbst das Gefühl hatte, dass seine Knöchel angesichts der ungewöhnlichen Belastung rebellierten.

Damit war die Mannschaftsfrage geklärt; Varrell und Durand hatten sich ihren Platz dort verdient. Zwei oder drei Tage später fand eine Teamsitzung statt, um Melvins Rücktritt entgegenzunehmen.

„Ich habe das Team zusammengestellt", sagte er, „und damit ist meine Pflicht erfüllt. Der beste Kapitän für uns ist jetzt der Mann, der am meisten Eishockey kennt und uns am meisten beibringen kann; Ich bin nicht dieser Mann."

Die Spieler protestierten zunächst; Als sie dann feststellten, dass Melvin es ernst meinte, tat er sehr vernünftig, was sie wussten, dass er es von ihnen wollte, und wählte Varrell zum Kapitän.

„Ich denke, es ist ein Fehler", sagte Sands zu Barnes, als sie die Treppe zum Schlafsaal hinunterkamen. „Niemand kennt Varrell. Aber es hat keinen Sinn, mit Melvin über so etwas zu streiten. Er ist einer dieser hartnäckigen, ehrlichen Kerle, die so aufrecht stehen, dass sie nach hinten fallen."

„Du hast das Amt des Greaser-Kapitäns wie ein Volltreffer fallen lassen", sagte John Curtis auf dem Weg aus der Kapelle, als er Melvin mit der Vertrautheit eines alten Kumpels am Mantelkragen packte und ihm ins Gesicht grinste. „Ich wusste, dass du geleckt wirst, nicht wahr? Du bist ein Fuchs.

Dick schaute auf und bemerkte einen flüchtigen, besorgten Ausdruck auf dem Gesicht von Varrell, der in einiger Entfernung stand und sie aufmerksam beäugte. „Ich war nicht gut genug", sagte er laut, als könnte Varrell ihn hören. „In einem Team wie unserem bin ich zufrieden damit, in den Reihen zu kämpfen."

Da John dies nicht verstand, stieß er lediglich ein ungläubiges „Oho!" aus. und indem er seinem Klassenkameraden einen Schlag auf die Schulter gab, um den Eindruck zu vermitteln, dass er sich nicht täuschen ließe, ging er nach draußen, um die Antwort genauer zu überdenken und sich zu fragen, ob die Greasers wirklich versuchten, den Amis einen neuen Trick unterzujubeln. Melvin betrat das griechische Zimmer und öffnete seinen Homer mit einem stolzen Lachen. „Das würde als Delphische Antwort durchgehen. Er weiß nicht, was ich meinte. Und er wird es erst beim Spiel erfahren", fügte er hinzu, wobei der alte, entschlossene Ausdruck in sein Gesicht zurückkehrte.

KAPITEL III

DER KAMPF

VARRELL übernahm die Leitung des Teams mit einer Ruhe und Sicherheit, die der kleinen, aber entschlossenen Truppe, die den großen Westen repräsentierte, Hoffnung in die Herzen weckte. Die wenigen Tage, die zum Üben übrig blieben, wurden optimal genutzt. Am Morgen fand der Kapitän Zeit, einzelnen Spielern das Schießen sowie das Anheben und Stoppen von Schüssen zu zeigen. Am Nachmittag trainierte er das Team im Passen, Ausweichen und Checken. Es gab ein wenig Gemurmel, als ein großer Stürmer aus dem Spiel genommen wurde, weil er unsicher auf seinen Schlittschuhen war; und noch mehr, wenn ein anderer auf die Liste der Auswechselspieler verbannt wurde, weil er sein eigenes Spiel spielte, anstatt sich in das Schema der Teamarbeit einzufügen. Aber Varrells Antwort war überzeugend: „Unsere einzige Chance zu gewinnen liegt im Teamplay. Wir haben keine Stars und in ihrem Team sind zwei oder drei Männer, die in den besten Eisbahnen der Stadt gespielt haben. Gemeinsam gewinnen wir; Zerstreut verlieren wir." Die Murrenden sagten nichts mehr.

Der letzte Samstag vor den Weihnachtsferien war klar und kalt. Der Kurs war auf dem Fluss gewählt worden, wo hohe Ufer im Abstand von zwanzig Metern nahezu parallel verliefen. Der Schnee, der am Vortag weggeräumt worden war, wurde hinter den Torpfosten aufgetürmt, bildete sechzig Meter voneinander entfernte Endbarrieren und vervollständigte mit den Flussufern eine natürliche Einzäunung von etwa der regulären Eisbahngröße.

Das westliche Kontingent wurde zwischen den Kiefern auf der rechten Seite aufgestellt.

An den Ufern versammelten sich die patriotischen Fraktionen – die Neu-Engländer auf dem offenen Feld zur Linken, die fröhlich um ihre Feuer herum stolzierten und dem westlichen Kontingent, das sich zwischen den

Kiefern zur Rechten niedergelassen hatte, spöttische Jubelrufe über das Eis zuwarfen. Diese letztere Gruppe von Anhängern hatte, obwohl zahlenmäßig schwächer, aufgrund ihrer Position einen gewissen Vorteil, den sie bestmöglich ausnutzte. Sie schwärmten mit improvisierten Bannern in die Bäume; Als sie überjubelt wurden, erfanden sie einen unverständlichen Gesang, der den Mangel an Stimmen wettmachte. und schließlich entwickelte Tompkins aus Montana einen unheimlichen, durchdringenden Schrei, irgendetwas zwischen einem Schrei und einem Schrei, den niemand am gegenüberliegenden Ufer nachahmen oder mithalten konnte, und den er in beeindruckenden Abständen von den oberen Ästen der höchsten Kiefer ausstieß.

Doch trotz all dieser Zurschaustellung von Patriotismus schien die lautstarke Rivalität völlig frei von Bitterkeit zu sein. Die Sticheleien flogen hin und her; Es gab Jubelrufe und Gegenrufe und Gesänge, und Montana johlte von der Kiefer, aber die Stimmung war ausgelassen, nicht kampflustig. Für die Zuschauer war es schlicht und ergreifend ein Spaß; Wie das Ergebnis aussehen sollte, interessierte zunächst kaum jemanden .

Auf dem Eis war die Stimmung anders. Dick schaute John Curtis ins Gesicht und las hinter dem herablassenden Grinsen sehr deutlich einen kaum verhüllten Trotz. Todd, der Stürmer der Yanks, ließ seinen Stock nervös über das Eis gleiten, während er auf den Ruf zu den Plätzen wartete, und auf seinen Wangen erschienen die verräterischen weißen Flecken, die Dick schon bei den großen Footballspielen gesehen hatte, als Toddy die Zähne zusammengebissen und gekämpft hatte für zentimetergenauen Boden. Bosworth, der Yankee- Verteidiger , stützte sich finster auf seinen Stock und musterte seine Gegner mit düsterer Böswilligkeit.

„Sie sind Kämpfer, keine Spieler", sagte sich Dick missbilligend. „Sie scheinen zu denken, dass sie gegen Hillbury ausscheiden ."

Und es kam ihm nicht in den Sinn, dass seine eigenen Männer ebenso wild und entschlossen aussahen. Sands stand bereit am Tor, aber er hatte kein Wort für den Jungen übrig, der neben ihm darauf wartete, seinen Pullover abzuholen, als das Spiel anpfiff. Varrell bewegte sich mit der ruhigen Selbstsicherheit eines Meisters, die auf einen Gegner beeindruckender ist als lautstarke Zurschaustellung. Und was Melvin selbst betrifft, musste man ihm nicht sagen, dass er mit ganzem Herzen bei dem Wettbewerb dabei war. Die Schule wusste genau, dass Melvin das, was er tat, mit aller Kraft tat; Ein Fremder hätte im offenen Gesicht Entschlossenheit gelesen. Der kleine Durand war so ziemlich der einzige der vierzehn, der die Stimmung der Zuschauer zu teilen schien. Er blühte und kreiste umher und plapperte fröhlich bis zum Moment, als er anfing.

Die Vorrunden waren bald vereinbart. "Bereit!" riefen die Kapitäne, und einen Moment später, beim ersten Pfiff des Schiedsrichters, kratzten und drehten sich die beiden Stürmer, um den Puck im „Anspiel" zu sichern. Curtis hat es verstanden oder dachte, er hätte es verstanden; Doch bevor er es wirklich sein Eigen nennen konnte, blockierte ein Greaser sein Spiel, und Durand, der sich geschickt den Puck aussuchte, fegte ihn zu Rawle, der ihn weiterdribbelte, zu Durand zurückspielte, ihn erneut entgegennahm und ihn im Gedränge verlor beim Yank-Tor. Im nächsten Moment flog es mit einem Lift durch die Luft, weit unten im Greaser- Verteidigungsfeld .

Varrell weiterzuleiten . Der Greaser-Kapitän stand im Abseits; Aber er ließ zu, dass sein Gegner den Puck nur berührte, und dann schleuderte er mit einem plötzlichen Schlag zur Seite das Eis hinunter und fegte den Puck mit sich. Dem ersten Gegner wich er aus. Big Curtis, der als Nächster an der Reihe war, ließ ihn passieren; Aber der Ballwechsel brachte ihm erneut den Puck, und nach mehreren schnellen diagonalen Pässen mit Durand, die sie in die Nähe des Yank-Tors brachten, gab Varrell plötzlich einen kräftigen Schwung mit seinem Schläger, und der Puck schoss wie ein Pfeil zwischen den Torpfosten hindurch und streifte das Tor -Tenders Knie im Vorbeigehen.

Es geschah alles so schnell und so unerwartet, dass die westlichen Fans unter den Kiefern und in den Kiefern einen Moment lang nicht zu bemerken schienen, dass ihre Mannschaft ein Tor erzielt hatte. Als dann die in der Luft geschwungenen Stöcke der Mannschaft die Tatsache deutlich machten, bewies eine verwirrte Mischung aus Jubelrufen, Kreischen, Jubelschreien und Pfiffen, dass der Westen sowohl patriotisch als auch anerkennend war. Auf der Seite Neuenglands schien Gleichgültigkeit zu herrschen.

"Eins!" sagte Sands voller Freude, als der Puck zurück in die Mitte kam .

„Das erste, meinen Sie", erwiderte Dick leise. „Wir sind noch nicht durch."

Das nächste Tor fiel hart. Das östliche Team war schwerer und im Allgemeinen stärker, aber die Mitglieder konnten oder wollten nicht zusammen spielen; und wenn sie den Puck in der Nähe des Greaser-Tors landeten, verloren sie ihn normalerweise, bevor das Tor wirklich gefährdet war. Einmal traf ein harter Schuss aus nächster Nähe Sands in die Magengrube, und die Zuschauer jubelten und johlten, als der keuchende Junge den Puck schwach aus seiner gefährlichen Nähe zum Tor hob. Er hatte jedoch nach einem Moment wieder Luft, offenbar nicht schlechter als je zuvor. Bald darauf kamen Curtis und Durand zusammen, als beide gleichzeitig auf den Puck zustürmten, und die Zuschauer unter den Bäumen jubelten wild, als der kleine Kerl sich für den Zusammenstoß tief duckte und der große Footballspieler über ihn auf dem Eis lag. Aber Varrell war der

Zielpunkt des stärksten Angriffs. Obwohl er Coverpoint spielte , hatte er mit Brown, einem der Stürmer, eine Vereinbarung getroffen, um auf Signal hin die Plätze zu tauschen; und das Ergebnis war, dass er mal in der Verteidigung , mal im Angriff auftrat, offenbar den Weg witterte, den der Puck einschlagen sollte, und immer bereit war, der Notwendigkeit nachzukommen.

Die Amis wurden rauer und gewalttätiger. Todd ging zur Körperkontrolle, wo es nicht nötig war; Als Bosworth einem Greaser den Puck entriss, folgte er ihm mit kaum verhohlener Bosheit auf den Fersen und schlug heftig auf die Schienbeine des Pechvogels ein, obwohl offensichtlich war, dass der Puck völlig außer Reichweite des Verfolgers war. Solche Taktiken sind, sofern sie nicht überprüft werden, normalerweise der Auftakt zu einem härteren Spiel; Und aus diesem Grund war Dick doppelt dankbar, als Rawle den Puck am Rande des Handgemenges rund um die Yank-Torpfosten ein zweites Mal durchschlug. Kaum war das Spiel wieder aufgenommen, verkündete der Schiedsrichterpfiff das Ende der ersten Halbzeit.

Wie zu erwarten war, war der Jubel unter den Kiefern ernst und laut. Im gegenüberliegenden Lager, wo die vernachlässigten Feuer im Rauch versanken, herrschten ganz andere Verhältnisse. Einige wenige gaben unter heroischer Unterdrückung ihres natürlichen Mitgefühls immer noch vor, die ganze Angelegenheit für einen Scherz zu halten, in dem Sieg oder Niederlage wenig oder gar nichts bedeuteten. Die große Mehrheit jedoch, die nicht in der Lage war, dieses Niveau zu erreichen, war sich deutlich bewusst, dass sie in irgendeiner Weise betrogen worden war. Sie waren herausgekommen, um sich zu amüsieren, und ein Teil des Vergnügens bestand darin, zu sehen, wie die frechen Greaser ordentlich verprügelt wurden. Und hier waren ihre Männer, darunter so große, kräftige Athleten wie Curtis und Todd, und Kerle, die als Stadteisbahn-Experten verherrlicht worden waren, wie Bosworth und Richmond, die von einer Gruppe Amateure gestürzt wurden.

"Verfault!" sagte Marks, der Kenner des Sports, als er Curtis und Todd in der Pause interviewte. „Vollkommen verrottet! Hast du uns hierher gebracht, um uns zu täuschen?"

„Ich habe dich nicht gebeten zu kommen", erwiderte Curtis und versuchte, seine Gutmütigkeit zu bewahren. „Wenn du es viel besser machen kannst, dann komm raus."

„Oh, ich bin kein Athlet", erwiderte Marks hastig, „aber ich kann den Fehler besser erkennen als Sie. Dass Varrell die meiste Zeit ihres Spiels spielt. Du musst ihn aufbrauchen. Geben Sie ihnen ein härteres Spiel. Drück sie hart. Wenn Sie zu zweit auf den Puck losgehen, lassen Sie den Puck dorthin gehen, wo er will; Schlag einfach auf den Mann ein. Wenn der Mann aus dem Weg ist, können Sie sich mit dem Puck Zeit lassen. Du bist schwer und hast den Vorteil."

„Das scheint ziemlich gemein zu sein", sagte Curtis.

"Bedeuten!" rief Marks aus. „Haben Sie einen Mann aus Hillbury gebeten , Sie zu entschuldigen, als Sie ihn auf dem Fußballplatz angegriffen haben? Ich denke nicht."

Curtis blickte sich in der Gruppe um und las die zustimmenden Blicke. „Na dann", sagte er schließlich, „mach es hart, aber lass uns fair spielen" – sein Blick ruhte auf Bosworth, als er das sagte – „ und keine einfachen Tricks." Alles muss gerade und aufrichtig sein."

Als das Spiel wieder begann, war der neue Geist sofort spürbar. Die Amis bekamen den Puck und versuchten, ihn mit ihrem Gewicht nach unten zu drücken, aber die Abseitsregel hielt sie davon ab. Durand stahl den Puck immer noch hinter ihren Schlägern hervor und legte seine Schulter so tief, dass er nicht umgeworfen werden konnte; während Varrell immer noch am Rande des Gefechts schwebte und den Puck zog, wie ein Magnet ein Stück Eisen anzieht. Trotz der starken Körperkontrolle blieb das Spiel am Yank-Tor hängen, da die Yank-Stürmer dem Puck in der Abwehr nicht genau folgten und Melvin oder Sands ihn bald wieder in Yank-Territorium schickten. Rawle versuchte das Tor zu erzielen und scheiterte. Durand verfehlte in seinem Zug, und dann bekam Varrell den Puck aus dreißig Metern Entfernung, und während seine Gegner auf einen Pass warteten, erzielte er mit einem langen, schönen Schuss den dritten Treffer für seine Mannschaft.

Und nun war die Geduld der Amis am Ende. Regeln hin oder her, sie waren entschlossen, dass ihre Gegner keine Tore mehr erzielen sollten.

Wieder Varrell nahm den Puck und startete mit seiner gewohnten kniffligen Bewegung des Handgelenks das Eis hinunter.

„Passen Sie auf Bosworth auf", schrie Durand, den Todd an der Seitenlinie behinderte. Aber Varrells stumpfe Ohren dienten ihm nicht. Bosworth, der dem Greaser dicht auf den Fersen war, schob seinen Stock plötzlich zwischen Varrells sich schnell bewegenden Beinen und warf ihn krachend auf das Eis, direkt unter den Füßen von Richmond, der aus einer anderen Richtung beschleunigte. Auch Richmond ging zu Boden und stolperte hart gegen die liegende Gestalt.

Die Greasers zischten, die Yankees stöhnten. Man muss es zu seiner Ehre sagen, dass John Curtis Bosworth vom Eis befahl, bevor der Schiedsrichter eingreifen konnte; Aber der Vorteil des „Unfalls", wie Bosworth es nannte, lag auf der Seite der Yankees. Varrell wurde vom Unfallort geholfen, er konnte sein Bein kaum heben.

Die Mannschaften traten mit jeweils sechs Mann an. Mit Varrell hatten die Greasers die Triebfeder ihres Angriffs verloren. Überlegenes Gewicht und überlegene körperliche Stärke zeigten sich. Der Puck kehrte immer wieder zur Greaser- Abwehr zurück . Dann kam es vor dem Tor zu einem Gefecht, ein schneller Schuss aus der Distanz des Publikums, und die Amis jubelten über ihren ersten Treffer.

„Nur noch vier Minuten", flehte Dick und lief die Greaser-Linie entlang. „Halten Sie sie so lange fest, um Varrells willen. Wir können es schaffen, wenn wir wollen."

Und die müden Sechs sammelten sich noch einmal. Durand wurde hin und her geschleudert wie der Puck selbst, aber er blieb tapfer bei seiner Arbeit und bewegte sich im Zickzack, kreiste und wich aus wie zuvor. Ein Tor rettete Sands mit den Händen, ein weiteres mit den Füßen. Dick begegnete Bodycheck mit Bodycheck und hob hoch und sicher. Aber noch nie zuvor hatte er so gespannt auf den Pfiff des Schiedsrichters gelauscht. Als es soweit war und er sicher wusste, dass das Spiel gewonnen war, warf er seinen Stock in die Luft und führte die sich versammelnden Greasers zu einem langen, herzlichen Jubelruf für Varrell an, der, in Yank-Decken gebettet, am Wiesenufer liegend, das Spiel beobachtete Ergebnis mit dem Herzen im Mund.

„Großartige Arbeit, die Sie heute Nachmittag geleistet haben", sagte Tompkins zwei Stunden später und steckte seinen Kopf in Melvins Zimmer. „Irgendein Teil von dir, der nicht schwarz und blau ist?"

„Ich habe nicht viel gelitten", antwortete Melvin. „Es war nicht so schlimm, wie es aussah."

„Das hoffe ich nicht", sagte Tompkins. „Wissen Sie, an welche Schlacht in der römischen Geschichte mich der Kampf erinnert hat?"

Dick schüttelte den Kopf. „Ich kenne keine Geschichte. Ich habe es letztes Jahr weitergegeben."

„Die Schlacht der Ostgoten und Westgoten", antwortete Tompkins weise. „Die Geschichte wiederholt sich. Beide Male haben die Westgoten gewonnen." Und dann fügte er hinzu: „Ich glaube nicht, dass die Goten an manchen Dingen schuld gewesen wären, die ich heute Nachmittag auf dem Eis gesehen habe."

KAPITEL IV

PHILS ENTSCHLIESSUNG

DIE Weihnachtsferien waren vorbei. Varrell hinkte nicht mehr, und Dickinson, der seinen Stock längst abgelegt hatte, ging mit schnellen, elastischen Schritten wie früher und schien sich völlig erholt zu haben. Ein paar neue Jungen waren in die Schule gekommen. Einer von ihnen, der ein etwas raues Aussehen hatte und sich unbeholfen mit den Lektionen einer Unterschicht abmühte, soll ein Werfer gewesen sein. Er war älter als die meisten Schüler, an Jahren eher ein Mann als ein Junge. Diese Tatsache war an sich nichts Besonderes, denn in Seaton gibt es keine Altersgrenze, und so mancher ehrliche, ernsthafte Bursche, der nach seinem zwanzigsten Lebensjahr den Wunsch nach einer Ausbildung verspürt, hat dort Gelegenheit und Ermutigung gefunden. Aber Flanahan schien nicht ganz zu dieser Klasse zu gehören.

„Was ist mit ihm, Sands?" fragte Dick. „Er sieht verdächtig aus."

"Verdächtig! Was meinst du damit?" forderte der Kapitän. „Er ist natürlich nicht der Jüngste in der Schule; aber er ist auch nicht der Älteste. Warum sollte er nicht die gleiche Chance auf Bildung haben wie alle anderen?"

„Das sollte er, wenn er es wirklich will", antwortete Melvin. „Er sieht aus, als hätte er vor seiner Ankunft hier an einer Menge Diamanten herumgeschnüffelt."

„Meinst du, dass er ein Profi ist?"

„Ja, so etwas in der Art – semiprofessionell würde es meiner Meinung nach besser treffen."

„Ob er ein Profi ist, weiß ich nicht", sagte Sands. „Ich habe ihn nicht hierher gebracht. Er sagt, er sei ein Amateur, und er hat sicherlich auf einigen guten Amateur-Neuneren gespielt. Er kann pitchen, und wir brauchen einen Pitcher. Das ist alles, was ich darüber weiß."

„Und alles, was Sie wissen wollen", sagte Melvin mit einem Lächeln.

„Ja, alles was ich wissen will", wiederholte Sands.

Melvin ging zu einem anderen Thema über: „Phil würde es gerne mit der Neun versuchen. Gibt es eine Chance für ihn?"

„Überhaupt keine", antwortete Sands prompt.

„Das ist eine gute Möglichkeit, ein Team auszuwählen!" erwiderte Melvin. „Du hast es nicht mit ihm probiert und trotzdem sagst du, dass er keine Show hat. Wir haben überall nach Fußballmaterial gesucht , die Schule gründlich durchkämmt, und hier entscheiden Sie sich spontan gegen einen Kerl, dessen Spielweise Sie noch nie gesehen haben. Kein Wunder, dass die Neun geschlagen werden."

Sands' Gesicht wurde rot: „Ich habe nicht gesagt, dass ich es nicht mit ihm versuchen würde. Ich werde alles versuchen, was sich bietet. Ich habe nur gesagt, dass er keine Chance hat."

„Hast du ihn spielen sehen?"

"Ja; Er kann ziemlich gut werfen und ein faires Feld schlagen, aber er ist nicht alt genug oder groß genug oder stark genug oder erfahren genug für die Neun der Schule."

„Nun, er wird wachsen, nicht wahr?" beharrte Dick. „Geben Sie ihm einfach die Chance, sich zu steigern."

„Ich gebe ihm genau die Chance, die ich jedem anderen gebe, und nicht mehr", antwortete Sands entschieden. „Jeder Mann, der dieses Jahr die Neun schafft, muss sich seinen Platz verdienen, und die Tatsache, dass Phil dein Kumpel und Freund von mir ist, wird mich nur noch härter zu ihm machen." Wenn ich sage, dass er keine Chance hat, meine ich, dass er den Standard nicht erfüllen kann. Er kann sich so viel Mühe geben, wie er möchte."

Sie trennten sich an der Tür zur Turnhalle und jeder ging in seinen eigenen Teil der Umkleideräume, um sich umzuziehen. Ein paar Minuten später, als Dick nach oben zu seiner regulären Arbeit im Fitnessstudio rannte, hörte er Sands' Stimme, die die Mannschaft im Baseballkäfig ermahnte. Mit einem anerkennenden Lächeln auf den Lippen hielt er einen Moment inne, während er die ruhigen, selbstbewussten Töne bemerkte und sich an die feste Entschlossenheit des Kapitäns erinnerte, sich bei der Auswahl der Neun an das Leistungssystem zu halten. Dann tauchte Flanahans schlaksige Gestalt an der Tür auf und das Lächeln auf Melvins Gesicht verschwand plötzlich. Er drehte sich abrupt um und ging die Treppe hinauf.

„Phil", sagte Melvin an diesem Abend, als der Junior nach dem Abendessen hereinkam, „solltest du es wirklich gerne mit der Neun versuchen?"

"Sollte ich!" Die Augen des Jungen funkelten. „Wenn ich auch nur die geringste Chance hätte, im Kader zu bleiben, bis wir draußen sind, würde ich sofort ‚Ja' sagen."

„Was kannst du am besten spielen?" fragte Melvin.

„Ich habe immer im Außenfeld gespielt", antwortete Poole eher bescheiden. „Ich bin beim Fliegen einigermaßen sicher und könnte immer etwas weiter und etwas gerader werfen als die anderen."

„Ein Außenfeldspieler muss ein guter Schlagmann sein, sonst behalten sie ihn nicht. Kannst du schlagen?"

„Früher sagte man, ich hätte ein gutes Auge", entgegnete Phil, der es nicht gewohnt war, sich selbst zu loben. „Ich bin nicht schwer genug für lange Schläge."

„Wenn Sie sich bei den Elementen sicher sind, gehen Sie hinein und versuchen Sie es", sagte Melvin, „aber Sie müssen Ihr Bestes geben. Die einzige Möglichkeit für Sie, etwas zu erreichen, besteht darin, Ihre gesamten Gedanken und Aufmerksamkeit außerhalb der Lernstunden dem Baseball und nichts anderem als Baseball zu widmen. Tun Sie alles, was Ihnen gesagt wird, und noch mehr. Studiere dich ständig selbst. Holen Sie sich Hilfe von außen, die die anderen nicht haben. Halten Sie sich an die Mannschaft, bis sie Sie rausschmeißt, und wenn das passiert, organisieren Sie selbst eine Neuner und üben Sie weiter. Wenn sie dich einen Narren und einen Spinner nennen, lache einfach und spiel weiter. Bist du bereit, das alles zu tun?"

Die Farbe auf Phils Wangen wurde noch intensiver, als er zuhörte. „Ich werde mehr als das tun", rief er; „Ich werde Bälle hüten, ich werde die Schläger betreuen, ich werde Wasser tragen, ich werde alles tun, was sie mir auferlegen. Ich werde es dieses und nächstes und übernächstes Jahr versuchen, aber wenn ich noch etwas Baseball in mir habe, werde ich die Neun schaffen, bevor ich die Schule verlasse."

"Gut!" rief der Senior und drückte die Hand des Jungen so, dass die Knochen brachen. „Ich weiß nicht viel über Baseball, aber das ist der Geist, der siegt. Sprechen Sie nur nicht darüber, was Sie tun werden. Denken Sie viel nach, aber behalten Sie Ihre Gedanken für sich. Wenn du spielst, spiel mit aller Kraft ."

Sie widmeten sich der Arbeit des Abends. Gelegentlich warf Dick einen interessierten Blick über den Tisch, um zu sehen, ob die verhasste Virgil-Lektion oder die Aufregung über den neuen Vorsatz Phils Gedanken in Besitz nehmen sollte. Eine Zeit lang blickte der Junge mit immer noch gerötetem Gesicht geistesabwesend zu der Bildleiste hinauf . Dann schlug er mit einem Ruck und einem Knall sein Æneis beim vierten Buch auf und schlenderte zwei Stunden lang geduldig unter den verliebten Wehklagen der unglücklichen Dido davon, an deren Schicksal er ungefähr so viel Mitgefühl hatte wie ein Pferd auf einer Kohle Wagon hat Mitgefühl für das Leid der eiskalten Armen.

„Langfristig werde ich auf ihn wetten", dachte Dick, während er den entschlossenen Arbeiter beäugte.

Am nächsten Tag erschien Philip Pooles Name auf der Kandidatenliste für die Neun.

KAPITEL V

EIN SCHWERES PROBLEM

MELVIN und Varrell kehrten gemeinsam von ihrer griechischen Rezitation zurück.

„Mir gefällt es nicht, wie die Dinge dieses Jahr laufen", sagte Melvin. „Es gibt zu viel Selbstvertrauen. Wenn das Leichtathletik-Team gewinnt, wird es wie erwartet ablaufen, ohne dass irgendjemandem etwas zu verdanken ist. Wenn wir verlieren, wehe Kapitän und Manager."

„Sie haben Recht", sagte Varrell , „aber vorgewarnt ist gewappnet." Bleiben Sie cool und vernünftig und achten Sie darauf, dass Sie nicht verlieren."

„Wenn Dickinson nicht gewesen wäre", fuhr Melvin fort, „hätte ich das Ding überhaupt nicht nehmen sollen. Sehen Sie, ich fühle eine Art Verantwortung ihm gegenüber aufgrund der Art und Weise, wie ich ihn letztes Jahr dazu gebracht habe, zu kandidieren, deshalb wollte ich ihn nicht ablehnen."

„Wissen Sie, ich war letztes Jahr nicht hier", sagte Varrell .

„Natürlich! Ich vergesse immer wieder, dass du diesen Herbst gekommen bist. Es ist so passiert. Martin hat Dickinson entdeckt – Sie haben von Martin, nicht wahr, von der Abschlussklasse des letzten Jahres gehört?"

Varrell nickte.

„Martin entdeckte, dass Dickinson rennen konnte, und Curtis und ich holten ihn im Frühjahr zum Sport heraus und sponserten ihn, bis er den Mut hatte, alleine zu bestehen."

„Er hat letztes Jahr alles gewonnen, nicht wahr?" fragte Varrell .

„Viertel zweiundzwanzig, zweifellos", antwortete Melvin; „Aber es gibt keine Garantie, dass er es wieder tun wird. Außerdem kann noch niemand sagen, welche Auswirkungen dieser Knöchel haben wird. Der Arzt geht davon aus, dass es so stark sein wird wie immer, aber ich weiß, dass man sich einen verstauchten Knöchel sehr leicht wieder verstauchen kann. Ohne Dickinson hätten wir nicht viel zu prahlen."

Beide Jungen wandten sich ihrer Arbeit zu. Melvin öffnete in der ruhigen, geschäftsmäßigen Art, mit der er gelernt hatte, seine Lektionen anzugehen, seine Trigonometrie auf dem Schreibtisch und nahm in einem Moment nichts anderes mehr wahr als das Problem, das zuerst gelöst werden musste.

Varrells Aufgabe war eine andere Art: vierzig Zeilen „Macbeth", die er sich vor zwölf Uhr einprägen sollte. Da dies viele Wiederholungen mit sich brachte und möglicherweise das Trigonometrieproblem störte, zog er sich ins Schlafzimmer zurück, wo er in aller Ruhe murmeln konnte.

Sie besaßen zwei sehr unterschiedliche Persönlichkeiten. Varrell war groß und schlank, seine Gliedmaßen hatten kaum die richtige Rundung, er hatte ein klares, intelligentes Gesicht und auffällige graue Augen, die bemerkenswert waren, nicht so sehr wegen dem, was sie von dem Charakter hinter ihnen zeigten, sondern wegen der Kraft, die er hatte Sehkraft, die sie zu besitzen schienen. Immer wachsam und aufmerksam, auch wenn sein Gesicht sonst ruhig war, schienen die Augen der aggressive Teil des Jungen zu sein. Ihr direkter Blick war wie ein Strahl konzentrierter Intelligenz.

„Ich mag Varrell ", sagte Tompkins eines Tages in einem Anflug von Selbstvertrauen, „außer wenn er mich eindringlich ansieht und dann sein Blick mich direkt durchdringt und ich das Gefühl habe, als würde er die Haare auf meinem Rücken zählen." Kopf."

Melvin war kräftiger gebaut. Als er am Tisch saß, spannte sich der Stoff seiner Mantelärmel über den prächtigen Deltamuskel und den Bizeps, und seine kantigen, stumpfen Knie zeigten verhärtete Muskeln, die sich bis über die Kniescheibe hinaus ausdehnten. Obwohl seinem Gesicht die Wachsamkeit fehlte, die bei Varrell so auffällt , strahlte es dennoch eine Gelassenheit und einen Hauch von Selbstvertrauen und Ehrlichkeit aus, die es nicht weniger attraktiv machten.

Der Shakespeare-Lernende war unruhig. Die ersten fünf Zeilen wurden auf einem Stuhl am Fenster gemeistert, die nächsten fünf auf Melvins Bett, die dritte auf Pooles Bett und die vierte auf einem zweiten Stuhl. Im Rundgang durch den Raum hatte er zwanzig Zeilen gelernt.

„Noch eine Runde und ich habe es geschafft", sagte er sich vergnügt, als er wieder seinen Platz am Fenster einnahm.

Die Außentür öffnete sich und Poole stürmte ins Arbeitszimmer. „Ich möchte dir etwas sagen, Dick, und ich habe nur drei Minuten vor Latein Zeit, es zu erzählen – Wessen Hut ist das?"

„ Varrells ", sagte Dick, der vom Schreibtisch aufgestanden war. „Er ist im Schlafzimmer und beschäftigt sich mit Shakespeare."

„Hallo, Varrell ", sagte Phil und blickte zur Tür hinein. „Shakespeare verwüstet die Betten, nicht wahr?"

"Aussteigen!" rief Varrell und winkte ab; „Du verunsicherst mich."

Phil gesellte sich zu Dick auf der anderen Seite des Raumes. Durch die offene Tür konnten sie sehen, wie der Shakespeare-Gelehrte beharrlich über sein Buch murmelte.

„Sollen wir ihn nicht stören?" fragte Phil zögernd.

„Sprich leise, dann besteht keine Gefahr", sagte Melvin. „Seine Ohren sind nicht schnell."

Die Elf-Uhr-Glocke unterbrach bald das Gespräch und schickte den jüngeren Jungen zu seiner Rezitation. Dick setzte sich wieder an den Schreibtisch und versuchte, seine Arbeit dort fortzusetzen, wo er sie aufgegeben hatte, aber er war offenbar in einer sehr unstudierenden Stimmung. Sein Bleistift bewegte sich nicht mehr gleichmäßig über das Papier; sein Blick ruhte unruhig mal hier, mal dort auf den verschiedenen Gegenständen vor ihm; Sein gerötetes, nüchternes Gesicht zeigte, dass seine Gedanken in ihm heiß waren. Schließlich warf er angewidert seinen Bleistift weg, schlenderte zum Fenster, lehnte seinen Kopf an die Fensterfront und blickte düster hinaus.

„Er ist ein verdammter Schlingel!" rief Varrell aus, der seinen aufgeregten Kameraden über den Shakespeare hinweg beäugt hatte, „aber es ist nicht deine Schuld, und warum kümmerst du dich um ihn?"

"WHO?" sagte Dick und starrte ihn erstaunt an.

„Natürlich, Bosworth", fuhr Varrell kühl fort; „Wenn das, was Phil über ihn sagt, wahr ist, ist er ein noch größerer Schlingel, als ich immer dachte."

Dick war verblüfft. Sein Gespräch mit Phil war sicherlich in einem Ton geführt worden, der für Varrell im Schlafzimmer zu leise war, um ihn hören zu können.

"Wie meinst du das?" fragte er scharf.

„Warum, dass er einige dieser kleinen Kerle in sein Zimmer geholt hat, um Poker zu spielen, und sie geärgert hat, besonders diesen Jungen mit einem Kurznamen mit einem ‚t' oder einem ‚d' darin."

„Ja, Eddy", antwortete Dick. „Er ist in Phils Klasse." Und dann fügte er mit einem neugierigen Blick auf seinen Freund hinzu: „Ich muss sagen, Ihr Gehör entwickelt sich überraschend gut."

„Es tut mir leid, wenn ich mitgehört habe, was Sie meinten, ich sollte es nicht wissen", sagte Varrell und errötete. „Wenn das der Fall ist, werde ich auf jeden Fall versuchen, es zu vergessen."

„Oh, es macht mir nichts aus, dass du es weißt", sagte Dick, „ich wünschte nur, du könntest sagen, was wir dagegen tun sollen."

Die klingende Glocke unterbrach erneut ihren gebieterischen Ruf.

„Zwölf Uhr!" rief Varrell , als er nach seinem Hut stürmte, „und nur dreißig Zeilen. Ich wette, dass ich für die zehn, die ich nicht gelernt habe, herangezogen werde."

Als Phil Zeit für längere Erklärungen hatte, erzählte er Dick weitere Einzelheiten zu den Ereignissen in Sibley 15, Bosworths Zimmer. Eddy, der die Informationen gegeben hatte, war in Phils Klasse und ungefähr in Phils Alter. Er litt unter dem Gefühl der Misshandlung und war verzweifelt ratlos, wie er mit dem verlorenen Geld umgehen sollte, das man ihm für Einkäufe für den Winter geschickt hatte. Er hatte sein Herz für Phil geöffnet, der seinerseits sich beeilt hatte, seine Last abzuladen sich zu seinem älteren und vermutlich weiseren Mitbewohner. Kaum hatte er dies getan, bereute Eddy seine Vertraulichkeiten und flehte seinen Klassenkameraden unter Tränen an, niemals mit einer lebenden Seele darüber zu sprechen. Aber der Mord war aufgeklärt, und das Beste, was Phil tun konnte, war, Melvin zu drängen, das Geheimnis zu hüten.

„Nachdem Bosworth dem Kerl das Geld gestohlen hat, hat er ihm das Versprechen abgenommen, die Tatsache nicht zu erwähnen", sagte Melvin.

„Eddy sagte, es sei eine Ehrensache. Das Geld war fairerweise verloren gegangen, und er hatte kein Recht, darüber zu sprechen, wenn es sie alle in Schwierigkeiten bringen könnte."

„ Das sagt Bosworth wohl", sagte Melvin.

"Ja das ist es; Bosworth sagt, es handele sich lediglich um eine persönliche Angelegenheit zwischen ihnen, und davon zu erzählen , damit es die Fakultät erreichen könne, käme einfach einer Lüge gleich."

„Was für ein Junge ist Eddy?"

„Nicht sehr gut und nicht besonders schlecht, aber nur schwach. Er ist wegen der Sache furchtbar zerfahren, lernt nichts und weint viel in seinem Zimmer. Ich kann nicht anders, als Mitleid mit ihm zu haben, obwohl ich nicht viel Mitleid mit ihm habe."

Dick lächelte: „Ich nehme an, du würdest es an seiner Stelle anders machen."

Phil wurde empört. „Ich denke eher, ich sollte es tun. Zunächst einmal sollte ich nicht an seiner Stelle sein. Ich würde diesen Bosworth nicht mit einer zehn Fuß langen Stange berühren. Aber angenommen, ich gerät tatsächlich in Schwierigkeiten, dann würde ich es als Warnung verstehen, Bosworth und das Glücksspiel in Ruhe zu lassen und einen ehrlichen Brief über die ganze Angelegenheit nach Hause zu schreiben."

„Und genau das sollte Eddy tun", sagte Melvin und gab Phil einen Schlag auf die Schulter. „Warum hast du ihm das nicht gesagt?"

„Das habe ich", antwortete Phil, „aber er hat Angst davor, und er würde überhaupt nicht auf meine Idee hören, Mr. Graham davon zu erzählen, ohne Bosworths Namen zu erwähnen."

Dick grinste. Herr Graham, der Direktor von Seaton, regierte die Schule mit starker Hand. Es handelte sich nicht um eine gepanzerte Faust in einem Samthandschuh, sondern um eine starke, geschickte Hand in einem Samthandschuh mit Kettenrücken. Die ganze Schule sah die Stahlfassade; Nur wenige schätzten die Sanftheit des Verschlusses wirklich.

„Ich nehme an, sie würden gefeuert, wenn es herauskäme", fuhr Phil fort.

„Sie hätten keine Zeit, sich zu verabschieden, zumindest hätte Bosworth keine Zeit. Bei Eddy bin ich mir nicht so sicher."

Auf ein Klopfen an der Tür folgte das Erscheinen eines Kopfes. Als Phil sah, dass es sich bei dem Besucher um Tompkins handelte, öffnete er seine griechische Grammatik und stürzte sich energisch ins Lernen, als hätte er kein anderes Interesse an der Welt. Tompkins blickte von einem nüchternen Gesicht zum anderen und warf dann einen Blick über Phils Schulter auf die Seite des aufgeschlagenen Buches.

„ Meter des Aristophanes! Ist es das, was sie hier Anfängern im Griechischen vermitteln? Wenn ja, bin ich froh, dass ich im Westen angefangen habe."

Phil klappte das Buch mit einem Knall zu und antwortete halb gereizt, halb amüsiert darüber, dass er sich so leicht verraten hatte: „Nein, das ist es nicht; Ich dachte."

„Unangenehme Gedanken", sagte Tompkins mit einem weiteren Blick auf Melvins Gesicht. „Nun, ich schätze, ich werde dich heute nicht mehr belästigen."

Darauf kam keine Antwort, und der Besucher ging zur Tür. Als seine Hand den Knauf berührte, kam ihm ein neuer Gedanke und er wandte sich plötzlich dem Jungen zu.

„Du hast doch nicht auch dein Geld verloren, oder, Phil?"

War es das warme Mitgefühl im Tonfall des Westlers oder die Erleichterung darüber, dass andere das Geheimnis kannten, oder die natürliche Empörung über einen ungerechtfertigten Verdacht, die die Zurückhaltung des Jungen plötzlich in die Luft jagte? Philip selbst hätte es nicht sagen können.

"Für wen hältst du mich?" er forderte an. „Nicht in deinem Leben!"

"Froh das zu hören. „Dein Klassenkamerad Eddy ist ziemlich stark verblutet", fuhr Tompkins fort.

„Wir haben gerade über ihn gesprochen", sagte Dick. „Es ist ein schlimmer Fall."

„Ein leichtes Spiel für einen Kartenspieler", sagte Tompkins kühl, „und eine große Torheit eines kleinen Narren. Weder der Scharfsinnige noch der Narr sollten hier sein – der eine ist zu gefährlich und der andere zu schwach; aber wenn ich zu Grim gehen und ihm von der Sache erzählen würde und ihn mit dem Burschen tun lassen würde, was er wirklich tun sollte, würde ich es wohl nie wieder wagen, einem Jungen ins Gesicht zu sehen."

„Das Leben in der Schule würde dir danach wahrscheinlich nicht mehr viel Spaß machen", sagte Dick nachdenklich.

„Das habe ich mir auch gedacht", fuhr Tompkins im gleichen Ton fort. „Wenn er gestohlen oder ermordet hat, könnten wir uns bei den Behörden beschweren und ihn verhaften lassen; Aber da er nur die Charaktere einiger kleiner Jungen ruiniert, wäre es nicht schön, es ihm zu erzählen. Tolle Sache, diese Schulehre, wenn man sie versteht! Na ja, bis dann!"

KAPITEL VI

EINE WESTLICHE LÖSUNG

„ Glauben Sie, dass Bosworth immer noch so weitermacht?" fragte Melvin, als er ein oder zwei Tage später vor dem Kamin in Varrells Zimmer in Hale stand.

„Das ist er sicher", sagte Wrenn. „Von diesem Raum aus können Sie direkt auf seine Fenster in Sibley blicken. Seine Sonnenbrille war den ganzen letzten Abend heruntergelassen, und normalerweise lässt er sie nicht herunter, selbst wenn er sich anzieht."

„Tompkins' Verhalten ist mir ein Rätsel", sagte Melvin. „Als die Geschichte herauskam, schien er genauso empört zu sein wie jeder von uns, aber ich habe ihn in den letzten zwei Tagen zweimal mit diesem Spieler rumhängen sehen, so freundlich, als hätte er ihn schon seit Jahren gekannt."

„Ich dachte, Tommy sei ein ziemlich anständiger Kerl", sinnierte Varrell . „Mit diesen wilden Westlern kann man nicht rechnen."

"Naja, was denkst du?" fragte Dick und kam auf die Sache zurück, die ihn zu Hale geführt hatte. „Müssen wir ruhig da sitzen und zusehen, wie Bosworth diesen kleinen Kerlen seine Faro-Streiche spielt? Der nächste Schritt wird darin bestehen, sie alle bei ihm zu verschulden, und dann kann er sie weiter ausbluten lassen, solange sie Geld haben, indem er ihnen eine Chance verspricht, sich wieder zu begleichen."

„Und das ist noch nicht alles", sagte Varrell ; „Sie müssen ihren Familien Lügen schreiben, um zusätzliches Geld für die Bezahlung zu bekommen; und wenn sie sich daran gewöhnen, über eine Sache zu lügen, werden sie über eine andere lügen und so lange lügen, bis keine Wahrheit mehr in ihnen ist. Ein kleines Kind, das hart ist, ist so ziemlich das gemeinste und bemitleidenswerteste Individuum, das man finden kann. Er geht bergab wie ein Ball, der eine schiefe Ebene hinunterrollt – von der Reibung abgesehen." Die Begriffe der Physik kamen Varrell ganz natürlich in den Sinn , und das Studium bereitete ihm besondere Freude.

„Angenommen, wir reden mit den Jungs", sagte Melvin zögernd.

„Es würde wahrscheinlich nichts nützen. Die kleinen Narren wissen nicht genug, um Ratschläge anzunehmen."

„Dann müssen wir uns direkt an Bosworth wenden", sagte Melvin entschieden. „Es ist eine furchtbar unangenehme Aufgabe, die man in Angriff nehmen muss – man hat das Gefühl, als würde man sich in die

Privatangelegenheiten eines anderen einmischen und sich dazu aufraffen, besser zu sein als alle anderen; aber die Sache muss gestoppt werden."

Varrell nickte ernst zustimmend. „Es gibt nichts anderes zu tun, und Sie sind der Mann für den Job."

"Warum du nicht?" fragte Dick kurz.

„Weil", antwortete Varrell mit einem zufriedenen Lächeln, „Sie sind Richard Melvin, der Präsident der Seniorenklasse und der berühmteste Außenverteidiger, der jemals Ruhm erlangt hat –"

„Hör damit auf!" unterbrach Melvin autoritär. „Das ist eine ernste Angelegenheit, und wir können es uns nicht leisten, dass irgendein Unsinn damit vermischt wird."

Varrells Lächeln verschwand widerwillig. "Ich meine es ernst. Sie können das tun, ohne dem Kollegen die Chance zu geben, sich mit Ihnen auseinanderzusetzen oder Sie vor dem Rest der Schule in ein lächerliches Licht zu rücken oder Ihre Frechheit zur Schau zu stellen. Sie haben eine zu starke Position, um ein Risiko einzugehen. Ich bin ein Neuling und praktisch unbekannt."

„Warum sollten wir nicht beide gehen?" sagte Melvin nach einer Weile des Nachdenkens, immer noch vor einer abscheulichen Aufgabe zurückschreckend.

Wieder hatte sein Freund eine entscheidende Antwort. „Nein, er wird es besser vertragen und es wird mehr nützen, wenn du still und allein gehst, als ob du allein es wüsstest."

Dick blickte auf seine Uhr. „Ich denke, Sie haben Recht, und wenn ja, gilt: Je früher die Arbeit beendet ist, desto besser. also los geht's!"

Mit diesen Worten setzte er seine Mütze auf und ging zur Tür. Bevor Varrell sich aus seinem Sessel erheben und den Raum durchqueren konnte, hörte er seinen Besucher schnell die Treppe hinunterspringen.

„Oh, Dick!"

"Also was?" kam vom Treppenabsatz unten.

„Denken Sie daran, dass er rutschig ist. Gib es ihm direkt. Lass ihn nicht da rauslügen."

„Fürchte dich nie!" rief Melvin zurück, als er die Treppe hinunter stürzte.

Bosworth saß mit einem aufgeschlagenen Buch vor sich an seinem Schreibtisch. Seine Gedanken waren jedoch nicht bei seiner Lektion, wie die launische, unruhige Art, mit der sein Blick vom Kaminsims zum Fenster wanderte, deutlich zeigte. Sein Gesicht hatte einen düsteren und bitteren Ausdruck, als würde er über ein besonders unangenehmes Ereignis der letzten Zeit grübeln, das ihn immer noch tief berührte. Sein Gesichtsausdruck hellte sich auf, als Melvin als Antwort auf das übliche „Herein" die Tür öffnete; Denn wie Varrell gesagt hatte, war der Senior ein bekannter Mann, und Bosworth, der Popularität viel mehr schätzte als die gewöhnlichen Tugenden, empfand einen Moment befriedigter Eitelkeit bei dem Gedanken, dass Melvin ihn mit einem Anruf beehren würde. Das Vergnügen war von kurzer Dauer.

„Nein, ich glaube, ich werde mich nicht hinsetzen", sagte der Besucher. „Mein Geschäft ist ein ziemlich unangenehmes, dem ich mich vielleicht besser widmen kann."

Bosworths Gesicht verhärtete sich.

„Ich verstehe, dass Sie mit einigen der kleinen Jungs gespielt und ihnen ihr Geld weggenommen haben."

„Ich würde gerne wissen, wer das sagt!" rief Bosworth empört aus. "Es ist eine Lüge."

„Es tut mir leid, dass Sie es leugnen", erwiderte Melvin ruhig. „Die Informationen waren ziemlich direkt."

„Trotzdem ist es eine Lüge", antwortete Bosworth grimmig, und sein blasses Gesicht wurde stellenweise noch blasser. „Es ist sowieso nicht deine Angelegenheit."

„Das habe ich von dir erwartet. In gewisser Hinsicht ist es das nicht; in einem anderen Fall ist es nicht nur meine Angelegenheit, sondern die eines jeden Kollegen hier, der sich für den moralischen Zustand und die Ehre der Schule verantwortlich fühlt. Es ist ein verachtenswerter Trick, diesen kleinen Kerlen das Glücksspiel beizubringen. Das Ergebnis kann für sie nur schlecht sein, auch wenn sie hier in der Schule keinen Ärger dadurch bekommen. Und Sie wissen, was passieren würde, wenn die Fakultät sich darauf einlassen würde."

„Ich nehme an, Sie sind auf dem Weg, es ihnen mitzuteilen", spottete Bosworth.

"Nein, bin ich nicht!" erwiderte Melvin, machte mit geballten Fäusten einen Schritt nach vorne und versuchte dann einen Moment, die Empörung zu beherrschen, die in seiner Kehle hochkochte. „Aber wohlgemerkt, ich sage nicht, was ich nicht tun werde, wenn Sie so weitermachen. Es ist nicht unmöglich, dass ich ein Geschichtenerzähler werde, aber zuerst werde ich eine einfachere Methode ausprobieren. Hören Sie mit dieser Sache auf, und zwar sofort, oder ich gebe Ihnen die schlimmste Tracht Prügel, die Sie je hatten – und ich werde Sie so lange verprügeln, bis Sie froh sind, sich aus der Stadt zu schleichen."

„Huh!" sagte Bosworth verächtlich, zog sich aber in eine sichere Position hinter dem Tisch zurück. „Ich bin nicht der Einzige, der spielt", fügte er bedeutsam hinzu.

„Das werde ich nicht besprechen", erwiderte Melvin. „Du bist der Anführer, und das reicht."

Er drehte sich zur Tür um. „Ich hoffe, ich habe mich klar ausgedrückt. Wenn du verletzt werden willst – schwer verletzt –, versuche es einfach mit einem anderen Spiel mit den kleinen Jungs."

Damit schloss Melvin die Tür und schoss die Treppe hinunter, als wollte er die ganze Szene so schnell wie möglich hinter sich lassen. Er hielt sich von Varrells Zimmer fern , um die Notwendigkeit zu vermeiden, das Gespräch zu wiederholen, aber mit all seinen Bemühungen bestand es darauf, es sich immer und immer wieder in seinem eigenen Kopf zu wiederholen, in übertriebener Ausführlichkeit, bis er schließlich den unangenehmen Eindruck hatte, dass er war hässlich gewesen und hatte heftige Drohungen ausgesprochen und unüberlegte Dinge gesagt, und Bosworth hatte lediglich geleugnet und höhnisch gespottet.

„Es ist genauso, wie ich letztes Jahr gedacht habe", sagte er düster zu sich selbst, „als Grim die Verantwortung und die Chancen, die die älteren Leute haben, so ernst nahm." Ich hatte damals das Gefühl, dass alles Unsinn war; Ich weiß jetzt, dass es so ist. Der Kerl , der es unternimmt, die Dinge in der Schule zu verbessern, macht sich nur unglücklich und wird unbeliebt."

Und dann spürte er erneut den Impuls des Geistes, der ihn durch so viele Monate der Entmutigung zum endgültigen Triumph des großen Spiels getragen hatte. So unangenehm es auch sein mochte, sein Kurs war richtig; und nachdem er damit begonnen hatte, würde er die Konsequenzen ertragen, ohne zu schwanken oder zurückzuschrecken. Mit diesem Gefühl marschierte er gelassen zu seiner Rezitation.

Hätte er einen Blick in Bosworths Zimmer werfen und dort den am meisten verängstigten Jungen der Schule sehen können, hätte er nicht so viel Zeit mit Bedenken verschwendet. Sein Besuch hatte Wirkung gezeigt.

Am nächsten Morgen kam Phil nicht rechtzeitig von seiner Rezitation zurück. Als er dann tatsächlich kam, glitzerte in seinen ausdrucksstarken Augen ein Funkeln erfreuter Erregung, das die Neugier seines Mitbewohners weckte.

„Was ist los, Phil", fragte Dick. „Ermutigung von Sands?"

Das Gesicht des Jungen senkte sich. "Nicht viel! Ich werde von ihm wahrscheinlich keine Ermutigung bekommen. In meinen Nachrichten geht es um etwas anderes. Eddy hat sein Geld zurückbekommen."

Für einen Moment genoss Dick die süße Vision eines Spielers, der durch kühne Drohungen zur Besserung gezwungen wurde und seinen Opfern gerechte Wiedergutmachung leistete. Aber die Vision erschien und verschwand einfach, wie die Landschaft unter einem Blitz in einer dunklen, stürmischen Nacht, und ließ den Jungen mehr im Dunkeln als je zuvor.

„Hat sein Geld zurückbekommen! Heißt das nicht, dass Bosworth es ihm zurückgegeben hat?"

„Da bin ich mir nicht ganz sicher", sagte Phil. „Ich weiß nur, dass Tompkins zu ihm kam, ihn fragte, wie viel Bosworth von ihm bekommen habe, das Geld herausnahm, sagte, es käme von Bosworth, und Eddy dann das Versprechen abnahm, nicht mehr zu spielen, und es ihm gab."

Dick pfiff. „Was zum Teufel hatte Tommy damit zu tun?"

„Habe ich dir nicht gesagt, dass ich es nicht weiß?" sagte Phil ungeduldig. „Hauptsache, Eddy hat sein Geld zurückbekommen und versprochen, sich in Zukunft aus solchen Dingen herauszuhalten."

„Es ist mysteriös", sagte Dick.

„Geheimnisvoll!" wiederholte der Junge. „Das Geheimnis interessiert mich nicht. Es ist ein bescheidenes Geschäft, und Eddy hat großes Glück, aus diesem Loch herauszukommen. Das Schlimmste daran ist, dass es ihm nichts nützt. Ich kann mit dem Kerl nicht wirklich mitfühlen. Er hat überhaupt kein moralisches Rückgrat."

„Sie sollten versuchen, ihn zu beruhigen", sagte der weise Mann der Oberschicht.

„Stärke ihn! einen Aal steif machen!" gab der angewiderte Junior zurück. „Die einzige Möglichkeit, das zu erreichen, besteht darin, es zu töten."

Wenn Phil der Neugier überlegen war, war es Melvin nicht und Varrell nicht. Gemeinsam lauerten sie dem Westler auf, als er pfeifend die Treppe hinaufkam, und hatten ihn im Handumdrehen im Zimmer, die Tür hinter Melvins breiten Schultern fest verschlossen, und einem Kreuzverhör unterzogen.

Aber Tompkins erwies sich als höchst unwilliger Zeuge. Er erklärte, dass er keine Auskunft geben könne. Als sie drohten, ihn zu erwürgen, lächelte er sie ausdruckslos an; Als ihm gesagt wurde, dass er nicht zum Abendessen rausgelassen würde, versicherte er, dass er keinen Hunger habe; Als ihm eine Gefängnisstrafe von einem ganzen Tag versprochen wurde, zeigte er sich völlig zufrieden, da er viele schwierige Probleme zu lösen habe, bei denen er sich über Melvins Hilfe freuen dürfte. Endlich _ Varrell brach die Prüfung ab und begann über Leichtathletik zu sprechen. Dann fragte er Melvin, ob er Bosworth bei seinem Besuch am Tag zuvor gefunden habe.

„Warum, ja", antwortete Dick. „Habe ich nicht –"

Ein Augenzwinkern von Varrell hielt ihn auf.

"Erzähl uns darüber."

Als Dick, angeregt durch Varrells kluge Fragen, mit der detaillierten Darstellung des gestrigen Interviews begann, wechselte Tompkins schnell von vermeintlicher Gleichgültigkeit zu offenem Interesse und von offenem Interesse zu Selbstvergessenheit. Als die Geschichte zu Ende war , brach er in einen Schrei aus.

„Nun, das nenne ich Einreiben! und der arme Kerl hatte keinen Cent für seinen Namen!"

Varrell erhob sich feierlich. „Schau mal, Tommy, das bedarf einer Erklärung. Was auch immer er ist, der Mann ist im guten Sinne kein armer Kerl. Er verdient kein Mitleid, außer wegen der Art und Weise, wie er das Geld zurückgegeben hat, und das müssen Sie uns unbedingt sagen. Du hast jetzt zu viel gesagt, um den Rest zu behalten."

Tompkins platzte vor Heiterkeit. Das Geheimnis konnte er für sich behalten, nicht aber den Witz.

„Ich erzähle es euch beiden, nicht weil ihr mich dazu gezwungen habt oder weil es euch etwas angeht, sondern nur weil es so lächerlich ist, dass ich es nicht für mich behalten kann, und ihr die sichersten Menschen seid, denen man vertrauen kann es zu. Ich machte mich bei Bosworth wieder gut und brachte ihn dazu, mich zu bitten, mit ihm zu spielen. Ich stimmte widerstrebend zu, und bevor wir fertig waren , hatte ich ihn komplett gereinigt und hatte das Geld, das ich den Kindern zurückgeben konnte. Dann stürzte sich Dick am nächsten Tag auf ihn und bedrohte ihn mit dem Leben, und er hatte keinen einzigen Dollar seines unrechtmäßig erworbenen Gewinns bei sich. Hier kommt der Witz ins Spiel. Es ist reichhaltig!" und er brach erneut in lautes Lachen aus.

Aber weder Melvin noch Varrell schienen den Witz zu schätzen.

„Und so hast du den Schurken dazu gebracht, das Geld zurückzugeben?" fragte Melvin entsetzt.

"Ja, warum nicht?" sagte Tompkins. „Teer den Teufel mit seinem eigenen Stock!"

Varrell sah Melvin an, und Melvin sah Varrell an , und keiner wusste, was er antworten sollte.

„Wie konntest du das machen?" sagte Melvin schließlich. „Wissen Sie nicht, dass das völlig gegen alle Regeln verstößt? Sie würden dich ohne Vorankündigung entlassen, wenn sie wüssten, dass du spielst."

„Sie werden es nicht wissen", sagte Tompkins kühl. „Bosworth wird es ihnen nicht sagen, und ich werde es auch nicht sagen, und Sie werden es auch nicht sagen. Außerdem spiele ich nicht. Das war nur ein besonderer Notfall."

„Aber wie konntest du das machen?" wiederholte Varrell , der die praktische Seite betrachtete, während Melvin die Moral betrachtete. „Bosworth muss ein alter Hase in diesem Spiel sein."

Tompkins stand an der Tür, die Melvin längst verlassen hatte. Er drehte sich auf der Schwelle um, hielt seinen Kopf fest zwischen Pfosten und Tür geklemmt und antwortete mit gönnerhafter Miene: „Oh, Bosworth spielt für einen Tenderfoot ein ziemlich gutes Spiel. Aber Poker? Nun, sie unterrichten es in den öffentlichen Schulen in Butte!"

Eine Ecke in Sands' Zimmer.

Kapitel VII

IM BASEBALLKÄFIG

DER Pokervorfall sorgte immer wieder für Diskussionen unter den Klassenkameraden. Melvin war sicher, dass Tommys Methode falsch war, obwohl er keinen zufriedenstellenden Ersatz vorschlagen konnte, außer Bosworth zu verprügeln, bis er es wieder gut machte; während Varrell , obwohl er Poker im Allgemeinen missbilligte, behauptete, dass in diesem Ausnahmefall die Mittel entschuldbar seien. Keinem gelang es, den anderen auf seine Meinung aufmerksam zu machen.

Es kam vor, dass Tompkins, den keine Bedenken hinsichtlich seines Verhaltens hegten, am meisten darunter litt; Denn immer wieder tauchten weitere Opfer mit traurigen Geschichten auf, um ihre Verluste vom großzügigen Restaurator ersetzen zu lassen, bis Tommy sich nicht nur von seinen fragwürdigen Gewinnen, sondern auch vom Überschuss seiner ehrlich erworbenen vierteljährlichen Zulage getrennt hatte. Diese letztere Tatsache vertraute er seinen Freunden nicht an. Es schien die Qualität des Witzes etwas zu beeinträchtigen.

Unterdessen verlief das Baseballtraining im Käfig wie gewohnt. Neben Flanahan waren noch zwei oder drei andere Leute am Pitchen, darunter Tompkins. Letzterer war von einem Enthusiasten aus der Verborgenheit geholt worden, der herausgefunden hatte, dass er Erfahrung in der Box hatte, und so war Tommy nun gezwungen, seinen gewohnten Platz im Käfig mit den anderen einzunehmen. Phil erledigte seine Arbeit mit der ganzen Energie, die er besaß, nicht weil er wirkliche Hoffnung hatte, sondern weil sein Herz und sein Ehrgeiz dem Kampf anhingen und selbst die Aussicht, dass der Kampf zu seinen Ungunsten ausgehen würde, konnte ihm die Freude am Kampf nicht nehmen .

Flanahan hatte gute scharfe Kurven und eine hohe Geschwindigkeit. Seine besten Bälle waren ein Sprung an die Schulter und ein schöner, abrupter Drop. Tompkins verfügte über weniger Kurven, aber er konnte seine Geschwindigkeit auf äußerst trügerische Weise variieren und zeigte die Fähigkeit, den Ball dort zu platzieren, wo er ihn haben wollte und wo der Schlagmann ihn nicht haben wollte. Ein weiterer Vorteil, den Tompkins besaß, lag in seiner Coolness; Sticheleien von Schlägern oder Zuschauern brachten ihn nie zur Eile oder verwirrten ihn, während Flanahans hitziges Temperament bei leichten Provokationen zusammenbrach. Smith, der beste Team-Pitcher der letzten Saison, war ein dritter Kandidat, rangierte aber zweifellos hinter Tompkins.

Flanahans Kurven erregten Freude und Bewunderung bei den Zuschauern, die sich um das Ende des Käfigs des Fängers versammelten, wenn Flanahan warf, und ihre Wertschätzung durch vielfältige Ausrufe zum Ausdruck brachten. Solch wundervolle Anstiege, Abfälle und Sprossen wären für die Hillbury-Leute mit Sicherheit unmöglich zu erreichen. Und das taten auch die Seatonians , obwohl das Ergebnis in Wirklichkeit sowohl auf die Wildheit des Pitchings und die daraus resultierende Angst der Schlagmänner, getroffen zu werden, als auch auf die Fähigkeiten des Pitchers zurückzuführen war. Meistens zog Flanahan es vor , das Schlagen jemand anderem zu überlassen , während er alleine übte.

Als Phil zum ersten Mal auftauchte, um Flanahan zu schlagen , hatte er das Pech, getroffen zu werden. Phil war ein Rechtshänder, der nach links schlug, und Flanahans Weitwurf von der Platte traf den Jungen im Rücken, als er sich umdrehte, um auszuweichen, und fügte ihm eine schmerzhafte Prellung zu. Das Ergebnis war, dass er einen Schrecken bekam, der ihn vierzehn Tage lang daran hinderte, dem Pitcher gegenüberzutreten, und Sands in dem Eindruck bestärkte, dass er zu jung und zu grün war, um auf der Neun der Schule von Nutzen zu sein. Da sich das Cage-Training zwangsläufig auf Pitching, Batting, Slide und den Umgang mit Groundern beschränkt und Phil als Kandidat für das Out-Field keine großen Chancen auf Grounder hatte, schien er hervorragende Aussichten zu haben, aus dem Kader gestrichen zu werden Erste. Es war Wallace, der ihn vor dieser Schande rettete.

Wallace war der Cheftrainer für Baseball an der großen Universität in der Nähe – ein Absolvent, der ein oder zwei Jahre nach dem College-Abschluss kam, mit einer Begeisterung, die ebenso unprofessionell war wie sein umfassendes und technisches Wissen über das Spiel. Er konnte pitchen und fangen und schlagen; Er war ein Meister des Rituals dieses mysteriösen Trainerbuchs, in dem alle möglichen Details des Spiels unter allen möglichen Umständen niedergeschrieben sind und in dem die Uni-Kandidaten auf ihre Position geprüft werden, während ein Kandidat für einen Abschluss von den sitzenden Spezialisten befragt wird im Auftrag über ihn. Tatsächlich war Wallace ein größerer Meister als die ursprünglichen Autoren, denn die Ergänzung stammte von ihm selbst. Obwohl er selbst kein Seatonianer war, hatte er große Sympathien für den Baseballsport, und seine Collegekameraden aus Seaton hatten keine Schwierigkeiten damit, seine Hilfe für die Schulneun zu gewinnen.

Er begann mit Grounders, die er die Jungen mit zusammengefügten Fersen und den Ellbogen zwischen den Knien ausführen ließ, wobei sie sich leicht nach vorne beugten, während sie sich niederließen. Einige taten dies instinktiv, weil es die natürlichste Art war, andere gingen auf ein Knie oder versuchten, die Hände allein als Ersatz für eine feste Wand aus Armen und

Beinen zu nutzen. Bei anderen wiederum fand Wallace die Schuld daran, dass sie sich nach dem Ball versenkten und wieder aufstanden, bevor sie ihn bekamen. „Setzen, Ball holen, dann aufstehen und werfen" sei laut dem College-Experten die richtige Bewegungsreihenfolge für das „Einsammeln" von Groundern.

Nach den Groundern kam es zum Anfahren und Rutschen. Zuerst ließ er sie eine Reihe von Sprintstarts aus dem Stand absolvieren, ähnlich dem altmodischen aufrechten Start für kurze Rennen, wobei die ersten Schritte kurz waren, um sofortige Geschwindigkeit zu entwickeln ; Dann kommt der Double-Balancing-Start, den der Base-Läufer nutzt, wenn er sich von der ersten Base aus auf den Weg macht und bereit ist, sofort zurückzukehren oder je nach Bedarf hart auf die zweite Base abzusteigen. Beim Rutschen plädierte er dafür, dass der Kopf voran als College-Ideal rutsche, fügte aber gleichzeitig hinzu, dass Profis aus Sicherheitsgründen im Allgemeinen mit den Füßen voran rutschen. „Gutes Rutschen ist furchtloses Rutschen", sagte er, „und der Mann, der furchtlos rutscht, wird viel weniger wahrscheinlich verletzt als der Feigling."

Als sie zum Schlagtraining kamen, war das erste, was der Experte tat, die Geschwindigkeit des Werfers zu drosseln, der heiße Bälle einschickte, um sein Können zu zeigen. „Nur langsam geworfene Bälle im Käfig", warnte er; „Das Licht ist zu schlecht für schnelles Pitchen. Darüber hinaus ist es an einem engen Ort wie diesem wahrscheinlich, dass ein Schlagmann bei einem schnellen Ball Angst bekommt, da er sich nicht im Freien aufhalten würde."

Dann forderte er die Batter auf, fest zu stehen, den Ball genau zu beobachten, direkt auf den Werfer zuzugehen und schnell zuzuschlagen, was ihrer Meinung nach gute Chancen waren. „Mach dir keine Sorgen", sagte er immer wieder. „Beobachten Sie den Pitcher nicht zu sehr. Der Ball ist das, was Sie zu schlagen versuchen. Legen Sie sich nicht zu früh fest; warte, bis du weißt, was kommt."

Phil erschien zu seinem Prozess so nervös, wie ein kleiner Junge unter den Augen eines bewunderten Meisters sein kann, dem er ein Monatsgehalt geben würde, um zufrieden zu sein. „Stetig, mein Junge, ruhig", sagte die freundliche Stimme des Trainers, der wahrscheinlich mit Sands das Gefühl hatte, dass er seine Zeit mit einem unmöglichen Kandidaten verschwendete, der aber im Gegensatz zu Sands immer noch großzügig war und gerne half. – „Don Hab keine Angst. „Gerade gehen, spät schlagen, auf den Ball achten und nicht auf den Werfer" ist die Faustregel für gutes Schlagen . – Weniger Körper und mehr Arme."

Phil nahm sich zusammen und landete einen guten Handgelenksschlag.

"Das ist der Weg. Das sehe ich immer gerne!" rief Wallace zustimmend aus. „Die Wrist Hitters sind die sichersten Hitters." Mit vor Zufriedenheit strahlendem Gesicht schlich sich Phil zurück in die Gruppe der wartenden Spieler. „Gehen Sie geradeaus, schlagen Sie spät und achten Sie auf den Ball", wiederholte er sich. „Warum hat mir das nicht schon früher jemand gesagt? Ich habe gegen jeden Teil dieser Regel verstoßen."

Es ist zu befürchten, dass Phils Unterricht an diesen beiden Tagen von Wallaces Aufenthalt etwas vernachlässigt wurde. Sicherlich spukte er in allen freien Stunden im Käfig umher, wenn Wallace mit dem Unterricht beschäftigt war, und als das Training vorbei war , rannte er zurück in sein Zimmer und notierte in einem Notizbuch Bruchstücke von Baseball-Weisheiten, die der Kollege von den Lippen gerissen hatte. Viele der Notizen waren zweifellos zwecklos und dienten lediglich dazu, dem Jungen die Befriedigung zu verschaffen, etwas zu tun, um sich bei seinem großen Ehrgeiz weiterzuentwickeln. Dennoch waren viele von großem Wert, nicht nur für den unmittelbaren Unterricht, sondern auch für die spätere Beantwortung unerwartet auftauchender Fragen, als die Jungen die Einzelheiten von Wallaces Unterricht ebenso völlig vergessen hatten wie die Kommentare der Lehrer zu ihren ersten Übersetzungen.

Wallaces Sicht auf die Pitcher verwirrte Phil ziemlich. Bei Flanahan machte der Trainer kurzen Prozess und gab ihm nur ein paar allgemeine Ratschläge. Tompkins hingegen zog viel Aufmerksamkeit auf sich.

„Dieser Mann hat das Zeug zu einem großartigen Werfer", bemerkte der Kollege zu Sands, als Phil ihn hörte. „Ein paar Jahre gutes Training würden bei ihm Wunder bewirken. Er ist cool, weiß, was er tut, und hat den vollen Arm-Schulterschwung, den nicht einer von zwanzig Amateuren jemals hinbekommt."

„Was ist mit Flanahan ?" fragte Sands.

„Er hat es nicht", erwiderte Wallace mit Nachdruck. „Er ist ein ziemlich schneller Armwurf mit guten Kurven und schlechter Führung. Er ist es gewohnt zu spielen und weiß wahrscheinlich viel darüber, ohne über große Intelligenz zu verfügen. Ich würde ihn vermutlich am Rande der semiprofessionellen Klasse einordnen. Er hat seine Grenzen erreicht und ist nicht mehr belehrbar. Tompkins hingegen ist gutes, verbesserungsfähiges Material."

„Ich denke, Flanahan wird für uns reichen", sagte Sands mit einem selbstgefälligen, selbstbewussten Lächeln.

„Es kommt mir so vor, als ob ich ihn schon einmal getroffen habe", überlegte Wallace, während sein Blick auf Flanahan gerichtet war , der immer noch warf; „Aber ich kann mich jetzt nicht erinnern, wo oder unter welchen

Umständen. Er ist sicherlich nicht der Typ Mann, den ich gerne auf einer Schulbank sehe."

„Oh, er ist ganz normal", beharrte Sands. „Wir haben hier oft alte Leute, die sich eine Ausbildung wünschen, aber erst spät angefangen haben."

„Das bezweifle ich nicht", antwortete Wallace, „aber nichtsdestotrotz gehören semiprofessionelle Ballspieler nicht in Schulmannschaften."

Vielleicht war es diese Meinungsverschiedenheit über Flanahan , die Sands in seinen Lobeshymnen auf den Trainer so zurückhaltend machte. Die Jungen sprachen im Allgemeinen mit Verehrung von ihm, aber Jungen schenkten seinem Aussehen und seinem Können mehr Aufmerksamkeit als seinen Anweisungen. Niemand profitierte davon mehr als der Besitzer des Notizbuchs, der lernte, standhaft zu stehen und furchtlos hervorzutreten; und da er wirklich ein schnelles und genaues Auge hatte, schlug er bald mit den Besten zu. Sands bemerkte keine Verbesserung, aber die anderen bemerkten es, und Smith ging sogar so weit, ihn zu warnen.

„Du triffst den Ball richtig, Poole, aber mach dir keinen Kopf darüber. Draußen kann es sein, dass Sie nichts tun können. Letztes Jahr gab es Baker und Lydecker , die keinen Ballon im Käfig treffen konnten und dennoch in fast jedem Spiel zwei oder drei Bagger ausschalteten."

Dann ging Phil nach Hause, konsultierte das Notizbuch und las noch einmal das Zitat von Wallace, von dem Dick gesagt hatte, es sei das Beste, was sein Zimmergenosse aufgeschrieben hatte: „Der gute Spieler – und der seltene Spieler – ist derjenige, der analysieren kann." Er erkennt seine eigenen Fehler und kann, anstatt entmutigt aufzugeben, wenn er versagt, den grundlegenden Fehler entdecken und beheben."

„Ich bin bereit, mir meine Fehler zeigen zu lassen", sagte Phil ernst zu sich selbst; „Und wenn ich lange genug dabei bleibe und meinen Verstand einsetze, sollte ich weiterkommen."

Und Phil hatte recht. Wer sein Gehirn nutzt, kommt tatsächlich voran, sei es beim Ballspielen oder sonst etwas. Aber Gehirne können leider nicht auf Abruf geliefert oder im Voraus bestellt werden, so wie ein Kohlevorrat für den Winter.

KAPITEL VIII

Eine Transaktion in Büchern

„HALLO , Dick, darf ich dein Französisch-Wörterbuch benutzen?"

Ohne eine Antwort abzuwarten, stürzte sich Tompkins auf das Buch. Es war das vierte Mal in den letzten zehn Tagen, dass er die Verwendung dieses speziellen Buches verlangt hatte, während er es im gleichen Zeitraum bei zwei anderen Gelegenheiten bequem gefunden hatte, seine englischen Versionen an Melvins Schreibtisch vorzubereiten. Wenn das alles gewesen wäre, wäre Melvin nicht auf die Idee gekommen, Einwände zu erheben. Für manche Jungen ist der Besitz von Büchern nichts anderes als eine fortlaufende Reihe von Ausleihen und Ausleihen, Verlegen , Verlusten und Funden. Bei Tompkins entwickelte sich diese Kreditaufnahmegewohnheit jedoch plötzlich und heftig. Ähnliche Geschichten über ihn waren in den letzten vierzehn Tagen aus anderen Räumen gekommen.

„Hast du überhaupt keine Bücher?" forderte der Senior.

„Ein paar", antwortete Tompkins mit der Nase im Wörterbuch.

„Na, hast du kein Französisch-Wörterbuch?"

„Wenn ja, glaubst du, ich würde deines benutzen wollen?"

„Du hattest sicherlich einmal einen. Was ist daraus geworden?"

„Vergangen", antwortete Tompkins resigniert und wandte sich wieder den Bs zu, um die Bedeutung eines Wortes herauszufinden, das er erst kurz zuvor nachgeschlagen hatte – „ wie die Bedeutung des langen Adjektivs, das ich gerade nachgeschlagen habe."

„Kannst du es nicht finden?"

"Vielleicht."

„Wann haben Sie es zuletzt benutzt?"

„Weiß nicht."

„Na, wo hast du es zuletzt gesehen?"

„Im Antiquariat."

Dick starrte. „Hat es jemand gestohlen oder hast du es verloren?"

„Weder noch", antwortete der lakonische Tompkins.

„Dann müssen Sie es verkauft haben."

„Ja, ich glaube, ich muss es verkauft haben", seufzte Tompkins. "Noch Fragen?" fragte er nach einer Pause, während Melvin ihn ansah und wunderte. „Ich sollte diese Lektüre wirklich machen, wissen Sie. Ich bin gestern ziemlich durchgefallen, und heute möchte ich die Vorstellung nicht wiederholen.

Es herrschte eine halbe Stunde Stille im Raum. Dann erwischte Melvin, der verstohlen aus den Augenwinkeln blinzelte, Tompkins, wie er aus dem Fenster blickte.

„Du hättest dir etwas von mir leihen sollen", sagte Dick ruhig. „Du hättest die Bücher sowieso retten können."

Tompkins schüttelte den Kopf. „Ich leihe mir nicht gern etwas aus, auch wenn ich es vielleicht noch tun muss."

„Was ist aus Ihrem Semestergeld geworden?"

„Gegangen zu diesen verdammten kleinen Lämmern, die Bosworth geschoren hat", sagte Tompkins wütend und legte seinen Vorwand der Gleichgültigkeit ab. „Eddy war keineswegs der einzige Dummkopf. Zuerst kam einer zu mir und dann noch einer, und jeder von ihnen jammerte traurig und versprach, nie, nie wieder so etwas zu tun, und streckte die Hand für sein Geld aus. Sie schienen zu glauben, dass Bosworth die Spiele nur veranstaltete, um ihnen Erfahrung zu verschaffen und ihnen gewinnbringende Lektionen zu erteilen, und dass ich sein Agent war, der es ihnen heimzahlte, als sie versprachen, es nicht noch einmal zu tun. Ich war wohl nicht sehr vorsichtig mit dem Geld, und als ich schließlich Schluss machte mit der Sache, war ein großer Teil meines eigenen Geldes weg. Dann nahm Dinsmore den Rest für ein Baseball-Abonnement, das ich vorzeitig zu bezahlen versprochen hatte. Er hat mir nur fünfundsiebzig Cent hinterlassen. Seitdem laufen die Bücher, und bis zum Zahltag ist es noch ein Monat . Ich war ein Narr."

Dieser letzten Aussage stimmte Melvin im Geiste zu. Er hatte von Anfang an behauptet, dass die einzig richtige Art, mit Bosworth umzugehen, darin bestehe, ihn so lange zu verprügeln, bis er spuckte, und sein erster Impuls war, Tompkins zu sagen, dass es ihm recht täte, auf fragwürdige Methoden zurückzugreifen. Aber der gesunde Respekt vor der Großzügigkeit des Jungen und das Mitgefühl für ihn in seiner gegenwärtigen misslichen Lage verhinderten wirksam eine solche Erwiderung und richteten die ganze Kraft seiner Missbilligung gegen den ursprünglichen Täter.

„Für reine Gemeinheit ist dieser Bosworth die Grenze!" rief er mit vor Empörung glühenden Augen. „Er sollte in dieser Minute gefeuert werden!"

„Er ist kein besonders guter Kerl, glaube ich", antwortete Tompkins ruhiger, „aber wir können nichts dagegen tun. Die Entlassung liegt nicht in unserer Hand, sonst würde er gehen, und viele Kerle würden bleiben, die sich jetzt ziemlich abrupt verabschieden müssen. Ich denke nicht an Bosworth, sondern daran, wie ich den nächsten Monat überstehen werde."

„Warum schreibst du deinem Vater nicht die ganze Geschichte nach Hause?" sagte Dick, dem der unkomplizierte Weg immer zusagte.

Tompkins lächelte weise. „Und er soll Grim mit heißem Fuß zurückschreiben und wissen wollen, was für eine Schule das ist, in der solche ‚skandalösen Darbietungen' unter den Augen der Lehrer stattfinden." Und Grim würde es zu Boden jagen wie ein Setter ein Kaninchen! Nein, ich danke Ihnen – das nicht!"

Eine Pause. – Dann ertönte die unaufhaltsame Rezitationsglocke über ihnen. „Wie traurig diese Glocke klingt, wenn man keinen Unterricht hat", stöhnte Tommy, als er sein Buch aufnahm und mit der französischen Rezitation begann. „Es ist wie das Klingeln bei Beerdigungen. Ein weiterer Durchfall für mich heute! Ich werde am Ende der Amtszeit entlassen, wenn ich dieses Geschäft nicht aus der Fassung bringe."

„Komm nach dem Abendessen rein, Tommy", rief Dick an der Tür, „und wir besprechen es mit Varrell . " Sein Kopf ist länger als meiner, und vielleicht hat er etwas vorzuschlagen."

An diesem Abend versammelten sich die drei vor den leeren Bücherregalen in Tompkins' Zimmer zu einem feierlichen Konklave. Alle waren sich einig, dass ein Schreiben an Herrn Tompkins gleichbedeutend wäre mit der Übermittlung der Fakten an den Direktor .

„Kannst du deiner Mutter nicht schreiben?" schlug Melvin vor.

„Das wäre noch gefährlicher", antwortete Tompkins traurig. „Sie wäre sicher, dass es mir schlecht gegangen wäre."

„Hast du nicht einen Bruder, einen Onkel oder einen Cousin, mit dem du es versuchen könntest?" fragte Wrenn. „Ich habe selbst genug Geld. Ich könnte Ihnen so einfach wie möglich das liefern, was Sie wollen, aber ich muss über alles, was ich ausgebe, Rechenschaft ablegen, und natürlich darf ich darüber nicht lügen."

„Da ist Onkel George in Chicago", sagte Tompkins und seine Miene wurde heller. „Ich hatte an ihn gedacht, aber er ist auch ein bisschen riskant. Er würde mir schnell genug helfen, aber ich weiß nicht, was er sonst tun könnte."

„Das ist der Ausweg", sagte Varrell verbindlich. „Man muss ein gewisses Risiko eingehen. Erzählen Sie ihm einfach offen die ganze Geschichte und erklären Sie, warum Sie Ihrem Vater nicht schreiben wollen, und ich denke, er wird mit Ihnen einverstanden sein; Onkel sind normalerweise ziemlich großzügig. Verkaufen Sie in der Zwischenzeit keine Bücher mehr. Ich leihe dir alles, was du brauchst."

Diesem Kurs stimmte der Gemeinderat zu. Tompkins schrieb den Brief und wartete sechs elende Tage auf eine Antwort, die mit der letzten Post eines bestimmten Samstags Anfang März eintraf. Das Datum war für Tompkins wichtig, denn es war der Tag, der einem sehr besorgten und unglücklichen Jungen Erleichterung von seinen Ängsten verschaffte. In dem Brief befand sich ein Scheck, der über einen höheren Betrag ausgestellt war, als er verlangt hatte; es gab auch einige starke, vernünftige Ratschläge; und schließlich gab es ein Versprechen, das vor der Einlösung des Schecks unterschrieben und zurückgegeben werden musste und Meister Tompkins verpflichtete, im Laufe seiner Ausbildung nicht mehr zu spielen. Dies unterschrieb der Junge eifrig, da er sich bereits aus eigenem Antrieb dazu entschlossen hatte. Nachdem er das Pfand auf dem Postamt hinterlegt hatte und den Scheck sicher in seiner Handtasche hatte, der am Montagmorgen eingelöst werden konnte, und mit einem Gefühl der Erleichterung, das sein Herz erwärmte, während das helle Kaminfeuer die Kälte aus den müden Knochen vertrieb, ging Tommy Er ging an diesem Abend so ernst und dankbar ins Bett, wie er noch nie in seinem Leben gewesen war.

Aus einem anderen Grund war das Datum wichtig. In der Nacht dieses Samstags oder irgendwo zwischen 18 Uhr am Samstag und 14 Uhr am Sonntag wurde in den Safe des Standesbeamten im Keller von Sibley eingebrochen und dieser geplündert.

KAPITEL IX

EINBRUCH

HERR GRAHAM war nicht in Seaton, als sich der Vorfall ereignete. Er war gerade von einer ziemlich schweren Lungenentzündung aufgestanden und verbrachte auf Anweisung des Arztes mehrere Wochen im Süden, in der Hoffnung auf eine schnellere Genesung. Während Professor Anthony in der Zwischenzeit sein Sabbatjahr im Ausland verbrachte, fungierte Herr Moore, der Deutschlehrer, ein älterer Mann mit stark pädagogischer Prägung, aufgrund seines Dienstalters als Vorsitzender der Fakultät und nahm die Sprechstunden des Rektors wahr .

Der Safe stand im kleinen Büro des Standesbeamten im Keller von Sibley. Es handelte sich um einen alten Gegenstand, der, bevor der Tresorraum in das Schulbüro eingebaut wurde, die wichtigeren Bücher und Papiere der Schule aufbewahrt hatte. Zuletzt hatte es als eine Art Überlauftresor für weniger wertvolle Papiere oder kleinere Geldbeträge gedient, die hereinkamen, nachdem der große Safe geschlossen oder die Tageseinzahlung bei der Bank getätigt worden war. Miss Devon verwahrte darin auch ihre Dienstbücher und die kleineren Geldbeträge für die Zahlung von Löhnen und anderen kleineren Rechnungen, die ihr oblagen.

Am Samstag um sechs hatte Miss Devon neunzig Dollar in bar und einen Scheck über fünfzig Dollar bei einer Bank in Boston eingesperrt. Am Sonntagnachmittag ging sie zum Safe und holte ein persönliches Dokument, das sie dem Schulgelände beigelegt hatte. Der Safe war wie üblich verschlossen und offenbar in dem Zustand, in dem sie ihn am Abend zuvor verlassen hatte, doch das Geld und der Scheck fehlten.

Erschrocken über ihre Nachlässigkeit, denn sie hatte das Gefühl, dass sie das Geld verloren haben musste, durchsuchte Miss Devon die Fächer und Schubladen. Das Geld war nicht aufzufinden. Sie schloss die Safetür ab und öffnete sie erneut. Das Schloss war unversehrt, der Tresor wies keine Anzeichen einer Manipulation auf. Das Mädchen zitterte vor Angst und blickte sich im Zimmer um. Es gab zwei Türen, die in das Büro führten, eine von außen, durch die sie es betreten hatte, die andere war eine selten benutzte Tür mit einem gewöhnlichen Schloss, die direkt in den Flur führte, der an den Lagerräumen und den Toiletten vorbei zum Haupteingang des Büros führte Schlafsaal. Keine der Türen zeigte in ihrem Aussehen etwas Ungewöhnliches. Sie schaute zu den Fenstern und ihr Herz begann heftig zu klopfen. Die Jalousien befanden sich nicht in ihrer gewohnten Position und der Verschluss eines Flügels war offen. Obwohl sie sich über die ungewöhnliche Höhe der Jalousien sicher war, konnte sie sich nicht daran erinnern, dass sie sie vor ihrer Abreise am Samstagabend geändert oder den Fensterbefestigungen besondere Aufmerksamkeit geschenkt hatte. Es war ihre Gewohnheit, alles zu sichern, bevor sie das Büro verließ, aber die damit verbundene Arbeit war längst mechanisch geworden, und sie konnte sich überhaupt nicht mehr an irgendetwas im Zusammenhang mit der Schließung am Vortag erinnern.

Nun war das Mädchen völlig verängstigt, setzte sich hin und fragte sich verwirrt, was zu tun sei. Das Geld war weg, niemand außer ihr selbst kannte die Kombination des Safes, niemand sonst war für die Sicherheit des Büros verantwortlich. Wenn sie sich nur genau daran erinnern könnte, dass sie das Fenster verschlossen hatte! Sie muss es getan haben, denn es war ihre übliche Gewohnheit; Und doch war sie am Abend zuvor ziemlich früh aufgebrochen, um ein Auto zu erwischen, und es war möglich, ja sogar möglich, dass sie es übersehen hatte. Wenn dies der Fall war, war sie wirklich fahrlässig gewesen.

Ihr Blick fiel auf den Safe und brachte einen tröstenden Gedanken mit sich. Sie stand auf und wischte sich die Augen. „Es ist schrecklich, aber ich bin nicht schuld", sagte sie sich entschieden, „und ich werde mir keine Sorgen machen. Ein Mann, der den Safe so leicht öffnen konnte, würde trotzdem hineinkommen, egal, ob das Fenster verschlossen war oder nicht. Ich melde die Angelegenheit einfach Herrn Moore und überlasse ihm die Verantwortung."

Miss Devon ließ sich hinaus und machte sich auf die Suche nach Mr. Moore. Eine halbe Stunde später waren beide im Büro – Miss Devon gefasst und vorsichtig mit ihren Worten, Mr. Moore sah sehr ernst und wichtig aus und stellte viele Fragen. Zusammen gingen sie noch einmal durch den Safe, untersuchten die Fenster und die Außentür und schlossen mit Hilfe des Schlüssels der Haushälterin die Tür zum Flur auf und untersuchten sie sorgfältig. Es war etwas geschrumpft und hatte einen Riss am Rand hinterlassen, aber das Schloss war unbeschädigt und der Pfosten hatte keine Kratzer. Alles in allem erbrachte die Untersuchung, abgesehen von Müdigkeit und vielen nutzlosen Fragen, nur zwei greifbare Ergebnisse, von denen keines Mr. Moore von besonderem Wert zu beeindrucken schien: erstens die Entdeckung eines Tropfens Kerzenfett auf dem Boden vor dem Safe, den Miss Devon triumphierend als Beweis dafür hinwies, dass der Raub in der Nacht bei Kerzenschein begangen worden war; und zum anderen die Tatsache, dass jemand am Samstagmorgen anwesend gewesen war, als Miss Devon vor dem Safe kniete und mit dem rebellischen Zahlenschloss kämpfte. Als die Tür endlich aufging, hatte das Mädchen einen der Jungen hinter sich stehen sehen, der offenbar großes Interesse an ihrer Arbeit zeigte. Es war ein Junior namens Eddy.

Bei dieser Aussage nahm Mr. Moores Gesicht ein überlegenes Lächeln an. „Was für ein Glück, dass es Eddy war und nicht irgendein anderer Junge!" er sagte. „Ich habe ihm die Erlaubnis gegeben, am Samstag mit dem Elf-Uhr-Zug abzureisen, um den Sonntag bei seinen Cousins in Boston zu verbringen. Sein Alibi ist leicht zu beweisen. Wäre dieser Umstand nicht gewesen, wäre er möglicherweise einem sehr unberechtigten Verdacht ausgesetzt gewesen. Ich möchte nur ungern glauben, dass irgendein Student daran beteiligt war."

„Hätte Eddy die Kombination nicht gesehen und jemand anderem davon erzählt?" schlug Miss Devon bescheiden vor.

„Ich glaube nicht", antwortete Mr. Moore mit einer Miene der Endgültigkeit, aber dennoch herablassend, sich zu erklären. „Wenn er etwas gesehen hat – und er hat wahrscheinlich nicht mehr gesehen, als dass Sie Schwierigkeiten hatten, die Tür zu öffnen – können Sie sicher sein, dass er es sofort vergessen hat. Die Aussicht, nach Boston zu gehen, würde fast alles andere aus seinem Kopf verbannen. Er war um zehn Uhr in meiner Rezitation und ein geistesabwesenderer Schüler, den ich noch nie erlebt hatte. Ich werde ihn jedoch bei seiner Rückkehr befragen und mich der Tatsache vergewissern. Ich bin eher der Meinung, dass wir es hier mit der Arbeit eines klugen Profis zu tun haben, der eine ungewöhnlich gute Gelegenheit gefunden hat, sein Handwerk sicher und gewinnbringend auszuüben."

„Wir hatten noch nie Einbrecher in der Stadt", murmelte Miss Devon, nicht ganz überzeugt. „Ich verstehe nicht, warum dieser kleine Safe ihre Aufmerksamkeit erregen sollte. Sollen Sie die Angelegenheit in die Hände der Polizei legen?"

Mr. Moore zögerte. „Das muss bedacht werden", antwortete er. „Wir konsultieren möglicherweise die Polizei, aber ich bezweifle, dass wir bereit sein sollten, für eine so geringe Summe den Ruf einer öffentlichen Untersuchung auf sich zu nehmen. Ich fürchte, der Dieb ist seiner Plünderung sicher. Zum jetzigen Zeitpunkt sollten wir lieber nichts dazu sagen."

Sie trennten sich an der Tür und gingen ihrer jeweiligen Wege, Mr. Moore äußerlich ruhig, aber innerlich sehr besorgt, Miss Devon in einem Zustand des Kummers, der fast an Hysterie grenzte. Unter den sanften, langen Worten der Lehrerin hatte sie den unbestimmten Verdacht geahnt, dass sie aus unwichtigen Vorkommnissen einen Großteil ihrer eigenen Unvorsichtigkeit kaschieren wollte. Die Entdeckung war für sie ein Schock. Wenn Mr. Moore einen solchen Zweifel hegen könnte, was würden andere Leute dann nicht denken und sagen, als die Geschichte herauskam – die gnadenlosen, unersättlichen Gerüchte der Kleinstadt? Von ganzem Herzen sehnte sie sich nach Mr. Grahams baldiger Rückkehr.

KAPITEL X

HERR. MOORES THEORIE

DIE Geschichte oder eine verzerrte Version davon wurde bald veröffentlicht. Die Haushälterin deutete seltsame Vorgänge im Büro an, und sofort machte das Gerücht die Runde, dass der große Tresorraum mit tausend Dollar beschlagnahmt worden sei. Eddy kam nach Hause und wurde von Mr. Moore untersucht; und sein Bericht über das Interview, der ihm von eifrigen Fragestellern entlockt wurde, verbreitete eine neue Geschichte, die so viel schlimmer war als die Wahrheit, dass die Schulbehörden die Fakten in reiner Notwehr veröffentlichten .

Die Studenten nahmen den Vorfall mit Begeisterung auf. Bereits in den vergangenen Jahren waren Bagatelldiebstähle aus Turnhallenschränken bekannt geworden. Diesmal fand mitten unter ihnen ein echter Einbruch statt, bei dem ein Rätsel gelöst werden musste. Die Jungen gingen das Problem mit allen Mitteln an, aber ihre Methode bestand eher in Hypothesen und Diskussionen als in Untersuchungen. Einige stellten sich einen maskierten Einbrecher vor, der mitten in der Nacht operierte. Andere hegten dunkle Verdächtigungen gegenüber Miss Devon. Wieder andere vertraten die Ansicht, dass es sich um einen heimtückischen Studenten handelte, der auf irgendeine Weise unbemerkt in den Raum gelangte und mit dem Knauf des Safes spielte, bis dieser sich öffnete. Mehrere Wochen lang wurden die Türen, deren Riegel seit Jahresbeginn nicht mehr geöffnet worden waren, sorgfältig verschlossen, wenn die Schlafenszeit kam.

Zu den ersten Argumenten, die in die Diskussion eingebracht wurden, gehörte das Beispiel des Safes bei Morrison, den Tompkins im Herbst so leicht geöffnet hatte. Diesem Vorschlag folgte bei Tommys Freunden eine scherzhafte Erinnerung daran, dass Tommy, der sehr klein gewesen war, plötzlich wieder rot sei. Außerhalb des Freundeskreises wurde die Aussage ohne den Charakter eines Scherzes wiederholt. Als es die Schule umrundet hatte, hatte es den Zusatz erhalten, dass Tompkins des Raubüberfalls verdächtigt wurde und dass er ausgewiesen werden sollte, sobald Mr. Graham zurückkam.

Sands brachte Melvin die neue Version mit besorgtem Gesichtsausdruck. Tompkins war sein zweiter Pitcher; er konnte es sich nicht leisten, ihn zu verlieren. Melvin trug die Angelegenheit zu Varrell ; Gemeinsam warteten sie auf Mr. Moore.

Der amtierende Direktor empfing sie mit seinem üblichen umfassenden Lächeln – einem Lächeln, das typisch für sein allgemeines Gemüt war. Er war ein langweiliger, wohlwollender, gelehrter Mann, zufrieden mit dem Bewusstsein, dass er im Vergleich zu denen seiner Schüler überlegen war, „ein leichter Kenner und eine leichte Note" und natürlich oberflächlich gesehen beliebt.

„In der Schule kursiert eine Geschichte über Tompkins, gegen die wir protestieren wollen", sagte Melvin. „Es ist eine absurde Geschichte, aber sie könnte ihm Schaden zufügen."

"Was ist die Geschichte?"

„Warum, dass er verdächtigt wird, in den Safe eingebrochen zu sein? Letzten Herbst hat er bei Morrison einen Safe geöffnet, als es niemand sonst konnte, und kürzlich hat er von seinem Onkel etwas Geld geschenkt bekommen. Ich denke, das ist die einzige Grundlage für die Geschichte. Wir wollten nur sagen, dass wir den Scheck selbst gesehen haben und wussten, wie er an ihn gekommen ist, und dass er überhaupt nicht der Typ ist, so etwas zu tun."

"Liebe mich!" sagte Mr. Moore wirklich überrascht. "In der Tat nicht! Davon habe ich nie geträumt. Ich versichere Ihnen, wir haben nicht den geringsten Verdacht gegenüber Tompkins oder überhaupt gegenüber irgendeinem anderen Jungen."

„Sie sagen, Eddy kannte die Kombination", sagte Varrell , der nun zum ersten Mal sprach.

„Das ist eine ungerechtfertigte Annahme", antwortete Mr. Moore herzlich, „und sehr ungerecht gegenüber dem Jungen. Ich habe mich durch meine Befragung davon überzeugt, dass er die Kombination nicht bemerkt hat; und er ging unmittelbar danach nach Boston. Er ist ein harmloser kleiner Kerl, der keiner Doppelzüngigkeit gewachsen ist."

„Er verbindet viel mit Bosworth", sagte Melvin, beeindruckt von dieser Ansicht über die Harmlosigkeit von Eddys Beschäftigungen.

„Das tut er tatsächlich!" rief Herr Moore erfreut aus. „Ich freue mich sehr, das zu hören. Es tut einem kleinen Jungen immer gut, unter den Einfluss eines älteren Jungen der richtigen Art zu geraten. Bosworths Mutter betreibt in Cambridge eine Pension für Studenten, und der Sohn ist sehr darauf bedacht, ihr zur Ehre zu kommen und sie für ihre Opfer zu entschädigen. Ich kenne keinen netteren, attraktiveren Jungen in meiner Klasse und auch keinen, der seine Arbeit besser macht."

Melvin schnappte erstaunt nach Luft. Ein Buch, das Varrell mit der Hand vom Tisch gestoßen hatte, fiel schwer auf den Boden, doch es hatte keine Wirkung auf ihn. „Für einen armen Jungen ist er ziemlich gut gekleidet", platzte Dick heraus, der nicht wusste, was er sagen sollte, und dennoch das Gefühl hatte, er müsse protestieren.

Diese Antwort berührte eine von Mr. Moores Lieblingstheorien und löste einen sofortigen Vorwurf aus.

„Du wirst mir verzeihen, Melvin, wenn ich das als ein sehr ungerechtes Urteil bezeichne. Sauberkeit und Sorgfalt in Bezug auf die eigene Kleidung sind Gewohnheiten, die es unbedingt zu pflegen gilt, egal ob man reich oder arm ist. Es kommt oft vor, dass ein armer Junge Freunde hat, die ihm Kleidung geben, die viel günstiger ist, als er sich leisten könnte. Es ist offensichtlich unfair und unfreundlich, ihm Extravaganz vorzuwerfen, bis Sie die Fakten in seinem Fall vollständig kennen."

„Das ist sehr wahr, Sir", bemerkte Varrell prompt. Der Ton lenkte Melvins Blick auf das Gesicht des Sprechers. Als Antwort bekam er einen grimmigen Blick, der ihn wie eine Auster zum Schweigen brachte.

"War das alles?" fragte Mr. Moore und warf einen Blick auf die Uhr.

„Ja, Sir", antwortete Varrell , als die Jungen aufstanden. „Wir wollten dir nur von Tompkins erzählen."

„In diesem Punkt können Sie beruhigt sein. Weder er noch ein anderer Junge wird verdächtigt. Der Dieb muss ein Profi gewesen sein, aber die ganze Angelegenheit ist ein Rätsel, das wir wahrscheinlich nie lösen werden. Vielen Dank, dass Sie zu mir gekommen sind."

Draußen wurde das Gespräch zwischen den beiden Jungen immer hitziger.

„Dick, du bist auf jeden Fall das Limit!"

"Was jetzt?" fragte Melvin.

„Warum wollten Sie Bosworth in das Gespräch einbeziehen? Wussten Sie nicht, dass er Moores besonderer Favorit ist?"

"NEIN."

„Nun, wenn du Deutsch lernen würdest, würdest du es tun. Bosworths Mutter war eine Deutsche, und er kann Deutsch fast so gut wie Englisch und macht ständig Eile."

„Es kann mir nicht vorgeworfen werden, dass ich das nicht wusste."

„Vielleicht nicht, aber Sie hätten ihn nicht mit dem Raub in Verbindung bringen müssen."

„Das habe ich nicht", protestierte Dick; „Ich habe ihn gerade mit Eddy in Verbindung gebracht."

„Nun, Eddy mit dem Safe und Bosworth mit Eddy, es ist alles dasselbe",
erwiderte Varrell . „Wenn Grim da gewesen wäre, wärst du nicht so leicht
rausgekommen. Er hätte dich im Handumdrehen umgekrempelt."

„Aber in mir war nicht mehr drin als draußen", sagte Dick perplex.

„Nein, ich fürchte nicht", erwiderte Varrell mit einem Seufzer. „Ich sage,
Dick, wer glaubst du wirklich, hat das Geld genommen?"

„Ich weiß nichts darüber. Vielleicht ein Profi, wie Moore sagt."

Varrell lachte laut. „Und er glaubt, dass Bosworth wahrscheinlich seine
Kleidung von einem reichen Freund bekommen hat. Ich weiß es besser. Ich
sah die Schachtel, in der sein letzter Anzug kam, im Expressbüro, und sie
stammte von einem der teuersten Schneider in Boston. Es traf zwei Tage
nach dem Einbruch in den Safe ein und er bezahlte die Rechnung in bar. Was
bedeutet das für Sie?"

„Also, dass er als armer Student, der es verdient, ein Betrüger ist."

"Irgendetwas anderes?"

"NEIN."

„Angenommen, ich füge hinzu, dass die Kleidung vor drei Wochen
bestellt wurde, bevor Tommy ihn ganz unerwartet ausräumte."

Dick sah immer noch verwirrt aus.

„Und als Tommy mit ihm fertig war, hatte er diesen Anzug und
wahrscheinlich auch noch andere Rechnungen vor sich und hatte kein Geld,
um sie zu bezahlen, es sei denn, er konnte plötzlich welche bekommen."

Melvin blieb stehen und sah seinen Begleiter ausdruckslos an. „Meinen Sie
wirklich, dass Sie glauben, Bosworth sei in den Safe eingebrochen?"

Varrell nickte.

„Was für eine verrückte Idee! Wie konnte er das tun?"

„Jeder scheint einem Wahnsinnigen verrückt zu sein", antwortete Varrell
scharf. „Wenn du nicht verrückt bist, bist du zumindest zu dumm, um mit
vernünftigen Menschen zusammenzuleben. Können Sie sich nicht
vorstellen, wie er das hätte schaffen können? Denken Sie einfach nach."

Dick überlegte einen Moment und verlor dann die Geduld.

„Nein, das kann ich nicht, und auch sonst niemand ", antwortete er hitzig.
„Bosworth ist ein schlechter Kerl und ein Schulbetrüger und zu fast jeder
gewöhnlichen Gemeinheit fähig, aber das macht ihn nicht zu einem

Einbrecher oder Mörder. Wenn er mich statt dir beim Eishockeyspiel zum Stolpern gebracht hätte, wäre ich vielleicht einer anderen Meinung."

Varrell lachte mit der zufriedenen Miene eines Mannes, der weiß, dass er im Streit die bessere Seite hat. „Da liegst du falsch, Dicky, alter Junge", sagte er und klopfte seinem wütenden Freund herzlich auf die Schulter. „Du könntest ihm viel leichter verzeihen, dass er dir ein Bein gestellt hat, als dass er mir ein Bein gestellt hat. Ich kenne dich besser als du selbst."

„Trotzdem sehe ich keinen Zusammenhang zwischen Bosworth und dem Tresorbruch."

„Nun, hör zu. Eddy stand hinter Miss Devon im Büro, als sie am Schloss arbeitete. Er sah die Kombination und erzählte Bosworth davon, als er gegen halb neun in Bosworths Zimmer war. Ich weiß, dass er damals dort war, denn ich habe ihn dort von meinem Fenster aus gesehen. Dies bot Bosworth einen einfachen Weg, seine Verluste auszugleichen und die Kleidung zu bezahlen – was er sicherlich einige Tage später auch tat. Ich glaube, das war der Lauf der Dinge, aber ich kann keine Beweise vorlegen, und ich sehe nicht ein, wie solche vorgelegt werden können, es sei denn, Eddy kann zum Schreien gebracht werden."

„Was ist mit dem Scheck?"

„Wahrscheinlich hat er das verbrannt."

Sie standen an dem Punkt, an dem sich ihre Wege trennten. Melvin dachte angestrengt nach und trat rücksichtslos mit dem Fuß auf den Kies. Ein Sturm aus Staub und Steinen traf seinen Begleiter am Knie.

„Komm, lass das!" sagte Varrell und klopfte empört seine Hose ab. „Kannst du nicht denken, ohne deine Füße zu benutzen? Es gibt Nachteile in Ihrer Fußballausbildung."

„Entschuldigung", lachte Melvin. „Sie erinnern mich an Bosworth in Ihrer ‚Sorgfalt in Bezug auf Ihre Kleidung', wie Moore es ausdrückte. Dieser letzte Tritt hat meinen Kopf klar gemacht. Ich bezweifle nicht, dass Bosworth schlimm genug ist, Geld aus einem Safe zu stehlen, wenn er es brauchte und keine Chance bestand, entdeckt zu werden. Wenn er in diesem Fall dazu in der Lage war und anschließend Geld hatte, um seine Rechnungen zu bezahlen, ist die Vermutung in unserem Kopf gegen ihn, und das ist alles. Wir haben keine Beweise und werden wahrscheinlich auch keine bekommen. Tommy wird nicht verdächtigt und wir werden nicht verdächtigt. Was geht uns das also etwas an oder was könnten wir tun, wenn es unser Geschäft wäre?"

„Beantworten Sie mir zunächst ein paar Fragen", sagte Varrell . „Warum sind Sie zu Bosworth gegangen und haben ihm so gedroht?"

„Weil er in der Schule viel Unheil angerichtet hat, und nur so konnte man das verhindern."

„Und jetzt, da Sie mit dem Pokern aufgehört haben, glauben Sie, dass er der richtige Kerl ist, um hier zu bleiben?"

„Nein, wahrscheinlich ist er auch sonst schlecht und wird noch mehr Schaden anrichten, bevor er fertig ist, aber davon weiß ich nichts, und ich wusste von dem Glücksspiel mit den kleinen Jungs."

„Und ich weiß davon", fügte Varrell entschieden hinzu. „Erstens hat er Eddy erneut erwischt und ihn dazu gebracht, Moore wegen der sicheren Kombination anzulügen. Ich habe ihn an jenem Samstagmorgen in Bosworths Zimmer gesehen, wie er darüber gesprochen hat."

„Da gehst du schon wieder von der Strecke ab!" lachte Dick. „Sie haben ihn in Bosworths Zimmer *gesehen* ; Sie *haben vermutet, dass* er über den Safe gesprochen hat. Das Einzige, was dort überhaupt von Bedeutung ist, ist das, was man wirklich gesehen hat."

Ein verärgerter Ausdruck breitete sich auf Varrells Gesicht aus. „Schau her, Dick", begann er, als hätte er etwas Wichtiges zu sagen. Dann änderte er plötzlich seinen Ton und fügte bedeutsam hinzu: „Sie haben Recht, das Einzige, was von Bedeutung ist, ist, was ich gesehen habe." Manche Leute sehen mehr als andere", und schlenderte abrupt in Richtung seines Zimmers.

„Was für ein seltsamer Kerl Wrenn ist!" überlegte Dick, als er träge die Treppe zum Schlafsaal hinaufstieg. „Manchmal ist er scharfsinnig wie ein Rasiermesser; bei anderen hat er eine Idee fest im Kopf, und man kann sie nicht mit einem Knüppel niederschlagen. Ich hoffe, dass er sich nicht auf dieses sichere Geschäft einlässt."

KAPITEL XI

FLANAHAN SCHLÄGT AUS

Zur Erleichterung sowohl der Schulleitung als auch der Jungen war HERR GRAHAM WIEDER ZU HAUSE. Natürlich hörte er unmittelbar nach seiner Ankunft die Geschichte vom Raub des Safes und besprach die Angelegenheit ausführlich mit Miss Devon, deren aufgewühltes Gemüt durch die nachdrückliche Versicherung des Direktors, dass sie völlig über jeden Verdacht erhaben sei, auf jeden Fall getröstet wurde . Später erhielt er Mr. Moores Version.

„Ich bin mir sicher, dass wir zu viel aus der Sache machen", sagte die Lehrerin abschließend. „Wir waren ein wenig nachlässig und zahlen für unser Vergehen eine moderate Geldstrafe."

„Der Verlust ist für mich der unwichtigste Gesichtspunkt", sagte Herr Graham. „Ich würde das Geld gerne opfern, um herauszufinden, wie es verschwunden ist. Wenn ein professioneller Einbrecher es gestohlen hat, sind wir einfach nur Zufallsleidende. Wenn ein Junge es nahm, war die Tat wahrscheinlich auf verzweifelte Verzweiflung und eine plötzliche Versuchung zurückzuführen. Meiner Erfahrung nach würde das entweder Glücksspiel oder einen schlimmen Fall von Extravaganz und Schulden bedeuten. Das sind keine erfreulichen Bedingungen, aber wenn es sie gibt, würde ich gern etwas Genaueres darüber wissen."

"Oh je!" rief Mr. Moore aus, dem eine solche Möglichkeit nie in den Sinn gekommen war.

„Achtung, ich sage nicht, dass es ein Junge war", beeilte sich Mr. Graham hinzuzufügen. „Ich erkläre lediglich, warum ich *wissen möchte* , dass er es nicht getan hat. Eddy schien sehr nervös zu sein, als ich ihn heute Morgen befragte."

„Er hatte wahrscheinlich Angst, zweimal untersucht zu werden", sagte Herr Moore. „Ich habe nichts davon gesehen, als ich mit ihm gesprochen habe. Haben Sie die Möglichkeit in Betracht gezogen, dass Miss Devon –"

"Was?" fragte der Direktor , während der andere zögerte.

„Wissen Sie vielleicht mehr, als sie erzählt hat?"

"In der Tat nicht!" antwortete der Direktor . „Miss Devon ist so ehrlich wie der Tag und so methodisch wie eine Maschine. Ich kenne sie seit Jahren. Es scheint mir ein Akt der Ungerechtigkeit zu sein, diese Frage auch nur zu diskutieren."

Das Benehmen des Direktors war nicht so scharfsinnig wie seine Worte, aber Mr. Moore, der durch seine Lebenserfahrungen eine gehörige Portion Vorsicht, wenn nicht auch viele andere geistige Fähigkeiten praktischer Art in ihm entwickelt hatte, fühlte sich nicht ermutigt, die Auseinandersetzung fortzusetzen.

„Und für mich ist es ein Verrat, die Jungen zu verdächtigen", sagte er gut gelaunt, „und so sind wir wieder auf die Hypothese eines Einbruchs zurückgeworfen; aber ich überlasse das Problem dir. Es ist eine Erleichterung, die Last von meinen Schultern fallen zu lassen."

Der Direktor beobachtete ihn, als er den Weg zur Straße hinuntertrottete, eine stämmige, vierschrötige Gestalt, die kräftig und selbstgefällig marschierte, mit kräftigem Rücken und wohlwollendem Gesichtsausdruck vorn. Herr Graham war ebenfalls vorsichtig, und als er am Fenster stand, hätte er seine Gedanken niemals ausgesprochen; aber sie sagten ungefähr so: „Armer, leichtgläubiger alter Moore! Die Jahre vergehen und hinterlassen bei ihm mehr Lehrbuchwissen und mehr Zufriedenheit mit seinen Errungenschaften, aber kein bisschen mehr praktischen Sinn. In der Tat Einbrecher! Miss Devon ist sich vielleicht nicht sicher, ob sie das Fenster abgeschlossen hat, aber ich bin es, und das ist zumindest für mich von größerer Bedeutung. Wenn eine Person mit ihren systematischen Gewohnheiten in den letzten fünf Jahren täglich das Gleiche getan hat, ist es höchst unwahrscheinlich, dass sie es an diesem bestimmten Tag vergessen hat. Daher war der offene Verschluss eine Jalousie, um den Anschein zu erwecken, dass der Dieb durch das Fenster eingetreten sei. Deshalb trat er *nicht* durch das Fenster ein, sondern durch eine der Türen. Bisher habe ich recht zufriedenstellende Argumente hinter mir, aber hier fange ich an, voreilige Schlussfolgerungen zu ziehen . Der Dieb kam durch die Durchgangstür herein und war Student.

„Warum Student? Denn es war ein Unternehmen, das sich ein verzweifelter Student durchaus vorstellen konnte, die Bediensteten jedoch nie. Und wenn ein Schüler – dann gibt es sicherlich irgendwo in der Schule einen Pestherd, der entdeckt und beseitigt werden muss. Was für eine herrliche Aussicht für einen halb kranken, nervenaufreibenden Mann, nach Hause zu kommen!"

Eine jugendliche Gestalt von mittlerer Größe kam den Weg von der Straße herauf und setzte mit geschäftsmäßigem und entschlossenem Ausdruck einen Schritt nach dem anderen auf.

"Sand!" sagte Mr. Graham zu sich selbst. „Eine weitere unangenehme Aufgabe, aber zumindest diese ist bald erledigt."

„Sie haben nach mir geschickt, Mr. Graham."

„Ja, um mit dir über Flanahan zu reden . Wollen Sie ihn wahrscheinlich auf der Neun haben?"

„Ja, Sir", antwortete der Junge mit verwundertem Gesicht. „Er ist unser bester Pitcher."

„Dann freue ich mich, dass ich Ihnen so früh Bescheid geben kann. Er wird wahrscheinlich nicht spielen dürfen."

„Warum nicht, Sir?"

„Weil ich aufgrund verschiedener Fakten, die ich erfahren habe, davon überzeugt bin, dass er nicht der richtige Mann ist, um in unseren Teams zu spielen."

„Glauben Sie, dass wir ihn einstellen, Sir?" sagte Sands, eine Röte der Empörung brannte auf seinen Wangen.

Mr. Graham sah den Studenten scharf an. Auf dem Gesicht des Jungen war ein Ausdruck bitterer Enttäuschung und Empörung, aber kein Anzeichen von Schuldgefühlen. „Nein, das tue ich nicht", antwortete er herzlich. „So tief sind wir noch nicht gefallen."

„Was haben Sie dann gegen ihn?"

„Einfach, dass er nicht als Amateur angesehen wird, bei dem kein Verdacht auf Makel besteht. Ich habe vor meiner Rückkehr einige Nachforschungen über ihn angestellt, und die Ergebnisse waren meiner Meinung nach schlüssig."

„Bist du dir da *sicher* ?"

„ Sicher , was meine Meinung betrifft, die ich auch als die Meinung von Mr. Wallace bezeichnen darf, der mir bei den Ermittlungen geholfen hat. Der klügste Weg für Flanahan wäre, sich freiwillig aus dem Baseballtraining zurückzuziehen und sich der Arbeit zu widmen, für die er nach eigenen Angaben hierher gekommen ist."

„Ist das endgültig?" kam durch Sands' zitternde Lippen. „Soll er nicht die Chance bekommen, die Anklage anzuhören und sich zu verteidigen?"

„Sicherlich, wenn er es wünscht", antwortete Mr. Graham prompt. „Vielleicht kommen auch Sie und ein paar andere, die besonders interessiert sind. Ich möchte euch allen gegenüber fair sein, aber meine erste Pflicht ist die der Schule."

Die Nachricht verbreitete sich schnell und wurde in jedem Zimmer und an jedem Eingang zum Wohnheim besprochen. Die Jungen bevorzugten natürlich die zu Unrecht Unterdrückten, obwohl einige der älteren einflussreichen Leute, wie John Curtis, Dickinson und Melvin, die keine

Baseballspieler waren, auf der Seite des Direktors standen . Sands war untröstlich, Flanahan wütend. Letzterer hatte mit Mr. Graham gesprochen und war sehr aufgeregt zurückgekehrt und konnte nur einen höchst unzusammenhängenden Bericht über das Gespräch geben. Zum Hauptthema waren die Erklärungen des Pitchers für seine Anhänger nicht ganz zufriedenstellend. Er behauptete wild, dementierte er pauschal und untermauerte seine Aussagen mit Schimpfwörtern, die den Anständigen abstoßten.

Sands selbst schämte sich einigermaßen für seinen Schützling, als er ihn zur Anhörung in das Zimmer des Direktors führte und sich an seine Seite in der Nähe der Tür setzte. Mr. Graham war noch nicht hereingekommen. Melvin und Varrell saßen neben seinem Schreibtisch am oberen Ende des langen Raumes, gegenüber der Tür; An ihrer Seite standen Curtis und Arthur Wheelock, der Manager, und mehrere andere.

Die Anspannung des Wartens schien Flanahan auf die Nerven zu gehen. Sein natürlich rotes Gesicht hatte einen dunkleren Farbton angenommen; seine Augen wanderten schnell von Punkt zu Punkt; seine Fäuste öffneten und schlossen sich und zitterten krampfhaft; Sein Kopf nickte in plötzlichen Bewegungen, um die geflüsterten Behauptungen nachdrücklich zu unterstützen, die Sands offenbar eher bekämpfte, als dass er ihnen zuhörte.

"Hast du das gehört?" sagte Varrell , während sein Blick auf das Paar gerichtet war.

„ Natürlich habe ich das nicht getan, und du auch nicht", sagte Melvin. „Auf diese Entfernung kann ich kein Flüstern hören. Sands sieht aus wie ein Mann, der versucht, eine kämpfende Bulldogge festzuhalten. Ich beneide ihn nicht, seinen Freund."

„ Sch !" sagte Varrell und starrte die beiden immer noch an. „Der Kerl ist wild. Er hat gerade damit gedroht, Mr. Graham das Gesicht einzuschlagen. Sands kann ihn nicht kontrollieren. Ruhig! Ich wiederhole es für Sie."

Dick starrte verwundert auf. Er konnte Flanahans grimmiges Auftreten sehen , seine geballten Fäuste und seine aufgeregt bewegten Lippen, aber kein einziges deutliches Geräusch drang zu ihm. Varrell , den Blick auf den gestikulierenden Mann gerichtet, begann in Sätzen zu wiederholen, die dem aufgeregten Nicken des Pitchers entsprachen :

„Ich bin kein Profi. Wer das sagt, ist ein Lügner. Wenn er es mir noch einmal sagt, werde ich ihm das Gesicht zerschmettern. Ja, werde ich; Und es ist mir egal, wer er ist, ob er Direktor dieses alten Ortes ist oder nicht. Er ist nicht besser als ich. Ich werde es aus ihm herausnehmen, wenn er mir eine Lippe gibt – sehen Sie nur, ob ich es nicht tue! Ich weiß, was er vorhatte. Er ist durch Brockville geschlichen. Was ich von Brockville bekam, war zu gering , um es zu zählen – kaum mehr als die Ausgaben. Lass mich in Ruhe, sage ich dir. Ich kann auf mich selbst aufpassen. „Gefeuert?" Was kümmert es mich, gefeuert zu werden! Lass ihn einfach ein Wort sagen und ich werde ihm eines auf den Kiefer träufeln, an das er sich erinnern wird." – „ Ich habe die Schimpfwörter weggelassen", fügte Varrell in einem anderen Ton hinzu.

Mr. Graham trat ein und ging zu seinem Schreibtisch.

„Hat er das wirklich gesagt, Wrenn?" flüsterte Dick. „Machst du etwas vor oder nicht?"

Varrell warf ihm einen empörten Blick zu. „ Natürlich hat er es gesagt, und er hat es auch so gemeint. Glaubst du, ich würde so etwas täuschen?"

"Wie hast du das gewusst?"

„Frag das jetzt nicht, du Idiot! Beobachten Sie einfach den Iren und stellen Sie sicher, dass er nichts Rücksichtsloses tut."

Auf Mr. Grahams Vorschlag hin nahmen die Jungen in der Nähe seines Schreibtisches Platz. Der Direktor las dann zwei oder drei Briefe laut vor, berichtete über bestimmte Tatsachen, die er selbst entdeckt hatte, wiederholte die Meinung von Mr. Wallace und fragte dann Flanahan , was er zu sagen habe.

„Die meisten dieser Dinge sind Lügen", sagte der Pitcher grimmig. „Ich bin kein Profi; wenn sie es sagen, lügen sie."

„Es gibt unterschiedliche Meinungen darüber, was einen Fachmann ausmacht", sagte Herr Graham freundlich. „Über den Namen werden wir nicht streiten. Die Frage für uns ist, ob Sie unserem Anspruch genügen. Wenn Sie jemals Geld für das Spielen erhalten haben, egal, ob die Summe groß oder klein war, können wir Ihnen nicht erlauben, in unseren Mannschaften zu spielen."

„Ich sage Ihnen, es ist nur ein Versuch, meinen Ruf als Amateur zu verunglimpfen", schrie Flanahan . „Es ist mir egal, ob ich in dieser dürftigen Mannschaft spiele oder nicht, aber wer sagt, ich sei kein Amateur, ist ein Lügner."

Mr. Graham stand auf. „Du vergisst dich selbst, Flanahan ", sagte er streng.

Flanahan verschluckte sich einen Augenblick; Dann brach er, außer sich vor Wut, in eine Flut persönlicher Beschimpfungen und Drohungen aus, die sich direkt an den Direktor richteten . Der Ausbruch war so unerwartet und beispiellos, dass die meisten Zuschauer schweigend und entsetzt dasaßen und nicht wussten, was sie denken oder tun sollten. Es gab jedoch drei, für die schon ein paar Ausdrücke Warnung genug waren. Melvin und Varrell sprangen vor, packten den wütenden Ballspieler an den Armen und schleuderten ihn herum, während Sands von der anderen Seite zu ihrer Unterstützung sprang. Während Flanahan fluchte und kämpfte, kamen Curtis und Wheelock zur Besinnung und leisteten Hilfe. Gemeinsam drängten sie den wütenden Rebellen zur Tür hinaus, wie ein Halbverteidiger, der bei einem Tandemspiel durch ein Loch in der Linie getrieben wird. Ein paar Sekunden später stand Mr. Graham in dem leeren Raum und war sich einer merkwürdigen Mischung von Gefühlen bewusst: Beschämung darüber, dass eine solche Szene möglich gewesen sein sollte, aber auch Freude über die uneingeschränkte Loyalität der Jungen.

Um die Ecke von Carter hielten Dick Melvins Hände Varrells Schultern fest gegen die Ziegelwand gedrückt. „Nein, das tust du nicht! Es nützt nichts, sich zu winden, denn ich werde dich nicht im Stich lassen. Diese Sache muss erklärt werden, und damit auch einige andere Geheimnisse. Je mehr ich darüber nachdenke, desto mehr gibt es zu erklären. Du wusstest, was Phil und ich murmelten, als du im Nebenzimmer außer Hörweite warst; Sie haben gehört, was dieser blutrünstige Bösewicht Sands fünfundzwanzig Fuß entfernt zuflüsterte. Sie sahen den kleinen Eddy in Bosworths Zimmer, wie er über den Safe sprach, und Sie wussten, was er sagte. Manchmal weiß man nicht, was direkt neben einem vor sich geht; Manchmal hört man, was zwei Kerle auf der anderen Straßenseite miteinander reden. Kein Jonglieren, jetzt! Raus mit dem Geheimnis und beeilt euch, sonst werde ich –"

„Du bist ein Idiot, Dick", erwiderte der lächelnde Wrenn, „sonst hättest du mich nicht fragen müssen. Lass mich gehen, ich komme nach dem Abendessen herein und sage es dir. Lass mich gehen, hörst du?"

„Na dann, bis heute Abend! Wenn du bis sieben Uhr nicht zur Stelle bist, werde ich dich verfolgen und dir das Leben aus dem Leib pressen – und zwar so", fügte er hinzu, packte den armen Wrenn unter den Armen und umarmte ihn so sehr, dass er ihn fast erdrücken würde seine Rippen auf einmal.

„Nicht mehr davon!" keuchte Varrell . "Ich werde kommen."

KAPITEL XII

VARRELL ERKLÄRT SICH

„HIER bin ich", sagte Varrell und öffnete die Tür von Melvins Zimmer, gerade als die Uhr sieben schlug. „Du hast es nicht verdient, mich zu sehen, aber ich bin hier. Wenn du mich noch einmal so angreifst, schwöre ich einen Haftbefehl gegen dich."

„Sie wissen eine Menge über Haftbefehle", schniefte Melvin; „Obwohl das auch eine Ihrer Spezialitäten sein könnte. Was auch immer ein Haftbefehl sein mag, er wird Sie nicht erwischen, so wie ich Sie in fünf Minuten erwische, wenn Sie der ganzen Sache nicht ohne jede Aufregung gerecht werden.

"Wind!" sagte Varrell in gut gelaunter Verachtung. „Du erinnerst mich an Tommy, wenn er über Montana spricht."

„Komm, Wrenn, das ist der falsche Anfang", warnte Melvin. „Komm zur Sache! Sie haben zugestimmt, sich zu erklären. Und jetzt raus damit."

„Wo soll ich anfangen? Wenn Sie vernünftig wären, wäre keine Erklärung erforderlich."

„Und wenn nicht, ist es mein Unglück und nicht meine Schuld, also werfen Sie es nicht auf mich. Beginnen Sie am Anfang."

Varrell machte es sich in einem Sessel gemütlich. „Nun, du weißt, dass ich ein wenig taub bin."

„Das dachte ich früher", antwortete Melvin, „aber die Dinge, die in letzter Zeit passiert sind, scheinen nicht darauf hinzuweisen."

Vor drei Jahren hatte ich Scharlach", fuhr Varrell fort , ohne auf den Kommentar zu achten, „und meine Ohren waren dadurch in einem schlechten Zustand. Es hat keinen Sinn, auf die Einzelheiten des Falles einzugehen; Es genügt zu sagen, dass die Aussichten einmal ziemlich schlecht waren und die allgemeine Befürchtung bestand, dass es mir schlechter statt besser gehen würde. Meine Mutter machte sich große Sorgen um mich und konsultierte alle möglichen Leute, die über solche Fälle Bescheid wissen sollten. Einige sagten, dass die Taubheit zunehmen würde, andere, dass sie abnehmen könnte, wenn sich mein allgemeiner Gesundheitszustand verbessern würde. Da die Chancen offenbar schlecht standen, unterzog man mich einem ausführlichen Kurs des Lippenlesens mit der Vorstellung, dass es für mich schwieriger werden würde, zu lernen, wenn meine Taubheit tatsächlich zunehmen würde. Zum Glück verbesserte sich mein Gehör nach und nach, und eine Operation brachte mich noch weiter voran, so dass ich jetzt, wenn auch nicht so gut wie Sie, zumindest einigermaßen gut hören kann."

„Und du hast weiterhin von den Lippen abgelesen?"

"Ich musste. Vieles, worüber ich mir nicht ganz im Klaren war, konnte ich mit meinen Augen erkennen. Endlich bekam ich eine Art gemischten Sinn; Mein Auge half meinem Ohr, und mein ganzer Eindruck war beiden zu verdanken. Also habe ich es gleich mitbenutzt."

„Aber ist es etwas, worauf man sich wirklich verlassen kann?" fragte Dick. „Ich bin immer davon ausgegangen, dass das Lippenlesen eine zufällige Vermutung darüber ist, was die Leute sagen."

„Es ist ein Raten, so wie das Lesen von Schriftzeichen ein Raten ist, nur dass beim Lippenlesen die Wahrscheinlichkeit eines Fehlers größer ist, da zwei sehr unterschiedliche Wörter manchmal durch genau das gleiche Aussehen der Lippen ausgedrückt werden." Dennoch habe ich einige sehr clevere Lippenleser gesehen. Ich kannte einen Bankangestellten, der plötzlich sein Gehör verloren hatte und der in drei Monaten in der Lage war, die gesamte Arbeit seiner Position in zwei oder drei Sprachen zu erledigen. Da bin ich behindert. Ich bin nur an Englisch gewöhnt. Deshalb kann ich in Pearsons Unterricht nichts machen, wenn er Französisch vorliest."

„Und Richardsons Schnurrbart muss ein Hindernis sein."

"Du kannst darauf wetten dass es so ist. Ich verabscheue Schnurrbärte."

An diesem Punkt schienen Melvins Fragen erschöpft zu sein, denn er verfiel in eine meditative Stille, die mindestens eine Minute anhielt. Dann sprang er plötzlich auf, packte seinen stillen Besucher an der Schulter und starrte ihm drohend in die Augen. „Komm jetzt, hör auf und sag mir die Wahrheit! Du versuchst nur, mich zu vergnügen."

„Es ist die Wahrheit, die ganze Wahrheit und nichts als die Wahrheit", sagte Varrell und nickte mit feierlicher Betonung jedes Satzes. „Geh und setz dich!"

Melvin ließ sich in seinen Stuhl zurückfallen.

„Erinnern Sie sich", fuhr Varrell fort , „als wir letzte Woche zusammen nach Boston fuhren und ich plötzlich in Gelächter ausbrach? Du hast mich gefragt, was los sei, und ich habe dir erzählt, dass mir gerade eine lustige Geschichte eingefallen ist. Die lustige Geschichte wurde von einem Schlagzeuger erzählt, der uns drei Sitze weiter gegenüberstand. Sie können sicher nicht die Zeit vergessen haben, als wir Masters ein Ständchen brachten und er auf seine Veranda kam und sprach, während das rote Feuer auf seinem

Gesicht spielte und die Kerle schrien und Blechhörner bliesen? War ich nicht der Einzige, der wusste, was er sagte?"

„Das stimmt", sagte Melvin.

„Und hast du nicht gesehen, wie ich Flanahan heute Nachmittag beobachtet habe? Ich musste , das kann ich Ihnen sagen; Diese kleinen, kurzen Sätze sind schwer zu verstehen."

„Ich schätze, ich muss dir glauben", sagte Melvin widerstrebend.

„Du hättest es schon vor langer Zeit getan, wenn du nicht so gesegnet und unwissend gewesen wärest. Hallo, Phil!"

Poole nickte herzlich und setzte sich.

„Hast du jemals von Lippenlesen gehört, Phil?"

"Warum ja. Ich kenne jemanden zu Hause, der ziemlich gut darin ist. Kannst du es schaffen?"

"Warum fragst du?"

„Ich habe dich zwei- oder dreimal verdächtigt, aber ich dachte, ich sage lieber nichts, bis du selbst davon gesprochen hast."

Varrell warf Melvin einen vorwurfsvollen Blick zu.

„Dick hier glaubt nicht daran. Hast du jemals den Schattentrick gesehen?"

„Nein", antwortete Phil.

Varrell stand auf. „Geben Sie uns ein großes Blatt Papier", sagte er. "Das ist es. Komm her."

Er befestigte das weiße Papier auf einer Höhe mit Phils Kopf an der Wand, platzierte Phil daneben und richtete die Lampe auf dem gegenüberliegenden Regal so aus, dass ein scharfes Profil des Gesichts des Jungen auf das Papier fiel. Als nächstes stellte er Melvin zwei oder drei Schritte vor dem Jungen auf; und dann nahm er, nachdem er sich ein schweres Taschentuch um die Ohren gebunden hatte, direkt hinter Phil Platz.

„Jetzt, Phil, sag etwas zu Dick, ohne deinen Kopf zu bewegen und in deinem üblichen Tonfall."

Phil gehorchte. Varrell beobachtete den Schatten der sich bewegenden Lippen auf dem Bildschirm.

"Wiederholen!" befahl Varrell .

Phil wiederholte.

„ Flanahan wurde gefeuert", sagte Varrell .

"Rechts!" rief der Junge erfreut. "Versuchen Sie es erneut!"

Das Experiment wurde mehrmals wiederholt, und bis auf ein oder zwei Ausnahmen las Varrell korrekt vom Bildschirm. [1]

„Na, du bist ein ganz normaler Zauberer!" rief Melvin und zog den Verband vom Kopf seines Freundes. „Das ist der größte Stunt, den ich je gesehen habe."

„Es ist eine ziemlich schwere Prüfung. Wenn ich gewusst hätte, wovon du sprichst, damit ich etwas hätte anfangen können, wäre ich beim letzten Mal nicht gescheitert. Das ist das Lustige am Lippenlesen; In einem Moment ist es leer, und im nächsten Moment bekommt man den Schlüssel, und das Ganze blitzt klar auf."

Aber selbst diese erstaunliche Ausstellung konnte Dick nicht von dem Raub ablenken. „Jetzt sagen Sie mir bitte", begann er, „was Sie mit dieser oder einer anderen Methode wirklich über das wissen, was Eddy an diesem Samstagmorgen in seinem Zimmer zu Bosworth gesagt hat."

Varrell sah Phil vielsagend an.

„Oh, du kannst ihm vertrauen", beeilte sich Dick zu sagen. „Phil ist viel sicherer als ich."

„Ich hoffe, du denkst nicht, Phil, dass ich die Angewohnheit habe, zu lauschen. Oftmals verschließe ich bewusst die Augen vor dem, was die Leute sagen, um Dinge nicht zu verstehen, von denen sie nicht erwarten, dass ich sie weiß. Aber Bosworth ist völlig böse und sollte zur Schau gestellt werden, und seit er den kleinen Eddy wieder erwischt hat, habe ich die Augen offen gehalten. Eddy ging an diesem Samstagmorgen, bevor er nach Boston ging, in Bosworths Zimmer umher. Von meinem Ostfenster aus kann ich jeden , der in die Nähe von Bosworths Fenster kommt, ziemlich deutlich sehen, und ich war mir sicher, dass ich die Wörter „ Tresor ", „Tür " und „ Kombination" verstanden habe . Beim letzten bin ich mir sicher, denn es ist ein langes Wort und leicht zu verstehen."

„Verdächtigen Sie, dass Bosworth in den Safe eingebrochen ist?" fragte Phil schnell.

„Ja, das tue ich", antwortete Varrell ; „Aber bis es bewiesen ist, möchte ich nicht, dass das Thema erwähnt wird."

„Wie konnte er in den Raum gelangen?" beharrte Phil, jetzt zutiefst interessiert.

„An der Durchgangstür."

„Glauben Sie, er hat die Schlüssel der Haushälterin bekommen?"

„Nein, das tue ich nicht", antwortete Varrell , „obwohl es für niemanden unmöglich gewesen wäre, sie zu bekommen." Es gab einen einfacheren Weg: Die Tür öffnet sich und sitzt sehr locker. Er hat es wahrscheinlich aufgestemmt."

"Mit was?"

„Mit dem flachen Eishacker, der in der Ecke neben der Treppe steht. Es ist stark und hat eine breite Klinge, die kaum Spuren hinterlässt. Aber denken Sie daran, ich vermute das alles; Ich habe keinerlei Beweise."

„Willst du versuchen, Beweise zu bekommen?"

„Genau das habe ich vor", sagte Varrell lächelnd. „Ich sage, Dick, du solltest lieber Unterricht bei Poole nehmen! Er hat in drei Minuten mehr herausgefunden als Sie in einer Woche."

Varrells Hand lag bereits auf der Türklinke, als er sich selbst überprüfte und sich umdrehte: „Übrigens, Phil, wenn du Sands gut zur Seite stehen willst, sei vorsichtig, was du über Flanahan sagst . Sands ist wegen der ganzen Angelegenheit völlig zerrissen , beschämt, wütend und angewidert bei dem Gedanken, dass er so einen Mistkerl vorangetrieben hat. Sag ihm einfach nichts davon, sonst machst du ihn fertig."

„Danke", sagte Phil. "Ich werde vorsichtig sein."

---

1. Ein Duplikat dieses interessanten Experiments findet sich in einem Artikel über Lippenlesen im *Century* vom Januar 1897.

KAPITEL XIII

DER FRÜHLINGSLAUF

JOHN CURTIS schlug das Buch mit einem Seufzer der Erleichterung zusammen. "Das ist das Ende. Ich bin Ihnen sehr dankbar. Nächste Woche in den Urlaub nach Hause fahren?"

„Nein", sagte Dick. "Bist du?"

„Nein, Sir", antwortete John; „Kein Urlaub für mich. Jetzt, wo ich mir das Schleifen angewöhnt habe, werde ich bestimmt nicht nachlassen. Weißt du, was ich den ganzen Winter gemacht habe?"

„Lernen, hoffe ich", antwortete Melvin. „Sie waren nicht sehr oft hier, außer auf Besorgungen wie dieser."

"Das ist richtig; und mir geht es viel besser als vorher. Ich komme mit vielen Dingen klar, die mir früher verschlossen vorkamen. Die Niederländer faszinieren mich am meisten; Ich weiß nicht, warum das so ist, aber irgendwie wird es nicht sinken. Auch ich schlucke schwer. Ich habe das Griechische aufgegeben und lerne wieder Latein. Mein Französisch und meine Mathematikkenntnisse sind ziemlich gut, und in Chemie bin ich ein Volltreffer."

Dick johlte; dann überprüfte er sich plötzlich. „Sie sind alle Haie in der Chemie, das sollte ich anhand der Berichte beurteilen, die mir die Kollegen geben."

Curtis lächelte grimmig. „Ich bin so gut wie alle anderen; Sie fragen einige von ihnen und sehen. Es ist das erste, was mir wirklich gut gelungen ist, seit ich diese alte Mühle betreten habe. Die Niederländer sind die Schlimmsten. Ich glaube auch nicht, dass der alte Moore das ganz ehrlich meint. Er lässt sich auf die Leute ein, die alles wissen, und geht einfach an uns armen Idioten vorbei, die sich suhlen."

„Er ist gutmütig und locker, nicht wahr?" fragte Dick.

"Das hängt davon ab. Er ist weder wild wie Richardson noch satirisch wie Wells; Aber er macht in seiner Klasse eine Menge Blödsinn und lächelt alles schief, und dann wird er plötzlich wild und lässt sich wie ein Haufen Ziegelsteine von einer Leiter auf jemanden fallen. Da es normalerweise die falsche Person ist, macht es Ärger."

„Welche Kerle sind da drin?" fragte Dick interessiert.

„Oh, verschiedene. Tompkins und Bosworth sind die Schlimmsten. Bosworth wird nicht oft verdächtigt, weil er eine Art Liebling des alten Mannes ist und immer lügt, wenn er erwischt wird. Tompkins ist schlauer, und er lügt nicht – das gefällt mir an ihm; aber er hat eine Frechheit wie ein Berg."

"Was macht er?"

„Oh, alles Mögliche; Ich kann mich nicht an sie erinnern. Neulich kam er aus dem Fitnessstudio gerannt, ohne sich umzuziehen. Er hatte seinen Mantel einfach über sein ärmelloses Hemd gestülpt und ihn bis zum Hals zugeknöpft. Ohne nachzudenken knöpfte er es im Unterricht noch einmal auf, und Moore sah den tiefen Ausschnitt darunter. „Ich möchte keine halb bekleideten Jungen in meinem Klassenzimmer", sagte er. „Tompkins, geh und zieh dich ordentlich an!" Tommy ging hinaus und blieb eine halbe Stunde. Als er zurückkam, trug er Lackschuhe mit Gamaschen, einen Prinz-Albert-Mantel, Handschuhe, einen Stehkragen und einen Seidenhut. Woher er den Hut hat, weiß ich nicht. Er blieb einen Moment in der Tür stehen und alle Kerle sahen sich um; dann nahm er seinen Hut ab und ging ruhig zu seinem Platz."

„Was hat Moore getan?" fragte Melvin: „Ihn rausfeuern?"

„Nein, er sagte nur ‚Danke, Tompkins' und fuhr fort. Es war eine tolle Aufmachung, aber irgendwie schien sie nicht die beabsichtigte Wirkung zu haben. Es heißt übrigens, dass er dieses Jahr das Pitching übernehmen muss. Ist er gut?"

„Phil glaubt das; und Wallace hat, glaube ich, gut über ihn gesprochen."

„Dann warnen Sie ihn besser, vorsichtig zu sein. Er macht nichts Schlimmes und scheint im Grunde ein netter Kerl zu sein, aber diese kleinen Tricks können ihn in Schwierigkeiten bringen. Sie würden den Pitcher genauso schnell auf die Neun werfen wie alle anderen. Du erinnerst dich, dass sie letztes Jahr einen Kerl rausgeschickt haben, weil er der Gips-Diana, die im Flur steht, eine Haube auf den Kopf gesetzt hat."

„Das war zum Beispiel", erwiderte Dick energisch. „Diese Abgüsse waren die Geschenke vieler Alumni, und die Machenschaften mit ihnen mussten aufhören."

„Sie haben es jedenfalls für diesen Kerl gestoppt", sagte Curtis trocken. „Wird dieses Treffen am Samstag etwas Gutes sein?"

„Das hoffe ich", sagte Dick. „Es wird die üblichen Indoor-Events und einige kurze Sprints auf der Holzbahn draußen geben. Wir haben gute Handicaps vergeben und es sollte einige harte Rennen geben."

„Dann muss es besser sein als die Leistung bei der Faculty Trophy im letzten Monat. Das war ungefähr so spannend wie ein Krocket-Match."

„Das werden wir verbessern", antwortete der Manager selbstbewusst. „Den Kerlen geht es in letzter Zeit besser."

Es gab praktische Gründe für die Existenz des Handicap-Treffens im März. Es bot Jungen aller Leistungsstufen eine einladende Gelegenheit, ohne Nachteile an einem öffentlichen Wettbewerb teilzunehmen, und brachte so neues Material hervor. Es war gleichzeitig ein formeller Abschluss der sportlichen Arbeit des Winters und die erste Bestandsaufnahme für die größeren Wettbewerbe des Frühlings. Mit Dickinson und Travers im Sprint, Todd im Hürdenlauf und Curtis für Hammer und Schuss gab es in der Schule immer noch einen sehr beachtlichen Überrest des letztjährigen Siegerteams, mit dem man in die Frühjahrskampagne gegen Hillbury starten konnte . Dennoch mussten noch Lücken geschlossen werden, es mussten neue Sekundanten und Terzen geschaffen werden, wo die ersten Plätze einigermaßen sicher schienen, und es mussten bessere Männer gefunden werden, falls es bessere Männer gab, für die am stärksten verteidigten Wettbewerbe.

Bei den Sprüngen und dem Stabhochsprung mangelte es besonders an gutem Material. Melvin hatte im Laufe seiner täglichen Turnhallenübungen den Hochsprung geübt, allerdings ohne die geringste Ahnung, dass er darin hervorragende Leistungen erbringen würde. Mit federnden Beinen und etwas Intelligenz, um seine Anstrengungen zu lenken, hatte sich der Höhepunkt, an dem er scheiterte, allmählich erhöht. Einen Monat zuvor hatte er sich beim Faculty Trophy-Treffen selbst damit verblüfft, dass er mit 1,70 m den 1,60 m des Schulmeisters übertraf. Die Praxis besaß für ihn nun ein zusätzliches Interesse. Wenn er auf die gleiche Weise weiterhin Zentimeter zulegen könnte, wäre es ihm bei den Frühjahrswettbewerben gelingen, eine beträchtliche Höhe zu überwinden. Auch Varrell war vom Fieber angesteckt und kämpfte mit all dem Eifer und der Intelligenz, die dieser eigenartige Junge besaß, im Stabhochsprung.

An diesem Samstagnachmittag versammelte sich eine beträchtliche Menschenmenge um die acht Meilen lange Holzbahn, die hinter der Turnhalle liegt. Zum 40-Yard-Lauf kamen die Teilnehmer in Scharen, vier Männer in einem Versuch, Lauf nach Lauf, schnell hintereinander; dann die Sieger in Halbfinalsätzen und drei Männer im Endlauf. Die Baseball-Kandidaten waren fast zu zweit hier, denn sie hatten im Winter Starts und Sprints für das Baserunning geübt und hatten nun ihre Probeübungen. Dick beobachtete interessiert, was Phil mit seinem Drei-Fuß-Handicap anfangen würde, und freute sich, zu sehen, wie sein Zimmergenosse so scharf davonkam und seine Hitze so locker wegsteckte. Im ersten Halbfinale trat der Junge gegen Sands an und schlug ihn ohne Schwierigkeiten; Im zweiten Spiel schlug er Jordan mit knapperem Vorsprung. Erst im letzten Lauf scheiterte er, als Jones, ein Mittelspieler , Erster und Travers Zweiter wurde, während Phil ein schlechter Dritter wurde.

„Gute Arbeit, Poole!" sagte MacRae , ein Mittelzimmer im selben Eingang, der gerade für die tausend Meter herauskam. „Ich bitte nur darum, es auch zu tun."

Aber MacRae machte es besser. Er lief sein Rennen mit einem Handicap von zwanzig Yards und beendete das Rennen als Erster, nahe am Schulrekord. Die Mittelsmänner wurden begeistert.

„Was für eine Behinderung!" sagte Dickinson vorwurfsvoll zu Melvin, als dieser seinen Platz für die Dreihunderter einnahm und sich darauf freute, dass der Vordermann weit hinter der Kurve stand. „Ich könnte genauso gut nicht weglaufen."

„Es ist nicht zu viel für Ihr Bestes, alter Mann", antwortete der Manager selbstbewusst. „Man weiß nie, was man tun kann, bis man es versucht."

Dickinson antwortete nicht, denn er hatte mit dem angespannten, ernsten Gesichtsausdruck, den Dick so gern sah, bereits sein Ziel erreicht. Mit dem Pistolenschuss hatte er einen großartigen Start hingelegt – den der Manager in einem kurzen Anflug von Freude mit der Zögerlichkeit des Vorjahres kontrastierte – und kam schnell in Schwung. Er überholte Lord auf der Gegengeraden, Sandford auf der Geraden am Ende der ersten Runde und drängte dann auf Von Gersdorf , der seinen 20-Yards-Start gut ausgenutzt hatte und mit seinen kurzen, kräftigen Beinen, die unter ihm flogen, mühelos umzog die harten Kurven, die den Verfolger aufhielten. Von Gersdorf kam mit Dickinson auf den Fersen in die letzte Kurve. In der Kurve gewinnen Kurzbeine an Bedeutung. Die beiden stürzten sich mit einem Abstand von vier Metern auf die Zielgeraden, die Kurzbeine keuchten mit schnellen Staccato-Schlägen voran, die Langbeine schwangen sich wieder in den weiten, weitenverzehrenden Schritt, der so leicht und natürlich aussah wie die Kolbenbewegung einer Feinfeder Motor und forderte dennoch Muskeln, Nerven und Herz bis zum Äußersten.

„Los , Gerty , los!" schrieen die Mittelsleute . "Es ist deins!" Entschlossen, seinen Vorsprung noch eine Sekunde länger zu halten, bohrte Von Gersdorf seine Stacheln in das weiche Brett, machte einen letzten hektischen Spurt und hob seine Arme, um mit der Brust auf die Sehne zu treffen – und fand keine Sehne, die er treffen konnte. Dickinson hatte es vor sich weggetragen.

„Was für ein Rennen!" rief Tompkins aus, als er mit Varrell an der Wand saß. „Das nenne ich Sport. Ich würde kilometerweit fahren, um das noch einmal zu sehen!"

"Wie viel Uhr ist es?" fragte Curtis über die Schultern der Männer, die die Wachen hielten. „Um zwei Sekunden schlagen? Das sagst du nicht! und er tat so, als ob er auf dieser Strecke nichts machen könnte!"

Melvin half dem Läufer die Böschung hinauf zur Turnhalle und kümmerte sich weder um den Rekord noch um das Rennen. „Wie geht es dem Knöchel?" war seine erste besorgte Frage. "Hast du es gefühlt?"

"Kein Bisschen!" stammelte Dickinson zwischen Keuchen. „Aber die Ecken – sind schrecklich. Sie haben mich jedes Mal aufgehalten."

der 45-Yard- Hürdenlauf und der 600-Yard-Lauf. Todd gewann den Hürdenlauf aus dem Nichts: Die sechshundert gingen an Cary, einen Mittelläufer , der von einem guten Start an ein stabiles Rennen lief, wobei Dickinson dieses Mal den Kurven und dem Handicap erlag und Dritter wurde.

Die Szene wechselte nun in die Turnhalle, wo die letzten drei Veranstaltungen stattfinden sollten. „Ihr Jungs wollt etwas tun", sagte Marks und kam zu dem Platz, an dem Melvin, Varrell und Curtis saßen, bereit für ihre Veranstaltungen. „Die Mittelmänner fangen bereits an zu krähen."

„Das bringt nichts", antwortete Curtis mit einem leichten Hauch von Verachtung. „Jeder kann einen Scratch Man schlagen, wenn man ihm genug Handicap gibt."

„Natürlich", erwiderte Marks; „Aber sie waren immer eine dumme Klasse. Einige ihrer Männer haben sich auch ziemlich gut geschlagen. Für Mittelsmänner ist es schlecht, eine hohe Meinung von sich selbst zu haben."

„Letztes Jahr hat es uns nicht geschadet", sagte Melvin.

Der Stabhochsprung wurde gestartet und Varrell bereitete sich auf seinen ersten öffentlichen Auftritt vor. Er sah niemanden an, denn er konnte spüren, dass unter den Zuschauern neugierige Fragen kursierten, und er fürchtete, mit entmutigenden Kommentaren auf den Lippen überrascht zu werden. Als er in der gewohnten Position vor der Bar stand, verschwand diese Angst. Er nahm seinen Anlauf, steckte seine Stange fest in die weiche Planke, erhob sich mit einem feinen, nervösen Sprung und schwang sich leicht hinüber. Noch während er fiel, kam sein Mut zurück. Im Bewusstsein, dass seine Form unbestreitbar gut war und von dem Gefühl der Reservekraft strahlte, blickte er nun direkt zu den Zuschauern und amüsierte sich darüber, dass er auf dieser und jener Lippe Bemerkungen auffing, die nicht für ihn bestimmt waren:

„Immerhin nicht schlecht." „Hübsch, nicht wahr?" „Verkorkt gut!" „Weiß wie, nicht wahr?" „Zu glatt für die Ewigkeit."

Andere folgten. Die Messlatte stieg um neun Fuß, neun Fuß drei. Varrell , der drei Zoll Handicap hatte, und Dearborn, der Scratch-Man, waren jetzt allein. Beide Männer überwanden eine Höhe von 2,70 Meter, was zehn Zentimeter höher war, als Wrenn jemals erreicht hatte. Um neun Uhr sieben scheiterte er und Dearborn berührte knapp. Die Veranstaltung war Varrells Handicap.

„Gut, Wrenn", sagte Melvin und fasste seine Hand fest, während er sich setzte. „Denken Sie an die kleine Praxis, die Sie im Vergleich zu Dearborn hatten. Auch Ihre Form war leistungsstark, und das ist wichtig für die Verbesserung im Stabhochsprung. Oh, vielleicht werden wir beide noch große Preisträger. Hier geht es zu meiner Ausstellung."

Er sprach mit einem Lächeln auf den Lippen, was deutlich machte, dass seine letzten Worte ein Scherz waren. Varrell schaute ihm eher neidisch nach, während er ein paar selbstbewusste Schritte machte und sanft über die Latte in ihrer ersten Position kletterte. Melvin musste nicht darüber nachdenken, was die Zuschauer von seiner Kühnheit halten würden; noch darum zu kämpfen, sich in der Schule einen Namen zu machen. Ein Mann mit seiner sportlichen Leistung, seinem Rang und seinem allgemeinen Einfluss könnte es sich leisten, bei einem Handicap-Meeting leichtfertig über einen Preis zu sprechen. Für Varrell , der sich noch kaum von dem Gedanken befreit hatte, dass er in der Schule immer noch ein Fremder war, wäre jeder Preis, der ihm eine Auszeichnung verlieh, willkommen gewesen. Einen wichtigen Wettbewerb zu gewinnen, sich einen Platz in einer Schulmannschaft zu sichern, sich das begehrte „S" zu verdienen und es zu tragen – all das war Teil eines uneingestandenen Ehrgeizes. Deshalb beneidete er Dick nicht wegen der Auszeichnungen, die er gewonnen hatte, sondern wegen der Fähigkeiten, die es ihm ermöglicht hatten, sie zu gewinnen.

Der Sprung nahm seinen beschwerlichen Verlauf. Bei fünf Fuß begannen die Teilnehmer auszusteigen. Benson, der Scratch-Man, und Melvin schafften es als Einzige, einen Meter fünfundsiebzig zu überwinden. Beide gingen um Viertel vor sechs hinüber; Dann scheiterte Melvin und Benson gewann mit einem zwei Zoll höheren Sprung den ersten Platz.

„Ein weiterer Middler- Sieg!" knurrte Marks, dessen Klassenpatriotismus schrill war.

„Ich hätte gewinnen sollen", sagte Dick und zog zufrieden seinen Pullover an, „wenn ich die drei Zoll genommen hätte, die sie mir geben würden. Als Dickinson und ich das Handicap übernahmen, wollten wir nicht wegen unfairer Vorteilsnahme angeklagt werden und stellten uns daher auf Null."

„Das reicht für Dickinson, aber für dich ist es einfach Selbstmord. Du lernst einfach und Benson ist schon seit seiner Schulzeit dabei."

„Ich hätte ihn gern 1,80 Meter weit laufen sehen", sagte Melvin ruhig. Marks murmelte etwas Unverständliches und wandte sich an Curtis. „Lassen Sie uns trotzdem nicht im Stich!"

Curtis nickte und schnappte sich den Schuss. Sein erster Putt war nah am Rekord, sein zweiter berührte ihn, sein dritter ging zehn Zoll darüber hinaus. Das bescherte ihm einen neuen Rekord und die Veranstaltung und versetzte Marks wieder in gute Laune.

„John Curtis ist der Mann für mein Geld, wie ich immer gesagt habe", verkündete er bedeutsam gegenüber Melvin. „Er lässt dich nie zurück."

„Haben Varrell und Dickinson nicht dasselbe getan?" fragte Melvin, der einen Moment lang amüsiert über die eigentümliche Sichtweise dieses nichtsportlichen Sports war, der immer sportlichen Unsinn schwadronierte und als Experte prahlte.

„Ja-es", antwortete Marks unwillig; „Aber Dickinson weigerte sich, die sechshundert zu zahlen. Das liegt alles an seiner Torheit über das Ende des Tracks; Sie würden ihn nicht aufhalten, wenn er keine Angst hätte."

Ein Ausdruck der Empörung huschte über Melvins Gesicht. Seine Lippen öffneten sich, um eine wilde Erwiderung auszustoßen, aber plötzlich hielt er sich zurück, schnupperte amüsiert und verächtlich und antwortete gut gelaunt: „Wirklich, Marks, du solltest ein Buch über Leichtathletik schreiben, um es der Schule zu überlassen, wenn wir unseren Abschluss machen. "

Und Marks ging wütend und wortreich los, um seinen Zuhörern mitzuteilen, dass Melvins sportliche Erfolge ihn völlig umgedreht hatten; Der Kerl war doch eigentlich nichts weiter als ein großer Trottel.

KAPITEL XIV

UNTER ZWEI FLAGGEN

LANG, nachdem die Versammlung zu Ende war, machten die begeisterten Mittler viel Lärm mit ihren Schreien und ihrem Jubel, gegen den niemand etwas einzuwenden hatte, außer denen, die zufällig zu dieser ungünstig gewählten Stunde lernen wollten. Später suchten einige führende Geister nach einer wirkungsvolleren Möglichkeit, ihre Bedeutung zu beweisen, als durch die abgenutzte und mühsame Art des Jubels. Die Klassenfahne, die die Absolventen nach einem Präzedenzfall sehr früh an Washingtons Geburtstag auf dem Turm der Akademie gezeigt hatten, war von dem gewissenhaften Jungen, der die Akademieglocke läutete, zeitgemäß und schändlicherweise entfernt worden. Die Mittelsmänner kamen zu dem Schluss, dass es für sie am klügsten wäre, ihre eigene Klassenfahne an dem Tag aufzuhängen, an dem die Schule wegen der Frühlingsferien aufbrechen sollte – am darauffolgenden Mittwoch.

Jungen sind sprichwörtlich unfähig, Geheimnisse zu bewahren. Am Montagabend wussten die Senioren von dem Plan der Mittelsmänner. Am Dienstagabend wussten die Mittelschüler von dem Plan der Oberstufenschüler, der natürlich vorsah, ihre Freunde am Mittwochmorgen zu treffen und den Oberstufenschülern, und nicht dem Mittelstufenbanner, der verstreuten Schule zum Abschied zuwinken zu lassen. Die Mittelsmänner trieben die Umsetzung ihres Plans dann um mehrere Stunden voran. Am frühen Dienstagabend statt am Mittwochmorgen erklomm ein mutiger Mittler namens Tompkins das Dach der Akademie, bestieg den Glockenturm und befestigte an der Wetterfahne das Banner seiner Klasse. Dann rutschte er am Blitzableiter wieder hinunter zum Hauptdach des Gebäudes und ließ sich dort für seine einstündige Nachtwache nieder.

Der Bericht über diese Vorwärtsbewegung des Feindes wurde am frühen Abend in Sands Zimmer gebracht. Er rief hastig Berater herbei; Melvin, Varrell, Curtis, Dickinson, Waters, Todd und andere, deren Namen in dieser Geschichte nicht bekannt sind, versammelten sich zu seinem Aufruf.

Waters schlug vor, die Wache sofort zu stürmen, die Flaggen zu wechseln und eine neue Wache aufzustellen. Melvin und Varrell lehnten den Plan energisch als gefährlich und tollkühn ab und wurden offenbar von den anderen unterstützt. Dickinson schlug dann vor, dass es am klügsten wäre, den Mittelmännern ihre Flagge, ihre Nachtwache und ihren Sieg zu überlassen.

„Und sollen sie sich danach für immer über uns freuen?" sagte Sands. „Nicht in deinem Leben!"

„Wir sollten nie das Ende davon hören", sagte Todd und fragte sich, wie jemand kaltblütig genug sein konnte, einen solchen Kurs vorzuschlagen – aber Dickinson war schon immer seltsam gewesen.

Marks und Reynolds traten nun dem Unternehmen bei und hörten einen Bericht über das Verfahren.

„Ich stimme Dickinson zu", sagte Melvin und erneuerte die Diskussion. „Diese Klassenstreitigkeiten sind am Anfang gefährlich, denn man kann nicht sagen, wie das Ende aussehen wird. Wenn wir die Flagge der Mittelsmänner abbauen und unsere aufhängen, werden die Mittelsmänner ihr Herz darauf setzen, es uns heimzuzahlen, und dann wird das Ding hin und her schwanken, bis es ernsthafte Probleme gibt. Ein gutes Beispiel dafür hatten wir letztes Jahr, als Martin und seine Bande das Auto anhielten."

„Wenn wir ihnen dabei einen Vorsprung verschaffen, werden sie ermutigt, etwas anderes auszuprobieren", bemerkte Curtis. „Schlag sie , wann immer du kannst, sage ich, aber pass nur auf, dass du sie nicht verfehlst. Es ist schlimmer, es zu versuchen und zu scheitern, als es überhaupt nicht zu versuchen."

„Und andererseits", warf Varrell ruhig ein, „wenn man sie ganz in Ruhe lässt und ihren Taten überhaupt keine Beachtung schenkt, werden sie keine besondere Ehre in der Sache finden." Der einfachste Weg, sie zu besiegen, besteht darin, sie in Ruhe zu lassen."

„Was für ein sandloser Haufen!" rief Marks angewidert aus. „Warum gehst du nicht offenherzig und sagst, dass du Angst davor hast?"

„Halt den Mund, Marks", befahl Sands, „sonst bekommst du Ärger."

„Ein tapferer Mann wie Marks könnte es alleine schaffen", sagte Melvin und streckte sich, während er aufstand. „Ich sollte nicht daran denken, seine Chance zu beeinträchtigen. Nun, gute Nacht euch allen; Ich gehe nach Hause und lege mich ins Bett."

Varrell und Dickinson gesellten sich zu ihm an der Tür. Curtis wollte ihm folgen, aber ein deutliches Augenzwinkern von Sands hielt ihn zurück. „Gute Nacht", rief er ihnen nach, „ich gehe wohl noch nicht."

Tompkins saß in Mantel und Handschuhen auf dem Dach der Akademie und wartete, grübelte und zitterte. Die Nacht war klar und mondlos. Der Tag war warm gewesen; jetzt war es wieder eiskalt. Um elf Uhr hörte er unten den Willkommensruf von Benson, der ablösenden Wache, und huschte zu Boden, so schnell es seine kalten Hände und steifen Beine erlaubten. Um zwölf Uhr war Bosworth an der Reihe. Er stand mit einiger Mühe auf, da er das Klettern nicht gewohnt war, und zog an einer Schnur einen voluminösen Ulster hinter sich her, den er sich von einem größeren Klassenkameraden geliehen hatte, in den er sich gemütlich rollte, während er am Fuß des Glockenturms hockte, wo die Der Blitzableiter reichte mit seiner Seite bis zur Wetterfahne darüber.

Eine Viertelstunde lang herrschte völlige Stille. Dann nahm der einsame Beobachter vage Geräusche darunter wahr, mal seitlich, mal vorne. Mit schnell klopfendem Herzen befreite er sich aus dem Ulster und kroch um den Glockenturm herum zum Dachfirst, der zur Vorderseite des Gebäudes führte, und an diesem entlang bis zur Giebelspitze. Als er seinen Kopf vorsichtig vorbeugte, hörte er Stimmen – zunächst undeutlich, dann etwas klarer.

Er hörte Stimmen – zunächst undeutlich, dann etwas klarer

Was auch immer die Unbekannten taten, sie gingen in ihren Bewegungen sehr bedächtig vor. Es vergingen Minuten, bis er unten auf dem Dach der

Veranda Gestalten erkennen konnte . Sie warteten hier und verbrachten mehr Zeit mit gedämpften Gesprächen und diskutierten offenbar über die Methode, die Mauer darüber zu erklimmen, die, wie Bosworth sich immer wieder beruhigend sagte, während er sich zitternd an den kalten Schieferplatten festhielt, nicht zu erklimmen war. Endlich drang der Frost bis auf seine Knochen und machte es offensichtlich gefährlich, länger in seiner verkrampften Position zu liegen . Er war gerade dabei, zu seinem warmen Mantel zurückzukehren, als die Gestalten auf der Veranda wieder aktiv wurden. Er hörte deutlich – es klang wie Curtis' Stimme – „ Ich sage, wir schaffen das nicht." Wir können genauso gut nach Hause gehen, als hier einzufrieren."

Wenige Minuten später schienen die Lautsprecher wieder auf dem Boden zu liegen. Plötzlich gingen ihre Stimmen im Geräusch der Füße unter, die vorsichtig den Brettersteg entlangschritten, der zur Straße führte. Bald waren auch diese Geräusche verstummt und es herrschte wieder absolute Stille.

Taub vor Kälte kroch Bosworth in seine Nische zurück und wickelte sich noch einmal in den großen Mantel, den er auf einem Haufen am Fuße des Blitzableiters fand. Das verwirrte ihn, denn er hatte deutlich den Eindruck, als würde er wie ein Wurm aus einem Kokon aus dem Mantel kriechen und ihn hinter sich auf dem Dach ausgebreitet zurücklassen.

„Es ist sowieso ein abscheulicher Job", stöhnte er, „und ich war dumm, mich von ihnen hineinziehen zu lassen. Ich werde hier erfrieren."

Aber die Stunde war fast vorbei. Er war gerade dabei, in einen gefährlichen Schlaf zu verfallen, als Dearborns Ruf von unten erklang und Dearborn selbst ihn plötzlich aufschreckte, indem er plötzlich am Rand des Daches auftauchte.

„Alles in Ordnung hier oben?" fragte der Neuankömmling.

„Das nehme ich an", grummelte Bosworth, „wenn man es als in Ordnung bezeichnen kann, wenn einem die Beine und Arme abgefroren sind."

„Etwas gesehen oder gehört?"

Bosworth zögerte. Die Anweisungen der Anführer waren eindeutig: „Signalisieren Sie beim ersten verdächtigen Geräusch!" Als ihn die Stimmen erregten, war sein erster Impuls gewesen, das vorab abgestimmte Signal zu geben; Aber die Angst, zum Mittelpunkt eines Handgemenges auf dem Dach zu werden oder gezwungen zu sein, am Fuße des Blitzableiters die Stellung zu halten, bis sich Klassenkameraden zur Rettung versammelten, hatte seine Lippen verschlossen gehalten.

„Nun, was ist los mit dir?" schnappte Dearborn. „Hast du nicht gehört, was ich gesagt habe? Du tust so, als würdest du schlafen."

„Nein, kein Ton."

„Es scheint lange zu dauern, bis es herauskommt."

Bosworth stand auf. „Wenn du so lange gefroren hast wie ich, wirst du nicht mehr so darauf erpicht sein, selbst zu reden."

„Dann gib mir den Mantel", antwortete Dearborn und schnappte sich ihn ohne weitere Umschweife. „Du kannst es morgens haben. Und jetzt geh raus und ins Bett. Dies ist die Stunde, in der sie kommen, wenn sie überhaupt kommen."

So wechselte die Uhr in der stillen, kalten Nacht stündlich. Der letzte Mann in der Luft stieg um sechs Uhr ab, gerade als die Sonne über dem Horizont hervorlugte. In der großen Küche von Carter Hall arbeiteten die Köche bereits fleißig. Bald würden die Jungen, die sich um den Hof kümmerten, mit ihren ersten Aufgaben beginnen, und da die Schlafsäle allmählich erwachten, war es nicht mehr ratsam, den Wachposten auf dem Dach zu halten. Auf halbem Weg zwischen der Akademie und Carter traf der scheidende Wachmann seine beiden Nachfolger, die die Wache zwischen sechs und sieben Uhr im Verborgenen der Veranda der Turnhalle fortsetzen sollten. Zusammen blickten die drei stolz zu dem weißen Strauß hinauf, der schlaff zwischen dem Ost- und Nordarm der Wetterfahne der Akademie hing.

„Da ist alles in Ordnung", sagte Strout. „Mit dem ersten Windstoß wird sie ausblasen und sich zeigen."

Um sieben war die Wache zu Ende – die letzte Wache. Kein Senior war erschienen. Die Mittelsmänner frühstückten früh, blieben dann um die Stufen von Carter herum und warteten auf die Glocke der Kapelle.

"Es kommt!" rief Dearborn und hielt voller freudiger Erwartung seinen Finger hoch. „Und zwar zur richtigen Zeit! Sehen Sie, wie sich die Baumwipfel biegen!"

Gerade als der düstere Klang der Glocke ihren ersten Ruf erklang, als die Jungen, die langsam aus den Eingängen der Schlafsäle schlenderten, träge die Minuten der Freiheit abzählten, die ihnen noch blieben, bevor der letzte tödliche Schlag ihnen den Eintritt in die Kapelle versperren würde, ... Eine Brise schlug gegen die Wetterfahne, füllte die Falten der Flagge und ließ sie heftig flattern.

„Drei lange ‚ Seatons ' für die Mittelklasse!" rief Strout und sprang mit der Mütze in der Hand aus der wartenden Gruppe. „Mach es jetzt gut, eins, zwei, drei –"

Ein Stöhnen von hinten stoppte ihn plötzlich. Der Wind hatte zugenommen; die weiße Flagge war in voller Länge und Breite ausgestellt; und es trug nicht die Ziffern der mittleren, sondern der höheren Klasse!

„Irgendein Irrtum mit der Flagge, nicht wahr, Strout?" ertönte Curtis' Stimme von den Stufen. „Sie müssen einen Blinden haben, der das aufstellt."

Strout erwiderte weder einen Blick noch ein Wort, aber er nahm jeden Wachposten vor der ersten Rezitation fest und verhörte ihn gründlich. Alle , auch Bosworth, schworen, dass er die ganze Stunde über ehrlich und aufmerksam auf den Blitzableiter neben dem Glockenturm gewacht und nichts gehört habe. Alle außer Bosworth sagten die Wahrheit.

Kapitel XV

ÜBER VIELE DINGE

„WER hat es getan, Dick?" fragte Phil später am Tag, als die Flagge abgenommen worden war, Abschied genommen worden war und die Schlafsäle, die von denen geleert worden waren, die das Glück hatten, in unmittelbarer Nähe von zu Hause zu sein, nicht mehr wie ein Ameisenhaufen in der geschäftigen Jahreszeit aussahen .

„Ich weiß es nicht", antwortete Dick. „Ich kann es erraten, und das ist alles."

„Die Leute sagen, Curtis und Sands steckten dahinter. Für solch große Kerle scheint das eine ziemlich dumme Angelegenheit zu sein, nicht wahr?"

Dick lachte. Zwei Saisons, in denen er sich mit den unterschiedlichen Facetten des Seaton-Lebens auseinandergesetzt hatte, hatten weder Pooles Respekt vor Anstand erschüttert noch seine natürliche Würde beeinträchtigt.

„Was für ein ehrwürdiger Mensch Sie sind! Manchmal scheinst du der Älteste von uns allen zu sein. Wie alt bist du überhaupt?"

„Ich bin fünfzehneinhalb", antwortete Poole. „Ich wünschte, ich komme Sands alt vor", fügte er traurig hinzu. „Vielleicht würde er mir eine etwas bessere Show bieten, wenn ich es täte. Er benimmt sich immer so, als wäre ich ein Kind."

„Egal, wie er sich verhält", sagte Melvin. „Lass ihn dich nehmen, ob er will oder nicht. Studieren Sie Ihr Spiel und warten Sie, bis die letzte Waffe abgefeuert ist."

„Ich kann nicht mehr durchhalten, nachdem er mich rausgeschmissen hat", sagte Phil mit einem melancholischen Lächeln.

„Hat er das getan?"

"Noch nicht; Es kann jedoch sein, dass es kommt, wenn das Training nach den Ferien beginnt. Dann wird der Trainer hier sein."

Der Senior lehnte sich mit hinter dem Kopf verschränkten Händen in seinem Schreibtischstuhl zurück und blickte lange und ausdruckslos aus dem Fenster auf die nackten Äste und massiven graubraunen Stämme, die die ferne Straße säumten. „Irgendwann wirst du es schaffen, da bin ich mir sicher, Phil, denn ich glaube, du hast es in dir; Und wenn du es hart genug willst, wirst du es durchhalten. Die einzige Frage in meinem Kopf ist, ob es dieses Jahr oder später kommen wird. Man muss einen Anfang haben, und der Anfang hängt oft vom Glück ab. Ich bin im ersten Jahr durch einen glücklichen Zufall in die Fußballmannschaft gekommen."

„Etwas Besseres als nur Glück konnte dir helfen", entgegnete Phil. „Du hattest Fähigkeiten und Verstand."

„Glück und Energie waren alles, was ich zu Beginn hatte", erwiderte Dick bescheiden. „Die Fähigkeit entwickelte sich nach und nach aus Erfahrung, und ich glaube nicht, dass ich mein Gehirn eingesetzt habe, bis ich mit dem Treten angefangen habe."

Beide schwiegen eine Zeit lang, jeder war auf seine eigenen Gedanken konzentriert. Dann fing der ältere Junge wieder an.

„Hör mal, Phil, ich sage dir etwas, das ich langsam begreife und das in keinem Buch zu finden ist und dennoch ein Grundprinzip der Leichtathletik ist. Bei jeder Übung, die eine geschickte Bewegung oder große Geschwindigkeit erfordert, werden Sie feststellen, dass es eine besondere Art von abschließendem Schnappen oder Drehen gibt, die die Bewegung oder die Geschwindigkeit bestimmt; und Sie müssen dies beherrschen, wenn Sie die besten Ergebnisse erzielen möchten. Ohne sie ist ein starker Mann machtlos, und mit ihr rutscht ein schwacher Mann oft an die Spitze. Beim Stochern ist es der letzte Kniestoß, den ich so schwer erlernen konnte – keine Sorge, ich werde nicht noch einmal damit anfangen. Beim Golf ist es ein Kinderspiel; beim Kugelstoßen des Arms und der Schulter; beim Stabhochsprung der Taille und der Arme – und so weiter in der Liste. Bei Gymnasialleistungen funktioniert das gleiche Prinzip. Beobachten Sie einfach Guy Morgan, wenn er den „Riesenschwung" an der Reckstange ausführt, und Sie werden sehen, dass er, wenn er etwa dreiviertel rund ist, einen plötzlichen Ruck mit den Schultern ausführt, der ihn bis zum oberen Ende des Schwungs trägt ein Falke, der am Ende eines Sturzflugs aufsteigt. Beim Baseball glaube ich, dass dieser Schnappschuss irgendwo in jedem guten Wurf und in jedem geraden Schwung des Schlägers verborgen ist. Entdecken Sie es und meistern Sie es, und Sie müssen sich keine Sorgen mehr machen, dass Sie es in die Schule schaffen."

„Ich nehme an, das erklärt, warum einige dieser guten Schlagmänner scheinbar leicht zuschlagen und den Ball dennoch fliegen lassen", bemerkte Phil.

„Können Sie in diesen Ferien nicht viel Schlagtraining machen und so etwas früher anfangen, wenn die anderen zurückkommen? Ich pitche für Sie, wenn Sie möchten; Es wird eine gute Übung sein."

Phil lächelte: „Ich fürchte, du würdest nicht viel nützen. Ich sollte jemanden haben , der wirklich weiß, wie man pitcht."

„Das ist eine Tatsache", entgegnete Melvin, „und ich kann überhaupt nicht pitchen. Könnten wir nicht jemanden erschrecken?"

„Haben Sie jemals von einem Mann namens Rowley gehört, der früher Profiball gespielt hat? Er arbeitet jetzt in einer der Fabriken. Ich glaube, er war so etwas wie ein Pitcher, bevor er zusammenbrach. Warum sollte ich ihn nicht dazu bringen können, für mich zu pitchen?"

„Genau der Mann!" rief Dick lebhaft. „Lass uns ihn sofort jagen."

Den Jungen gelang es schließlich, den Wohnsitz der Familie Rowley ausfindig zu machen, und sie erwischten ihren Mann dabei, wie er vor der Tür seine Pfeife nach dem Abendessen rauchte. Er war ein blasser Mensch mit stattlichen Armen und Beinen, die durch kräftige, muskelbedeckte Gelenke zu einem schlaksigen Körper zusammengehalten wurden.

„Sind Sie Mr. Jack Rowley, der Ballspieler?" fragte Phil.

Der Mann nahm die Pfeife aus seinem Mund und sah die Jungen interessiert an. Er gab zu, Jack Rowley zu sein, bestritt jedoch, ein Ballspieler zu sein. Er war es einmal gewesen, war es aber nicht mehr.

„Du könntest doch noch ein bisschen pitchen, oder?" fragte Dick.

„Vielleicht ein paar Innings", antwortete Rowley, „aber ich bin keinem Spiel gewachsen. Ich bin seit drei Jahren nicht mehr dabei. Was willst du von mir?"

„Ich möchte etwas Übung im Schlagen", sagte Phil, „und ich dachte, ich könnte dich vielleicht dazu bringen, in der nächsten Woche eine halbe Stunde am Tag für mich zu werfen."

Rowley schüttelte den Kopf. „Ich bin den ganzen Tag von sieben bis sechs in der Mühle, mit Ausnahme der Mittagsstunde , die ich für mich alleine haben und in aller Ruhe mein Abendessen einnehmen möchte."

„Wie wäre es nach dem Abendessen?" fragte Phil.

„Nach dem Abendessen ist es dunkel", grummelte Rowley durch den Pfeifenstiel.

Phil sah Dick entmutigt an. Plötzlich leuchtete sein Gesicht auf. „Warum nicht vor dem Frühstück?" er sagte; „Sagen wir von sechs bis halb drei? Es ist nur für eine Woche, und ich zahle Ihnen alles, was angemessen ist."

„Kaufst du mir einen neuen Arm zum Pitchen?" fragte Rowley mit einem reumütigen Grinsen. „Meins ist von diesen verfluchten Tropfen völlig in Stücke gerissen."

„Ist nicht genug davon übrig, um diesem Jungen eine Woche Schlagtraining zu ermöglichen?" fragte Melvin, begierig darauf, sich die Gelegenheit zu sichern. „Ich werde die Eier packen."

„Vielleicht gibt es nicht viele, die man unterbringen muss", sagte Rowley mit einem Funken Spaß in seinen Augen.

Er dachte einige Zeit nach, schnaufte heftig und warf dem wartenden Jungen gelegentlich einen Seitenblick zu. „Nun, ich werde es einmal versuchen", sagte er schließlich, „aber denken Sie daran, wenn mein Arm weh tut, werde ich es nicht tun, nein, nicht für zehn Dollar pro Stunde." Ich war einmal ein Jahr damit beschäftigt, und das reicht mir."

Die Jungen mussten am nächsten Morgen früh raus, um ihren Termin auf dem Übungsgelände einzuhalten, und mehr als die Hälfte von ihnen rechnete damit, dass sie als Einzige diesen Termin einhalten würden. Aber Rowley war da. Er empfing sie wie zuvor mit der Pfeife zwischen den Lippen, doch nach ein paar Würfen ins Netz steckte er die Pfeife weg. Während er sich aufwärmte, kehrten seine Gedanken in die alten Bahnen zurück, und mit seinen Schüssen und Abwürfen mischte er Spielanekdoten und kluge Ratschläge ein. Er war an diesem ersten Morgen zweifellos wild, und Phils Übung bestand eher darin, abzuwarten, auszuweichen und mutig zu konfrontieren, als darin, gute Bälle auszuwählen.

„In ein oder zwei Tagen werde ich mich beruhigen", sagte er, als er nach einer halben Stunde seinen Mantel anzog. Die Jungs wussten also , dass er den Job nicht aufgegeben hatte.

Am nächsten Tag war das Pitching besser und das Schlagen schlechter. Es war nicht so einfach, den Ball zu beobachten, wenn er so plötzlich und unerwartet abstürzte! Dennoch traf Phil sie gelegentlich fair, und jeder direkte Treffer gab ihm den Mut, auf den nächsten zu warten. Nach einer Weile schlug Jack vor, es mit Bunts zu versuchen. „Für einen Linkshänder ist es eine tolle Sache, bunt spielen zu können", sagte er. „Er hat die doppelte Chance, als Rechtshänder den Sieg zu erringen." Und Phil versuchte es auch, mit fragwürdigem Erfolg.

Tag für Tag verbesserte sich Rowley stärker als Phil, so dass dessen Fortschritte nicht sichtbar waren. „Ich hätte dich gerne für einen Monat", sagte der Pitcher, als sie am Ende der Woche ihre Rechnung beglichen. „Ich könnte dir das Buntmachen in ein paar Lektionen beibringen, und es ist eine tolle Sache, ein gutes Buntmaler zu sein."

Phil lachte. „ Das haben Sie schon fünfzig Mal gesagt. Ich möchte in der Lage sein, etwas anderes als bunt zu machen. Trotzdem möchte ich, dass du ein- oder zweimal pro Woche für mich pitchst, Rowley. Kannst du es schaffen?"

„Sicher", sagte Rowley, „aber befolgen Sie meinen Rat und lernen Sie Bunt."

Die Jungs kamen für den letzten Abschnitt des Jahres zurück. Der Baseball-Kandidat ging im Freien zur Arbeit. Da das Feld noch weich war, hatten die Außenfeldspieler zum ersten Mal die Hauptaufmerksamkeit von Trainer und Kapitän; und Phil wurde mit den anderen auf die Jagd nach Fliegen und langen Schlägen geschickt. Ihm ging es vielleicht genauso gut wie den anderen, auch wenn seinem „Auge" noch nicht zu trauen war und er nervös war und den starken Wunsch verspürte, es gut zu machen. Sie alle kamen später zum Schlagtraining vorbei, und Phil empfand den Pitcher als ziemlich leichtes Ziel, nachdem er gegen Rowley antrat. Er erspielte sich mehrere einfache Chancen auf eine seiner Meinung nach gründliche Art und Weise, aber zu seiner Enttäuschung schienen weder Sands noch Coach Lyford sie zu bemerken.

Am selben Tag kamen Melvin und Varrell von ihrem ersten gemeinsamen Training im Freien zurück.

„Wie wäre es mit dem Tresorraub, Wrenn?" sagte Melvin und blickte seinem Begleiter lachend ins Gesicht. „Es scheint mir, dass ich in letzter Zeit nicht viel darüber gehört habe. Du hast es als schlechten Job aufgegeben, nicht wahr?"

„Nein, das habe ich nicht", antwortete Varrell gelassen. "Ich warte nur."

„Es ist leicht zu warten; Das könnte ich selbst machen. Ich dachte, du würdest etwas tun."

„Eines habe ich getan", erwiderte der unerschütterliche Wrenn.

"Was?"

„Ich habe bewiesen, dass die Durchgangstür durch Aufhebeln mit dem Eishacker geöffnet werden kann."

"Wie?"

„Indem ich selbst die Tür damit öffne. Sie wissen, dass dieser Raum nicht für ein dauerhaftes Büro gedacht war, als er ursprünglich umschlossen wurde. Die ganze Trennwand ist mehr oder weniger wackelig."

„Ich glaube nicht, dass dir das viel hilft. Sie haben keine Beweise gegen eine bestimmte Person."

„Die Beweise werden mit der Zeit kommen. Darauf warte ich."

„Woher würde ich gerne wissen?"

„Vielleicht von Eddy. Er muss mehr wissen, als ihm gesagt wird. Er hat Grim und Moore auf jeden Fall angelogen."

„Ich glaube nicht, dass Bosworth einem kleinen Narren wie ihm etwas anvertrauen würde", sagte Dick. „Eddy erzählte Bosworth offenbar die Kombination und hatte dann, als die Nachricht vom Raub bekannt wurde, zu viel Angst, um es zuzugeben. Nachdem er einmal gelogen hatte, blieb er dabei, denn für so einen kleinen moralisch schwachen Idioten schien es der einfachste Weg zu sein."

„Und selbst wenn er gestehen würde, würde es der Sache nichts helfen", fuhr Varrell im Anschluss an das Argument fort, „denn Bosworth würde leugnen, dass er Eddys Aussagen überhaupt Beachtung geschenkt hatte, und damit wäre die Sache erledigt." Nein, wir müssen die Informationen von Bosworth selbst bekommen."

„Wirst du damit direkt gegen ihn vorgehen?" forderte Dick perplex.

Varrell schnaubte angewidert.

"Was für eine Frage! Natürlich bin ich das nicht. Ich werde warten, wie ich bereits sagte. Dieser Bosworth lebt in Cambridge. Seine Mutter betreibt eine Pension für Studenten. Er wurde mit diesen Kerlen zusammengeworfen, von denen einige wahrscheinlich schnelle Männer mit viel Geld sind, die ihn bevormunden und ihm unbeabsichtigt alle möglichen falschen Ideen in den Kopf stopfen. Er hat gelernt, Poker zu spielen, schöne Kleidung zu mögen, Geld für sich selbst auszugeben und das Gefühl zu haben, dass es glücklich ist, Geld zu haben, und ohne Geld unglücklich zu sein. Was ihm von der Plünderung des Tresors übriggeblieben war, verbrachte er wahrscheinlich im Urlaub. Er erzählte Marks von mehreren Dingen, die er getan hatte und die Geld gekostet haben mussten – und er wird bald mehr brauchen. Das ist ein teurer Begriff für diejenigen von uns, die über ein gutes Budget verfügen, Abonnements und Sommerkleidung kaufen müssen und allen möglichen Versuchungen ausgesetzt sind, Geld auszugeben. Für ihn wird es schwieriger sein, da er ohne viel Geld zurückkommt, Limonade trinken und rauchen und vielleicht versuchen wird, sich in Gesellschaft einzuschleichen. Ich kenne so einen Kerl wie ein Buch. Er muss Geld haben, und er wird es auf unehrliche Weise bekommen, wenn er es nicht ehrlich kann. Sein Erfolg mit dem Tresor wird ihn zu etwas anderem ermutigen."

„Wohin?" fragte Dick.

"Wie soll ich wissen? Darauf warte ich."

Kapitel XVI

PHIL GIBT SEIN DEBÜT

„EIN Schlag!" rief den Schiedsrichter. Phil ergriff den Schläger und wartete. Es war das erste Übungsspiel, das Duell gegen die Schule. Phil war auf dem linken Feld im Gestrüpp platziert worden; und er war sich nun nervös bewusst, dass es sein erster richtiger Prozess war, vielleicht sein einziger, und dass Sands auf den Vorwand wartete, ihn mit der ersten Gruppe enttäuschter Kandidaten zu entlassen. Tompkins stand ebenfalls vor Gericht, und während er den feuchten Ball so rieb, dass er ihn für den nächsten Wurf gut greifen konnte, überlegte er, ob er es sich leisten konnte, dem jungen Spieler eine leichte Hand zu geben, die ihm helfen konnte, ohne seinem eigenen Ruf zu schaden. Dann hörte er Sands' Zeichen, als der hockende Fänger mit der Hand zwischen seinen Knien wedelte, und antwortete darauf mit einer Kurve nach innen. Nein, es gab im Seaton-Spiel keinen Platz für Bevorzugung. Der Junge muss seine Chance nutzen.

Phils Schläger erreichte fast die Platte, aber er stoppte ihn beim ersten Abbiegen des Balls. Er hatte von Wallace gelernt, auf den Ball zu achten, aber es war Rowley, der ihm beigebracht hatte, die ersten Anzeichen einer Drehung zu erkennen.

"Ein Ball!" schrie der Schiedsrichter.

Der nächste war ein Out, der dazu gedacht war, über die Platte zu schwingen. Es schwang zu weit und Phil musste ausweichen, um sich zu retten, aber er schaffte es mit Leichtigkeit und trat gerade weit genug zurück, um dem Ball auszuweichen. Von Angst war in der Bewegung nichts zu spüren.

„Häng einen Linkshänder auf!" murmelte Tompkins; und schickte einen geraden Ball über die Ecke der Platte, etwas unterhalb der Schulter.

Mit dem Instinkt eines echten Ballspielers kannte Phil seinen Ball, traf ihn direkt, ließ den Schläger fallen und rannte zum ersten Mal. Während er rannte, bemerkte er, dass der zweite Baseman darauf sprang und ihn verfehlte, und einen Moment später, als er zuerst berührte , sah er, wie der Mittelfeldspieler sich bückte, sich dann umdrehte und rannte. Er brauchte nicht den Rat des Trainers, um unterzugehen. Als der Mittelfeldspieler den Ball in die Hände bekam, war der Läufer bereits Zweiter; Er rutschte mit einem schönen Sturzflug auf den dritten Platz, dessen Schönheit nicht durch die Tatsache getrübt wurde, dass der Rutsch völlig unnötig war. An der dritten Stelle wartete er, während die drei Männer, die ihm beim Schlagen folgten, schnell hintereinander hinausgingen, zwei als Opfer von Schlägen, versucht, auf Bälle zu schlagen, die sie nicht wollten, und einer auf einer Pop-Fly.

Sands warf seine Maske und seinen Protektor ab und gesellte sich zum Trainer.

„Dieser Treffer von Poole war der zweite, den Tompkins in fünf Innings erzielte", sagte der Trainer. „Ein hübscher Hit und ein guter Slide. Schade, dass er noch so jung ist, denn er scheint der einzige Mann in Ihrem Einsatzteam zu sein, der der Sache standhält und einen kühlen Kopf behält. Er war zweimal oben: Das erste Mal, als er seine Basis auf Bällen hatte; in der Sekunde, in der er einen Treffer landete."

„Er macht es besser, als ich erwartet hatte", sagte Sands. „Wahrscheinlich ist es sein Glückstag; aber er ist zu hell und zu grün für uns. Er wird in etwa zwei Jahren gutes Material produzieren. Wir brauchen feste Männer für das Hillbury -Spiel, sonst gehen sie zugrunde. Die Belastung ist großartig."

„Er hatte zwei Feldchancen mit einem Fehler", sagte der Trainer mit Blick auf seine Bilanz. „Oh ja, ich erinnere mich; Der Fehler lag bei einem langen Schlag in der Nähe der Foul-Linie, aber er konnte ihn gut ins Innenfeld zurückbringen."

Im sechsten Inning führte Robinson, zweiter Baseman der ersten Mannschaft, mit einem Single über Third. Maine, der kurz vor dem Versuch stand, folgte mit einem heißen Grounder zum rechten Feld, den der Scrub-Fielder an sich vorbeiprallen ließ, sodass der Schlagmann den zweiten Platz erreichen und Robinson auf den dritten Platz vorrücken konnte; und Sands folgte mit einem Liner über dem Kopf des Short-Stops, der die Läufer wieder in Bewegung setzte. Durch einen unerklärlichen Instinkt – er hatte sicherlich nicht genug von Sands' Spielen gesehen, um die allgemeine Richtung seiner Schläge zu kennen – war Phil in Richtung Innenfeld vorgerückt. Plötzlich hörte er das Knallen des Schlägers und sah, wie der Ball direkt auf ihn zuschoss und wahrscheinlich ein Dutzend Meter vor ihm einschlug. Der Impuls trieb ihn vorwärts, ihm entgegenzugehen; Intelligenz und verspätetere Ermahnung hielten ihn zurück. Also machte er einen Schritt nach vorne, dann mehrere Schritte zurück und erreichte gerade den Ball, der über seinem Kopf flog, und zog ihn nach unten.

Es war ein anerkennenswerter Fang, aber noch anerkennenswerter war der bedenkenlose, treffsichere Wurf von Rhines an der dritten Stelle, um Robinson abzuwehren, der sich auf den Heimweg gemacht hatte; denn es war ein Beweis dafür, dass der Junge schnell denken und die Chancen des Spiels nutzen konnte.

Was auch immer der Vorzug des schnellen Denkens war, Rhines fehlte es offensichtlich; denn er hielt den Ball dummerweise auf der dritten Base, ohne zu bemerken, dass der andere Base-Läufer zehn Meter von der zweiten Base entfernt war und genauso gut hätte gefangen werden können. Smith, der pitchte, machte es ihm schließlich mit Schimpfwörtern und Schreien klar, aber die Gelegenheit zum Triple Play war vertan. Vincent machte einen Pop-Fly zum Pitcher und der Scrub kam triumphierend herein.

Der Trainer machte sich eine weitere mentale Bemerkung zu Phils Gunsten. Ein Fang kann zufällig sein, ein Doppelspiel niemals. Es war keine große Leistung, aber der Junge konnte seinen Verstand gebrauchen; das war eine Erinnerung wert.

Phils Mannschaft ging ziemlich schnell raus, einer schlug zum Pitcher, einer mit einem kleinen Flug zum zweiten, einer mit Strikes. Die ersten folgten auf ähnliche Weise, und die Gestrüpp ihrerseits rückten nicht weiter vor als die zweiten. Es war noch früh in der Saison und Schüler sind wahrscheinlich schlechte Schlagmänner. Die Pitcher waren die einzigen Männer, die regelmäßig für ihre Positionen geübt hatten. Als dann der Erste zum Schlagen zurückkehrte, kam es zu einer Reihe von Fummeln und wilden Würfen im Spielfeld sowie zu einem allgemein achtlosen Passieren des Balls um die Raute herum, was den Ersten dazu brachte, rücksichtslos zu rennen, und das Gestrüpp zu noch wilderen Fehlern trieb. Eine solche Praxis ist für Basisläufer und Trainer ebenso schädlich wie für Feldspieler.

"Halt halt!" rief Lyford und rannte in den Diamanten. Der Scrub-Short-Stop hatte einen Grounder gefummelt, und nachdem er mit dem Ball jongliert hatte, warf ein zweiter zum ersten, als es völlig unmöglich war, den Mann zu fangen; Der erste Baseman hatte ihn hektisch über die Raute zu Rhines geworfen , sechs Fuß von der Base entfernt, in einem wilden Versuch, einen Läufer am dritten Base zu fangen; und Rhines hatte sich beeilt, seinen Teil zur allgemeinen Demoralisierung beizutragen, indem er mehrere Fuß über den Kopf des zweiten Basemans warf, in einem ebenso hoffnungslosen Versuch, den auf den zweiten Baseman rasenden Mann abzufangen.

„Geben Sie den Ball dem Werfer", rief der Trainer, als der Ball endlich aus dem entfernten Außenfeld zurückkam, „und machen Sie nicht mehr so rücksichtsloses Werfen rund um die Raute." Solange Sie den Ball nicht gerade werfen können, werfen Sie ihn nicht. und wirf niemals, es sei denn, du weißt, was du zu tun versuchst."

Das Gestrüpp stabilisierte sich und schlug drei Männer aus, zwei, darunter Taylor, der linke Feldspieler, wurde von Smith geschlagen, und der andere schickte einen leichten Flug ins Mittelfeld . Rhines machte dann einen Schlag für das Scrub, stahl den zweiten Platz und wurde von einem Out auf den dritten Platz gedrängt. Newcomb schickte Taylor einen leichten Flug, und Phil kam mit zwei Spielern und Rhines als Dritter zum Schlagen. Dieses Mal hatte Tompkins keine Frage an den Jugendlichen. Phil schlug einmal zu, hatte zwei Bälle und einen Schlag, der ihn forderte, und dann, indem er einfach den Schläger hielt, um den Ball zu treffen, und ihn ein wenig zurückzog, anstatt zu schlagen, ließ er einen hübschen Ball in der Nähe der Seitenlinien zwischen dem dritten und dem Heimfeld fallen , und schlagen Sie den Ball leicht zum ersten Mal. Mit Rhines auf dem dritten Platz stahl sich der Junge ohne Angst als Zweiter; Und als Smith dann einen Sprung ins rechte Feld schickte, hatte er einen scharfen Start, umrundete den dritten Platz mit voller Geschwindigkeit und raste über die Platte, kurz bevor der Ball die Hände des Fängers erreichte. Ein einfacher Strike Out schickte den Scrub zum letzten Mal ins Feld.

Phil rannte mit klopfendem Herzen vor freudiger Erregung zu seinem Platz. Er hatte jedes Mal, wenn er zum Schlagen kam , den ersten Platz erreicht – einmal bei Bällen, einmal bei einem echten Schlag, einmal bei einem erfolgreichen Ball. Seine Einsatzchancen waren zumindest einigermaßen gut gewesen. Er hatte zwei Fliegen gefangen, einen Assist gemacht und es gab nur einen Fehler gegen ihn. Es gab hier sicherlich nichts, wofür man sich schämen müsste.

Der erste der Schulbatter machte einen lockeren In-Field-Fly; der Zweite erreichte den Ersten sicher durch einen Fehler des herumfummelnden Kurzschlusses; der dritte hatte seine Basis auf Bällen; und der vierte Treffer traf das Mittelfeld und füllte die Bases. Phil zog seine Mütze fest über den Kopf, pustete auf seine Finger, um sie warm zu halten, und überlegte, was er mit dem Ball machen sollte, wenn ihm eine Fliege in die Hände käme.

Tompkins trat an den Teller. „Schreib es, Tommy!" rief Sands. „Ein Hit bedeutet zwei Runs, ein Two Bagger, drei!"

Ein Ball! Ein Schlag! Tompkins biss die Zähne zusammen und nutzte das, was er für seine Chance hielt. Er schlug hart zu, aber er traf ein wenig darunter, und der Ball flog hoch, hoch, hoch, immer weiter, es schien Phil, als würde er niemals aufhören. Der Short-Stop taumelte zurück, den Blick auf den Ball gerichtet, doch hinter ihm war er außer Reichweite.

"Ich nehme es!" schrie Phil. Er rannte schnell vorwärts; Dann blickte ich auf und wartete. Wie es wackelte! Wie es geschwungen hat! Wie es seine Größe in der Luft veränderte! Mit einem Augenzwinkern klärte er seine Augen; im nächsten Augenblick war der Ball in seinen Händen.

Nur einen Moment lang taumelte er, um einen besseren Halt zu finden. Als er dann sah, wie sich der Läufer von der dritten Base löste und zum Ziel rannte, bereitete er sich auf einen Wurf vor. Der Fänger stand auf dem Teller und wartete pflichtbewusst, aber hoffnungslos, bereit, zu beiden Seiten zu springen, um den wilden Wurf vom Feld zu starten. Zu seiner Überraschung musste er sich nicht von seinen Spuren rühren. Der Ball kam direkt auf ihn zu – ein langer, gerader Wurf –, machte einen leichten Sprung und landete in seinen Händen, gerade als der Läufer in Reichweite kam.

"Aus!" rief der Schiedsrichter. „Um eine Meile", fügte Tompkins leise hinzu. „Schläger für das Kind! Das ist ein Wurf, für den sich ein Profi nicht schämen würde."

In der zweiten Hälfte des neunten Durchgangs saß Phil auf der Bank und genoss die Komplimente seiner Kollegen, und es kümmerte ihn überhaupt nicht, ob die Scrub-Batter als Erster ankamen oder nicht. Tatsächlich gingen sie so schnell und einfach raus, wie es drei schüchterne Batter nur konnten; und Phil, dessen Ohren von Sands' Lob und einer Warnung des Trainers, er solle nach dem Spiel auf sich selbst aufpassen, kribbelten, was erfreulicher war als das gute Wort des Kapitäns, trottete fröhlich in die Turnhalle, um sich zu baden und zu massieren -Daunen und Wechselkleidung.

Eine halbe Stunde später stürzte er sich auf Melvin, der gerade von einer Flussfahrt in Varrells Kanu zurückgekommen war.

„Was für ein Glück, Phil?"

„Wirklich Glück! Nichts als Glück! Ich half bei zwei Doppelspielen, fing zwei Fliegen, machte zwei Treffer und machte nur einen Fehler. Lyford war herzlich und sogar Sands machte mir ein Kompliment."

„Das *ist* ein Rekord. Sie erinnern sich, was ich über meinen Start durch Glück gesagt habe; Du hast mich jedenfalls im Glück geschlagen."

Das Gesicht des Jungen verfiel. „Aber du bist ins Team gekommen und ich nicht, das ist der Unterschied. Sands denkt, ich bin zu jung, und es wird keinen Unterschied machen, ob ich gut spiele oder nicht, er wird mich nicht aufnehmen."

„Hat er es dir gesagt?"

„Nein, aber ich vermute es, und ich bin mir ziemlich sicher, dass ich Recht habe."

„Unsinn", sagte Melvin. „Er wird dich nehmen, wenn du der Trauzeuge bist, oder ich kenne Sands nicht. Denken Sie nur daran, dass Sie einen glücklichen Tag hatten und das erste Übungsspiel nicht ausreicht, um etwas zu beweisen. Du hast den ersten Lauf gewonnen, aber ärgere dich nicht darüber, sonst gewinnst du nicht mehr."

Zur gleichen Zeit verweilten Sands und Coach Lyford auf den Stufen der Turnhalle, mitten in einem Gespräch über genau dasselbe Thema.

„Der kleine Kerl hat es gut gemacht", sagte Sands; „Das bestreite ich nicht. Er ist ein kluger kleiner Spieler. Was wir wollen, ist ein *großer* Spieler, ein harter, erfahrener, standhafter Mann, der den Ball beim Schlagen über zwei oder drei Bases schlagen kann und der die Belastungen der Saison aushält, ohne in die Luft zu gehen."

„Ich hätte lieber einen Mann, der oft zuschlagen kann, als einen, der manchmal hart zuschlägt", antwortete der Trainer; „Und was das Werfen angeht, gib mir zu jeder Zeit Köpfchen und Geschick statt Muskeln hinter einem Ball. In dem Jungen steckt ein guter Baseballspieler, und Sie sollten ihn nicht entmutigen. Ich bitte Sie nicht, ihn in die Mannschaft aufzunehmen; Behalten Sie ihn als Ersatz, wenn Sie möchten, aber beobachten Sie ihn und helfen Sie ihm und sehen Sie, was Sie aus ihm machen können.

So kam es, dass Phil als Ersatz übernommen wurde, als die große Mehrheit der Kandidaten fallengelassen wurde. Einige sagten, er sollte im Team sein, andere meinten, es sei eine grobe Bevorzugung, ihn nicht mit den anderen zu entlassen; Aber Phil selbst begnügte sich damit, zuzusehen und zu tun, was ihm gesagt wurde, und zu spielen, wann immer er die Gelegenheit dazu hatte, mit aller Ernsthaftigkeit, Kraft und Geschicklichkeit, die er hatte. Und zweimal in der Woche erschien er früh zum Sechs-Uhr-Training mit Rowley.

Kapitel XVII

EIN NACHTLICHES GEHEIMNIS

WOCHENLANG SASS PHIL AUF DER BANK, EIN STÄNDIGER ERSATZSPIELER, UND BEKAM an Trainingstagen auf allen möglichen Positionen, auf denen er nützlich war, viel Übung, sah aber immer, wie andere ins Spiel kamen. Die Feldspieler waren in diesem Jahr ein bemerkenswert gesunder Haufen; Sie spielten Spiel für Spiel ohne Unfall oder Krankheit. Taylor, dessen Position im linken Feld Phil begehrte, spielte sein zweites Jahr im Team und spürte seine Bedeutung als Veteran, der bereits in einem Hillbury- Spiel unter Beschuss geprüft worden war. Er galt als großer Schlagmann, und auch wenn seine Leistungen in der bisherigen Saison diesen Ruf nicht bestätigten, unternahm er gelegentlich lange Fahrten, die die große Masse der studentischen Fans begeisterten, deren Bewunderung ebenso groß wie wechselhaft ist. Er war ein sicherer Fliegenfänger und vollbrachte hin und wieder spektakuläre Kunststücke, die bei den Zuschauern die gleiche Wirkung hatten wie die gelegentlichen Dreierwürfe. Er hatte sich auch eine beeindruckende Art angeeignet, seine Hände für den Ball zu öffnen, was seine Bewunderer einen „schrecklich anmutigen Fang" nannten; und er war offenbar sehr zufrieden mit seinem allgemeinen Auftreten und seiner Kleidung. Die anderen Feldspieler, Vincent rechts und Sudbury in der Mitte , waren stabile, fleißige Kerle, die ihre Pflicht am Schlag und auf dem Feld nach besten Kräften erfüllten und es ihnen egal war, ob jemand sie ansah oder nicht nicht.

Curtis saß an einem Samstagnachmittag da und schaute sich das Spiel an, während Marks auf dem Sitz neben ihm saß und tiefe Züge Zigarettenrauch ausstieß und das übliche ununterbrochene Baseball-Geschwätz ausstieß. Es war ein Spiel mit einer Mannschaft aus einem der kleineren Colleges, die Hillbury mit acht zu vier besiegt hatte und nun drohte, Seaton ganz auszuschließen.

„Was für ein Idiot dieser Taylor ist!" sagte Curtis. „Er hat gerade wieder zugeschlagen und tut jetzt so, als sei der Schiedsrichter unfair! Das ist, um sein Gesicht zu wahren. Ich frage mich, warum Sands es nicht mit einem anderen Mann versucht."

„Ein anderer Mann!" rief Marks, für einen kurzen Moment sprachlos vor Erstaunen. „Er hat im Colby-Spiel einen Homerun hingelegt und ist so ziemlich der hübscheste Feldspieler im Team."

"Oh ja; „Er ist hübsch genug", gab Curtis zurück, „und weiß es auch, aber ich hätte eine andere Eigenschaft als Hübschheit auf dem Feld, wenn das Team mir gehörte."

„Nun, er hat die Eier – das ist die Hauptsache", sagte Marks. „Sie werden kaum Fehler bei seinem Namen finden."

"Weißt du, warum?" gab Curtis zurück. „Er versucht nie, einen Ball zu ergattern, es sei denn, er ist sicher, dass er ihn bekommen kann. Es ist leicht genug, einen Fielding-Rekord aufzustellen, wenn man nie große Chancen eingeht."

„Aber das tut er", beharrte Marks. „Erinnern Sie sich nicht an den langen Fang, den er im Spiel der Musgrove School gemacht hat?"

„Ja, das tue ich", antwortete Curtis; „Und er hielt den Ball, sich selbst bewundernd, vier Sekunden lang und ließ den Mann auf dem dritten Platz nach Hause gehen."

„Du bist im Stich gelassen", sagte Marks, der nicht wusste, was er sonst antworten sollte.

Curtis schniefte. „Runter auf ihn! Nun ja, vielleicht bin ich es. Vielleicht wäre es besser, wenn er auf sich allein gestellt wäre. Wenn ich sehe, wie er sich anstrengt, Bälle zu ergattern, die er nicht bekommen kann, oder wenn er ein paar gute Weitwürfe macht, wenn sie gebraucht werden, oder hart zu den Bases rutscht, oder einen guten Opferschlag macht, dann ändere ich meine Meinung."

„Tompkins hat sich verbessert, nicht wahr?" sagte Marks und wechselte plötzlich zu einem neuen Thema. Mit John Curtis konnte man nicht gerne streiten, denn er vertrat hartnäckig seine Meinung und hatte denen, die gegensätzliche Ansichten vertraten, unangenehme Dinge zu sagen; und Marks, der über Leichtathletik in einem sehr fließenden und souveränen Stil argumentierte, wenn er mit Laien wie ihm zu tun hatte, fühlte sich vor einem echten Sportler ein wenig schüchtern, obwohl es sich bei der besprochenen Sportart nicht um die Sportart handelte, in der der Athlet überragend war.

„Das stimmt", antwortete Curtis, „kein großes Kurvengenie, denke ich, aber er hat eine gute Kontrolle und benutzt seinen Kopf." Die Schwierigkeit bei ihm ist, dass er auch ein Narr ist."

Marks blickte dem Footballspieler neugierig ins Gesicht.

„Anscheinend ist heute jeder ein Narr – jeder, nehme ich an, außer John Curtis."

Aus Höflichkeitsgründen akzeptieren wir die anwesende Gesellschaft ", antwortete Curtis mit einem boshaften Lächeln um seine Lippen. Marks langweilte ihn immer. „Tompkins ist ein Narr, aber nicht von der albernen, angeberischen Sorte wie Taylor. Er hat das Zeug dazu, ein guter Pitcher zu werden und hat die Chance, sich durch einen Sieg im Hillbury- Spiel hervorzuheben . Aber es ist ihm völlig egal, ob er pitcht oder nicht, und er verhält sich nicht so, wie er sollte."

„Das verstehe ich nicht. Er scheint in seinem Training und Training sehr regelmäßig zu sein. Er arbeitet hier draußen immer hart, da bin ich mir sicher."

„Oh, das meine ich nicht", beeilte sich Curtis zu antworten. „Tommy ist hetero; Er wird tun , wozu er zustimmt – viel besser als Ihr Freund Taylor. Das Problem mit Tommy ist, dass er immer alberne Tricks ausprobiert, wie ein kleiner Junge im Gymnasium. Eines Tages wird er zu weit gehen, und dann wird es ein Ende für Tommy geben. Sands sollte auf ihm sitzen."

„Sands versucht es, aber es nützt nichts", antwortete Marks. „Sands ist ihm egal."

„Gibt es da nicht jemanden, der ihm etwas bedeutet?" fragte Curtis.

„Der einzige Kerl, von dem er etwas zu halten scheint, ist Melvin, der wirklich Gute", antwortete Marks höhnisch. „Niemand sonst hat Einfluss auf ihn und ich bezweifle, dass Melvin irgendeinen Eindruck auf ihn machen kann. Tommy ist einfach zu verrückt."

In dieser Nacht erschienen Curtis und Sands mit ernsten Gesichtern in Melvins Zimmer. Dick hörte schweigend ihrer Geschichte zu.

„Ich werde dir sagen, was ich tun soll", sagte er schließlich. „Ich würde ihm eine gute Warnung geben und dann würde ich seinen Platz einnehmen, ob Pitcher hin oder her. Wenn er sich nicht aus den Patzern heraushalten kann, muss er früher oder später gehen; Und wenn er sicher geht, wird es umso schlimmer, je länger du wartest. Zu einem Seaton-Team gehört sowieso kein Kerl, der nicht die Verantwortung übernimmt oder nicht weiter trainiert."

Sands schüttelte traurig den Kopf. „Theoretisch ist das alles schön und gut, aber man kann keine Krüge auf Bestellung herstellen, und Tommy ist unser einziger Guter. Er arbeitet auch hart, nutzt seinen Kopf gut und steigert sich ständig. Wenn man ihn nur davon abhalten könnte, Unfug zu treiben, könnte ich mir keinen besseren Mann wünschen."

„Und wir dachten, Sie könnten einen gewissen Einfluss auf ihn haben", sagte Curtis und kam in seiner gewohnten Art direkt auf den Punkt. „Willst du ihn nicht angreifen und sehen, ob du nicht einen Sinn in seinen Kopf bekommst?"

„Ich werde sehen, was ich tun kann", antwortete Melvin, „aber ich glaube nicht, dass es sich lohnt, die Leute anzuflehen. Es gibt ihnen den geschwollenen Kopf."

Die beiden Besucher gingen und Melvin vergrub sich in seinen Büchern. Bald jedoch wurde er erneut unterbrochen, dieses Mal durch ein sehr leises und schüchternes Klopfen.

„Hallo, Littlefield", rief er dem schlanken, blassgesichtigen Jungen zu, der ein oder zwei Jahre jünger als Phil war, der hereinschlüpfte und die Tür vorsichtig hinter sich schloss. „Stimmt etwas nicht?"

„Sie waren letzte Nacht wieder dabei", sagte der Junge mit einem Blick, in dem sich seltsamerweise Scham und Angst vermischten. „Sie konnten nicht hineinkommen, weil ich das Fenster so repariert hatte, dass es nicht weit genug geöffnet werden konnte, um jemanden hereinzulassen; Aber sie schlugen etwas gegen die Außenseite, was mir für ein paar Minuten große Angst einjagte."

„Bist du wieder schlafen gegangen?"

„Ja, nach einer Weile. Ich hörte die Uhr zwei und drei schlagen."

„Das ist besser als beim ersten Mal, als du gestört wurdest."

"Oh ja; Als der Kerl um Mitternacht seinen Kopf hineinsteckte und diesen unirdischen Schrei ausstieß, hatte ich einen schrecklichen Schock. Ich glaube, ich habe in dieser Nacht kein Auge zugetan."

„Ich wünschte, wir wüssten, wann diese Besucher wahrscheinlich wieder auftauchen würden", sagte Dick nachdenklich. „Wir könnten selbst etwas Spaß haben."

„Ich glaube, sie kommen heute Abend", sagte Littlefield.

"Was bringt dich dazu, so zu denken?"

„Der Stock, den ich befestigt habe, um mein Fenster zu verriegeln, ist weg; es hielt die Flügel genau im richtigen Abstand voneinander. Ich weiß, das ist kein großer Grund, aber ich habe das Gefühl, dass sie heute Abend kommen werden."

„Warum denkst du, dass es ‚sie' sind?" fragte der Senior.

"Ich tu nicht. Ich sage ‚sie', aber es kann sein, dass es nur einer ist."

„Ich neige dazu zu glauben, dass es einer ist. Wer auch immer es ist, er kommt auf den vorspringenden Sims, und es ist kaum Platz für einen. Willst du heute Abend nicht mit mir das Zimmer tauschen? Du nimmst mein Bett und ich werde es mit Deinem versuchen."

Plötzlich blitzte ein Ausdruck der Freude auf dem Gesicht des Jungen auf. „Und lass sie dich statt mich finden! Das wird ihnen nicht gefallen! Was sollst du tun, wenn sie kommen?"

„Ich werde abwarten und sehen", sagte Melvin.

„Vielleicht macht es dir nichts aus", sagte der Junge und der besorgte Ausdruck kehrte in seine Augen zurück. „Wenn ich stärker wäre, würde ich es wohl nicht tun. Aber es ist nicht angenehm, plötzlich aufzuwachen und zu hören, wie jemand versucht, das Fenster zu öffnen, oder in der Dunkelheit zu spüren, dass sich möglicherweise eine Person im Raum befindet. Es verdirbt Ihren Schlaf und macht Sie so nervös, dass Sie keine gute Arbeit leisten können. Und doch weiß ich, dass es eine Art Witz ist, und ich sollte mich davon nicht beunruhigen lassen."

„Ein wirklich schlechter Witz!" sagte Phil, der während des Gesprächs hereingekommen war. „Ein gutes Ducking in Salt River wäre der angemessene Preis für so viel Spaß! Warum stellen Sie nicht eine Stahlfalle auf und fangen ihn wie jede andere Ratte?"

„Lass uns zuerst meinen Plan ausprobieren", sagte Melvin. „Wenn du bereit bist, Littlefield, komm rein und nimm mein Bett. Ich werde mich erst in einer Stunde melden.

Die Akademie durch die Bäume.

Kapitel XVIII

Ein verschütteter Krug

LITTLEFIELD kroch in dieser Nacht mit einem Gefühl der Sicherheit, das er seit Wochen nicht mehr gespürt hatte, in Melvins Bett und fiel bald in einen tiefen, erholsamen Schlaf. Melvin zog sich in seinem eigenen Zimmer aus und schlüpfte dann im Pyjama durch den Flur in das Zimmer des kleinen Prep, schaltete das elektrische Licht ein und überblickte das Feld. Seine erste Handlung bestand darin, die leichteren Möbel wegzuräumen, um um das Fenster herum, wo die Störung normalerweise auftrat, einen freien Platz zu lassen. Dann füllte er zwei Krüge mit Wasser und stellte sie an geeigneten Stellen auf, einen nahe der Ecke des Bettes, den anderen an der gegenüberliegenden Wand. Als dies erledigt war, richtete er die Fensterflügel nach der üblichen Anordnung aus und befestigte oben am unteren Fensterflügel, in der Ecke, die dem Bett am nächsten lag, einen Nagel. Daran befestigte er ein Ende einer Schnur, und als er ins Bett sprang, nahm er das andere Ende mit, zog es fest und band es an seinen Finger.

„Wenn ich nur meine Hand ruhig halten kann", dachte er, als er sich hinlegte, „sollte mich jede Bewegung des Fensters aufwecken; Aber ich nehme an, ich fange an zu rollen, sobald ich schlafe, und löse die Schnur, oder wecke mich ein Dutzend Mal umsonst auf. Ich werde es auf jeden Fall versuchen."

Gesund und unbesorgt schlief Dick ein, kaum dass sein Kopf das Kissen berührte. Im Schlaf drehte er sich leicht im Bett und warf einen Arm über den Kopf, so dass der Druck der Schnur auf seinem Finger spürbar wurde. Der Druck löste einen Traum aus, der ihn schließlich wieder zu Bewusstsein brachte. Er schien vergeblich darum zu kämpfen, sich aus einem der Turnringe zu befreien, an dem er nur mit einem Finger hing. Er wand sich und drehte sich und versuchte, ihn abzuwerfen, aber trotz seiner Bemühungen klebte der Ring immer noch am Finger, und der Finger umklammerte immer noch den Ring. Er erwachte mit einem Schrecken und war erleichtert, als er feststellte, dass er aus der hässlichen misslichen Lage befreit war, aber immer noch im Bann des vagen Schreckens der Vision stand. Mit beschleunigtem Atem und angestrengten Ohren lauschte er, um sicherzustellen, dass es keinen anderen Grund für sein Aufwachen gab. Bis auf das ferne, mühsame Schnaufen eines Nachtfrachtzuges, der sich seinen Weg durch den Stadtrand bahnte, herrschte absolute Stille.

Er murmelte Vorwürfe wegen der unbestimmten Angst, die sich in sein Herz eingeschlichen hatte, als er den deprimierenden Einfluss der Dunkelheit und Stille und das einsame Warten auf einen unbekannten

Angreifer spürte, drehte sich um und machte es sich wieder in einer bequemen Position zum Schlafen bequem. Das Rumpeln des schweren Zuges verklang allmählich in der Ferne und hinterließ eine unnatürliche und bedrückende Stille.

„Ich wundere mich nicht, dass die Nerven des kleinen Kerls entspannt sind", dachte Dick. „Ich spüre, wie mein Herz am ganzen Körper pocht."

Die nervöse Anspannung des Beobachters ließ allmählich nach, und er war gerade dabei, einzuschlafen, als das Scharren einer Gummisohle auf einer Steinoberfläche ihn sofort aufmerksam machte, als der nickende Fischer mit dem ersten Ruck an seiner Leine begann. Das Geräusch war in der Totenstille deutlich zu hören und wiederholte sich in kurzen Abständen, während der mysteriöse Besucher den Felsvorsprung entlang kroch und Schritt für Schritt langsam und vorsichtig auf den richtigen Platz setzte.

Beim ersten deutlichen Geräusch richtete sich Melvin im Bett auf und lauschte aufmerksam und ängstlich, während sein Herz wie wild klopfte. Als dann die Stufen näher kamen und ihm klar wurde, dass die Gelegenheit, nach der er sich so lange gesehnt hatte, tatsächlich gewährt werden würde, dass der Täter der verrückten Nachtstreiche bald in seine Hand gegeben werden würde, wurde der unheimliche Zauber der Nacht augenblicklich gebrochen. Er warf die nutzlose Schlinge von seinem Finger, schlüpfte aus dem Bett und stellte sich dicht an die Wand neben dem Fenster.

Es war eine mondlose Nacht mit fliegenden Wolken, und Melvin, der um den Fensterrahmen spähte, konnte kaum die vagen Umrisse des Mannes draußen erkennen, der sich an den Fensterstoppern festklammerte und nun versuchte, den unteren Fensterrahmen hochzuziehen.

„Ich wette, ich kenne dich, du Verrückter!" dachte Melvin und zog sich zurück, als sich die Schärpe langsam hob. „Wir werden sehen, wem das Abenteuer dieser Nacht Spaß macht."

Der Besucher hatte nun das Fenster hoch genug, um seinen Kopf und seine Schultern durchzulassen; Melvin konnte hören, wie das Hemd an der Unterseite der Schärpe kratzte, als der Eindringling sich vorsichtig hineindrängte. Anhand dieses Geräusches und des Atemgeräuschs wusste der wartende Senior, dass sein Opfer sich bis zur Hüfte im Raum befand. War dies der Zeitpunkt zum Streik? Würde der Kerl noch weiter vordringen oder nur schreien und sich außer Reichweite zurückziehen? Dick dachte blitzschnell über die Frage nach und kam zu seiner Entscheidung.

Der Eindringling hielt inne und lauschte auf ein Geräusch vom Bett. Dann hörte Dick einen langen, tiefen Atemzug und wusste, was das bedeutete. Ein ehrfurchtgebietendes und begrabenes Stöhnen durchbrach die nächtliche Stille, verstummte dann plötzlich und endete in einem Keuchen. Zwei starke

Arme packten die Hüfte des Herumtreibers wie die Klauen einer Stahlfalle und rissen die zappelnden Beine durch das Fenster in den Raum.

Beide gingen zusammen zu Boden, als der Eindringling mit der Erinnerung daran, dass der Besitzer des Raumes nicht wirklich ein sehr mächtiger Gegner sein konnte, seine Geistesgegenwart und seinen Kampfgeist wiedererlangte. Dick war sich seiner Beute sicher und ließ sich zur Seite des Raumes rollen, wo einer der Werfer stand; Dann drehte er sich mit einer schnellen Bewegung des Ringers auf den Boden, fand den Krug und schüttete ihn auf den Kopf seines Gegners.

Während der am Boden liegende Junge schluckte, stotterte und hustete, befreite sich Melvin und tappte zum elektrischen Licht.

„Das habe ich mir gedacht", sagte er kühl, als das Licht auf Tompkins' tropfenden Kopf und die Lache auf dem Boden fiel. „Komm, mein wilder Western-Injun, tapferer Mann, der keine Angst vor der Dunkelheit hat und dessen Spezialität darin besteht, kleine Jungen zu erschrecken! Nimm das Handtuch und hilf mit, das Wasser aufzuwischen."

Sie arbeiteten ein paar Minuten lang wortlos. Als die Aufgabe erledigt war, warf Melvin Tompkins einen Dampfteppich von Littlefields Sofa und zeigte auf einen Stuhl.

„Mach dich an und setz dich. Diese Sache muss geklärt werden, bevor wir uns trennen. Was haben Sie zu Ihrer eigenen Meinung zu sagen?"

"Nichts." Tompkins sprach zum ersten Mal.

„Ein toller Sport, nicht wahr, einen schüchternen kleinen Kerl so zu erschrecken, dass er Hirnfieber bekommt? Ich dachte immer, du wärst ein halber Dummkopf, aber ich wusste vorher nie, dass du so ein Feigling bist."

„Ich bin kein Feigling!" erwiderte Tompkins erregt. „Ich wollte den Jungen nicht verletzen , ich wollte nur ein bisschen Spaß haben."

„Warum hast du es dann nicht bei mir oder einem anderen Kerl deiner Größe ausprobiert?"

„Es hätte keinen Spaß gemacht."

„Und zu Ihrer Unterhaltung sorgen Sie dafür, dass Littlefield wochenlang um sein Leben fürchtet. Wenn das nicht feige ist, was ist es dann?"

„Das ist egoistisch, das gebe ich zu", sagte Tompkins nüchtern, „und gemein, aber nicht feige."

„Nenn es dann egoistisch und gemein", fuhr Melvin fort, „wenn du willst. Hier werden Sie von der Schule als Pitcher auf der Neun ausgewählt, eine ehrenvolle und verantwortungsvolle Position, und Sie benehmen sich wie ein

Affe und führen alle möglichen dummen Tricks aus, von denen die Fakultät annehmen würde, dass jeder davon ein ausreichender Grund ist, Sie zu entlassen . Wie nennt man das? Es kommt mir wie ein Vertrauensbruch vor."

„Ich weiß es nicht", antwortete der Täter.

„Es ist, als ob jemand Ich wollte dir tausend Dollar geben, die du für ihn behalten solltest, und du hast dich bereit erklärt, dich darum zu kümmern, und hast es dann zu deinem Vergnügen ausgegeben."

Dazu sagte Tompkins überhaupt nichts. Der Senior hielt eine Minute inne, um zu antworten, und fuhr dann fort: „Und das Schlimmste an Ihnen ist, dass Sie weder Verstand noch Gewissen haben und niemals welche haben werden. Du bist nicht schlecht; Du bist einfach kindisch und egoistisch. Aber Sie haben sich offenbar den Ausschluss vorgenommen und Ihr bester Freund kann Sie nicht davon abhalten. Es ist wirklich dumm von mir, um zwei Uhr morgens hier zu stehen und mit Ihnen zu reden. Man kann keine Reformen durchführen, oder wenn man es kann, wird man es auch nicht tun."

Mit Abscheu in allen Gesichtszügen drehte sich Melvin um und blickte auf seine Uhr. Als er den Blick wieder hob, war Tompkins auf den Beinen.

„Ja, ich bin ein Narr, Dick Melvin, ich leugne es nicht; aber ich bin kein hoffnungsloser Fall. Ich kann kein Schul-Laufrad werden wie du, aber du wirst mich dieses Jahr nicht noch einmal in Schwierigkeiten bringen."

"Meinst du es?" forderte der Senior mit einem scharfen Blick auf das Gesicht des Sprechers.

"Ich tue. Ich werde es mit Littlefield wieder gutmachen – und Sie werden sehen, ob ich noch einmal in Schwierigkeiten gerate.

Dick streckte seine Hand aus und drückte die andere herzlich, aber er sagte nur: „Gehen Sie dann weg und lassen Sie mich schlafen gehen." Ich werde an die Reform glauben, wenn ich sie sehe."

Als Melvin am nächsten Morgen aufwachte, stand Littlefield an seinem Bett.

„Komm, steh auf", sagte der Junge grinsend, „es sind nur noch zehn Minuten bis zum Frühstück." Was hast du mit den Wasserkrügen gemacht?"

Auf dem Weg zur Kapelle spürte Melvin eine halbe Stunde später plötzlich Varrells Griff an seinem Arm.

„Nun, Dick, es ist passiert!"

"Was?"

„Das, was ich gesagt habe, würde passieren. Der Diebstahl hat wieder begonnen. Jemand hat zehn Dollar aus Durands Schreibtischschublade genommen."

„Aber Durands Zimmer ist im anderen Eingang."

„Das macht keinen Unterschied. Alle Eingänge sind durch den Keller erreichbar."

KAPITEL XIX

DIE BEGEHRTE GELEGENHEIT

„ICH vergüte dich für Eiscreme, Bosworth", sagte Marks.

„In Ordnung", antwortete Bosworth fröhlich, während er die Münze mit einer aus Erfahrung geborenen Fähigkeit warf. „Köpfe sind es. Ich bezahle, komm schon. Zwei Limonadeneis, Sam."

Der Verkäufer füllte die Gläser, begleitet von Bemerkungen zu den Ballspielen. Sam kannte sein Geschäft; Bei allen Limonadenbestellungen gab es an der Theke kostenlos nette Gespräche. Für Leute wie Marks stellte dies keine großen Anforderungen an die Originalität des Servers.

„Taylor hat am Samstag seinen Homerun nicht hinbekommen", bemerkte der Angestellte und blickte aus dem Fenster auf die Passanten.

„Nein, das hat er nicht", antwortete Marks. „Ich weiß nicht, was in Walt gefahren ist. Er hat in zwei Spielen keinen langen Drive gemacht."

„Vielleicht wird es langweilig", sagte der Angestellte, der nur eine vage Vorstellung davon hatte, was „abgestanden" bedeutete, sich aber das Wort vorstellte.

„Ein bisschen zu sicher", sagte Marks. „Er wird vor dem Hillbury -Spiel einen Doppelpack holen ."

„Tompkins macht einen tollen Pitcher." Der Angestellte machte den Vorschlag gleichgültig. Unter seinen Gönnern gab es zwei Meinungen über Tompkins.

„Das weiß ich nicht", antwortete Marks mit einer wissenden Kopfneigung. „Tompkins ist nichts Großes, wenn er in Bestform ist, und wenn er arm ist, ist er überhaupt nicht gut. Er hat einen guten Drop und einen Underhand-Rise und das übliche Out und In, aber das ist auch schon alles."

„Es ist Sands, der wirklich den Pitch macht", fügte Bosworth hinzu und leerte sein Glas. „Sands sagt ihm genau, wohin er den Ball legen soll, und der Pitcher muss nur seinen Anweisungen folgen. Das ist kein großer Verdienst."

Der Angestellte wollte gerade bemerken, dass es einiger Geschicklichkeit bedarf, den Ball dorthin zu bringen, wo er hingehört, doch als er genauer darüber nachdachte, kam er zu dem Schluss, dass er seinen Kunden ihr Geld gegeben hatte, und schwieg. Bosworth durchsuchte seine Taschen.

„Ich dachte, ich hätte ein Viertel", murmelte er etwas verwirrt.

Marks zeigten kein Interesse an der Suche. Er hatte Kleingeld in seiner Handtasche, aber es war spät in der Saison, um es auszuleihen. Außerdem wollte er keine zwanzig Cent leihen: Es war eine zu geringe Summe, um sie noch einmal zurückzufordern.

„Dann muss ich einen Schein brechen", sagte Bosworth und zog einen Zehn-Dollar-Schein aus seiner Westentasche.

"Du hast Glück!" sagte Marks und öffnete die Augen. „Ich habe nur noch zwei Dollar übrig und bis zu meinem nächsten Taschengeld sind es noch zehn Tage."

Der Verkäufer änderte die Rechnung mit seiner üblichen lässigen Miene und richtete seine Aufmerksamkeit auf interessantere Kunden. Die beiden Jungen schlenderten hinaus.

Vor dem Laden trafen sie Poole. Bosworth starrte ihn an und Marks nickte kühl, was Phil ebenso kühl erwiderte.

„Er hat die Frechheit, sich um die Neun zu bemühen, dieser Junge", sagte Marks. „Ich habe Sands schon vor langer Zeit gesagt, dass es ein Narr sei, ihn nicht zu feuern."

„Er ist Melvins Mitbewohner", erwiderte Bosworth in einem gehässigen Ton. „Diese sportlichen Kerle halten zusammen. Es würde mich wundern, wenn sie das kleine Lamm nicht irgendwo einarbeiten."

„Nicht Sands", antwortete Marks. „Vetternwirtschaft geht bei ihm nicht unter. Es wurde jedoch viel darüber geredet. Ich habe Leute sagen hören, dass der Junge der beste Werfer im Außenfeld war, und so tun, als ob Lyford das auch dachte. Eines Tages hörte ich Lyford sagen, dass Poole der einzige Spieler sei, der wisse, wie man Bunt spielt; aber das ist nichts. Ich glaube nicht, dass sie große, kräftige Kerle wie Vincent, Sudbury und Taylor herausbringen werden, die für lange Schläge gut sind, für einen kleinen Zwerghühner, der nur fangen kann."

Bosworth, der sich weniger für Baseball als vielmehr dafür interessierte, die Bekanntschaft eines Mannes zu pflegen, den er für beliebt hielt, zückte seine Uhr.

„Ich muss nach Hause kommen", sagte er. „Ich muss vor zwölf Uhr noch viel Latein lernen."

Marks schniefte: „Trainiere! Machst du das immer noch, oder? Kommen Sie in mein Zimmer und ich werde Sie begleiten. Ich habe eine ganze Sammlung – Bohns , Interlinears , Teachers' Editions, Hinds und Noble – was immer Sie wollen. Es ist die beste Sammlung der Stadt."

Am Mittwoch spielten die Neun das Harvard Second. Phil saß wie immer auf der Bank und wartete auf die Chance, die sich nie ergab, und amüsierte sich damit, anhand der Haltung der Spieler am Schläger zu erraten, wo ihre Schläge sein würden, und die Position zu planen, die er im linken Feld einnehmen sollte, wenn er es wäre spielen, für die verschiedenen Männer. Normalerweise gelang es ihm , ein Gespräch mit dem Pitcher oder einigen der Feldspieler zu beginnen , wenn ein neunter Gast bereits gegen Hillbury gespielt hatte, um nach Möglichkeit zu erfahren , wo und wie die verschiedenen Hillbury- Batter geschlagen hatten. Heute wirkten die Spieler der Universität so imposant – einer von ihnen war ein berühmter Uni-Innenverteidiger –, dass der Junge noch nicht den Mut aufbrachte, sie anzusprechen.

Durch diese Befragung der Gastmannschaften hatte Phil eine beträchtliche Menge an Informationen über die Besonderheiten der Personen zusammengetragen, aus denen das Hillbury- Team bestand. Die Pitcher leisteten den größten Beitrag zu diesem Fonds, da sie sich oft genau daran erinnern konnten, welche Art von Bällen die jeweiligen Schlagmänner von Hillbury getäuscht hatten und welche sich als erfolglos erwiesen hatten. Einer wurde durch einen scharfen Sturz leicht gefangen, ein anderer konnte einen schnellen, geraden Ball, der hoch gehalten wurde, nicht treffen, wieder ein anderer wurde regelmäßig durch einen Tempowechsel getäuscht. Alle diese Entdeckungen gingen zusammen mit anderen Fakten aus Zeitungsberichten in das Baseball-Notizbuch ein, das Phil zu Beginn des Winters begonnen hatte, aber niemand außer Dick hatte es bisher gesehen. Er hatte vor, die Ergebnisse rechtzeitig Sands und Tompkins vorzulegen; derzeit war er noch damit beschäftigt, Fakten zu sammeln.

Das Spiel war bereits nach dem vierten Inning vorbei, ohne dass auf beiden Seiten ein Run erzielt wurde. Die Besucher hatten zweimal einen Mann bis zur zweiten Base gebracht, einmal durch einen Fumble von Hayes, den Short-Stop und einen Hit ins Mittelfeld ; einmal auf einer langen Fahrt zum linken Feld nahe der Linie, zu der Taylor rannte, sie aber nicht erreichte. Tompkins machte sich mit den Batters bekannt. Er hatte seine eigene Art, einen neuen Mann auf die Probe zu stellen. Zuerst versuchte er, ihn durch einen nahe herankommenden Ball von der Platte wegzutreiben. Wenn der Schlagmann sich zurückzog, war er sicher, dass er einem schüchternen Mann einen Pitch zuwarf, und erwischte ihn in einer Reihe schneller Kurven; Wenn sich der Schlagmann andererseits weigerte, sich zurückzuziehen, wusste Tompkins, dass er es mit einem kühlen, entschlossenen Schlagmann zu tun hatte, der wahrscheinlich in der Lage sein würde, die Kurve beim Anstoß zu erkennen und sie direkt zu treffen. Solchen gefährlichen Spielern gab er sein Bestes bei den Drops und bearbeitete hohe und niedrige Straight-Bälle mit Tempowechsel. Bisher war seine Methode bei den Besuchern erfolgreich .

Taylor kam zu Beginn des fünften mit blassem Gesicht herein. „Ich fürchte, ich komme nicht zu Ende, Archie", sagte er zu Sands. „Ich fühle mich so krank, dass ich es kaum ertragen kann."

"Was ist los?" forderte Sands, ohne viel Mitgefühl zu zeigen.

„Mein Magen ist außer Betrieb, glaube ich", stöhnte Taylor. „Mir ging es den ganzen Tag nicht gut."

„Was hast du hineingesteckt?"

„ Nichts, das heißt nichts Ungewöhnliches."

Sands blickte ihn einen Moment lang fragend an. „Na dann geh nach Hause und leg dich hin. Hier, Poole, nimm Taylors Platz ein. Du bist als nächstes dran."

Das Blut schoss Phil ins Gesicht; sein Puls begann aufgeregt zu pochen. Er sollte in einem echten Spiel eine Chance haben – einem schweren Spiel! Er beugte sich über den Fledermaushaufen, um seinen Favoriten auszuwählen, freute sich über die Gelegenheit, seine Verwirrung zu verbergen, und hatte ein wenig Angst davor, unfreundliche Kritik zu hören.

„Jetzt ist deine Chance zu zeigen, was in dir steckt, Phil", sagte Watson, der dritte Baseman, der den Jungen mochte. „Du kannst ihn gut schlagen."

„Stehen Sie dem Gegner stand", warnte Sands, „und lassen Sie sich von ihm nicht einschüchtern." Manning ist nicht so schlimm, wie er aussieht."

Sudbury musste zwei Strikeouts hinnehmen und traf dann einen Liner über den zweiten.

„Nun, Phil", sagte Tompkins ruhig, „du weißt, was wir von dir erwarten."

Poole stellte seinen linken Fuß fest neben die Platte, hob seinen Schläger und fragte sich, ob Manning bei ihm die Methode ausprobieren würde, die Tompkins bei neuen Männern anwandte. Der Werfer wirbelte mit der üblichen absurden Bewegung auf und ließ einen heißen Ball pfeifen, der plötzlich von der Platte abprallte. Phil lächelte vor sich hin und umklammerte den Schläger fester. „Nein, so etwas beiße ich nicht", sagte er sich. „Der alte Rowley hat mir zu viele davon gegeben." Als nächstes kam ein Rückgang, aber er war niedrig. „Zwei Bälle!" Dann kam einer in die Nähe, der Schlagmann zögerte und ließ ihn dann passieren. Dies wurde auch Ball genannt. Der nächste war direkt und schnell.

„Ich kenne dich", dachte Phil und schlug direkt darauf zu, wobei er den Ball ziemlich „auf der Nase" traf. Als er jubelnd zum ersten Baseman raste, sah er, wie der Ball eine Linie weit über dem Kopf des ersten Basemans durchschnitt. Da er wusste, dass der Treffer mindestens für zwei Bases reichte, drehte er als Erster die Runde, konzentrierte seine ganze Aufmerksamkeit auf sein Laufen, passte als Zweiter, und als er dann zum ersten Mal nach dem Ball suchte und sah, wie der rechte Feldspieler gerade werfen wollte, er ging problemlos bis zum dritten Platz weiter, wo Watson ihn an den Schultern packte und ihn innehalten ließ. Sudbury saß bereits wieder auf der Bank.

"Prächtig!" rief Watson aus. „Ich habe immer gesagt, dass du es schaffst. Bringen Sie Ihr Feldspiel auf dieses Niveau, und Sie werden Ihr ‚S' bekommen."

Sands trat in den Streik; Waddington schlug einen weiten Flug in die Mitte , den der Harvard-Fielder ohne große Anstrengung abwehrte und sicherte. Er warf den Ball mit aller Geschwindigkeit ein, die er konnte, aber Phil, der am Bag darauf wartete, dass der Ball die Hände des Feldspielers berührte, scheiterte mit der ersten Bewegung des Harvard-Mannes und schlug den Ball mühelos auf die Platte.

„Warum hat er nicht zum zweiten Wurf geworfen und ihn vom zweiten werfen lassen?" erkundigte sich Tompkins beim Trainer. „Wäre das nicht schneller gegangen?"

„Ich denke schon, aus dieser Entfernung", sagte Lyford. „Der großartige Außenfeldspieler macht einen einzigen weiten Wurf, aber bei Spielern mit durchschnittlichen Fähigkeiten bringen zwei schnelle Linienwürfe den Ball früher und präziser ins Spiel."

Hayes schlug zur zweiten Base und machte den dritten Mann raus. Die Seatonianer trabten zufrieden zu ihren Stellungen davon; Sie waren sich jedenfalls sicher, dass es zwei Runs geben würde.

Draußen auf der linken Seite war Phil sich selbst überlassen. Entweder weil er es mit dem Spieler versuchen wollte oder weil er keine klare Vorstellung davon hatte, wo der Schlagmann wahrscheinlich treffen würde, gab Sands keinen Hinweis darauf, welche Position der Feldspieler am besten einnehmen sollte. Als Hawkins, der zweite Baseman, der die Schlagliste anführte, kühn an die Platte trat, als würde er sich danach sehnen, den ersten geworfenen Ball zu schlagen, nahm Phil eine weit außen liegende Position ein und zeichnete, er wusste nicht warum, etwas zur Seite – Linien. Hawkins schlug zwar den ersten geworfenen Ball, aber er traf etwas zu früh und etwas darunter. Das Ergebnis war ein wunderschönes hohes Foul an den Bänken am Spielfeldrand. Als der Ball hochstieg, begann der linke Feldspieler instinktiv. Zehn Meter außerhalb der Foul-Linie fiel es ihm leicht in die Hände. Der zweite Batter ging mit einem Grounder gegen Watson raus. Der nächste Mann schickte einen Fly zwischen der Mitte und links, den Poole, der näher war, ebenfalls abfing. Nach fünf Minuten war Seaton wieder am Schlag.

Im sechsten und siebten Durchgang erzielte keine der beiden Mannschaften einen Treffer, obwohl die College-Spieler wiederholt Männer auf die Bases brachten und Phil einen weiteren Fly erwischte, dieses Mal im kurzen Außenfeld. Im achten Durchgang gelang es den Gästen durch einen Fehler von Robinson und einen harten Schlag, den Punktestand auszugleichen.

Die Schüler gingen etwas deprimiert ins letzte Inning. Hillbury hatte den Harvard Second mit sechs zu vier geschlagen. Wenn ihre Rivalen angesichts eines guten Pitchers wie Manning sechs Runs geschafft hätten, während Seaton nur zwei Runs geschafft hätte, wäre die Schlussfolgerung offensichtlich. Nachdem er drei Bälle gerufen hatte, ging Robinson zum Strikeout über. Watson hat seine Basis auf Bällen aufgebaut. Sudbury erzielte seinen zweiten Treffer – einen sauberen Schlag in die Mitte , wodurch Watson auf den dritten Platz vorrückte. Phil nahm seinen Schläger und machte sich auf den Weg zum Teller.

„Bunt den ersten und lass Watson nach Hause kommen", sagte Lyford, als Phil an ihm vorbeiging.

„Ich kann einen niedrigen Ball schlagen", sagte Phil, „aber was soll ich tun, wenn er hoch kommt?"

„Hau zu", sagte Lyford.

Es wurden Rufe nach dem Schlagmann laut, und Phil eilte zu seinem Platz, bezog einen festen Stand und wartete. Der erste war niedrig und ein wenig breit, aber Phil streckte die Hand aus, um ihn zu treffen, und ließ ihn entlang der Seitenlinie auf halber Strecke zwischen Heim und Dritter fallen. Im selben Moment machte er sich auf den Weg und rannte mit aller Kraft zum ersten Mal. Watson hatte mit halber Geschwindigkeit mit dem Pitch begonnen, und beim Bunt kam er mit all seiner Kraft nach vorne und kam genau in dem Moment ins Ziel, als der Pitcher den Ball aufhob. In der Zwischenzeit war Phil mit seinem Start als Linkshänder zunächst in Sicherheit, als der Pitcher ihn mit einem Wurf abwehrte, und Sudbury ging auf den dritten Platz über.

Die Schuljungen auf den Bänken jubelten laut über den gelungenen Spielzug und hielten plötzlich inne, um den nächsten Spielzug zu beobachten. Sands traf den ersten geworfenen Ball und schickte einen Grounder zum dritten Baseman, der gerade lange genug herumfummelte, um seinen Wurf zum ersten Baseman zu verhindern. Dann kam es schnell hintereinander zu zwei Angriffen auf Waddington. Sands gab das Signal für einen Double Steal, und auf der nächsten Seillänge startete er hart für den zweiten und Phil etwas später für den dritten. Der Harvard-Fänger zögerte und warf dann auf den dritten Platz; aber in seiner Eile warf er ein wenig daneben und der Junge rutschte sicher ab. Waddington trat in den Streik und Hayes trat an seine Stelle.

„Zwei Männer raus, lauf auf alles!" schrie Watson am Spielfeldrand. Der Harvard-Fänger tat so, als hätte er den Ball gepasst, und rannte ein paar Meter zurück, aber Watson erkannte den Trick und hielt Phil auf der Base. Hayes hatte zwei Schläge und drei Bälle. Das Publikum wartete gespannt auf den nächsten Pitch.

„Vier Bälle!" Hayes raste an die Spitze, Manning knurrte und stampfte, die Menge brüllte. Tompkins kam mit einem entschlossenen Gesichtsausdruck, den Schläger in der Hand, heran. "Ein Ball!" Der Fänger warf auf den dritten Platz, aber Phil, der den Ball beobachtete wie eine Katze den niedrigen Flug eines Vogels, warf sich in Sicherheit zurück. Der Harvard-Dritte tat so, als würde er auf den ersten werfen, ließ aber auf den zweiten los. Sands kämpfte sich zurück, so gut er konnte, aber der Ball erreichte die Base vor ihm, und nur der Fehler des zweiten Baseman, der ebenso überrascht schien wie Sands, rettete diesen vor einem Out.

Tompkins, der wusste, dass er kein Schlagmann war, wartete. „Zwei Bälle!" „Ein Schlag!" Der nächste Versuch lockte ihn und er schlug zu, aber es war eine weite Kurve. „Zwei Schläge!" Dann folgte eine Kurve, die über die Ecke des Tellers hinwegfegte. Tommy wollte es überhaupt nicht versuchen, aber er wusste, wenn er es nicht täte, sollte er zu Streiks auffordern; Also schlug er mit aller Kraft darauf zu und war genauso überrascht wie Manning, wenn auch keineswegs so unangenehm, als er sah, wie der Ball über den Kopf des dritten Baseman flog.

Phil trottete herein, dicht gefolgt von Sands, während Hayes auf dem dritten Platz eine Pause einlegte. Und dann wagte sich Tompkins, nachdem er sich selbst gerühmt und mit einem Two-Base-Hit zwei Runner ins Spiel gebracht hatte, zu weit vom zweiten Platz weg und wurde bei einem schnellen Wurf vom Pitcher schmachvoll vom Platz gestellt.

In ihrer Hälfte des Innings versuchten die Harvard-Männer, sich zu erholen. Der erste Mann, der oben stand, trat in den Streik. Anschließend schlug Big Gerold den Ball gegen den linken Feldzaun. Phil schaffte es in der Saison zurück, den Mann auf dem dritten Platz zu halten, aber der nächste Mann brachte den Lauf mit einem Single in Führung. Dann folgten zwei einfache In-Field-Flys, und das Spiel endete mit einem Spielstand von fünf zu drei zugunsten von Seaton.

Begeistert gingen die Schüler nach Hause. Tompkins hatte die starken Batters auf wenige Treffer beschränkt, die Neun hatten ein gutes Feld aufgestellt und den Ball geschlagen, wenn es auf die Treffer ankam. Die Prognose für das Hillbury -Spiel schien zumindest fair.

„Na, was denkst du jetzt?" sagte der Trainer zu Sands, als sie langsam zu den Umkleidekabinen gingen.

"Über das Spiel? Ja, es war gut; das bisher Beste, denke ich."

„Nein, wegen Poole. Ist er nicht ein besserer Mann als Taylor?"

„Ich wünschte, ich wüsste es", antwortete Sands. „Er hat heute auf jeden Fall gut gekämpft. Ich bezweifle, dass wir es mit Taylor genauso gut hätten machen sollen. Er hat auch drei Fliegen gefangen, aber zwei davon sind ihm in die Hände gefallen."

Der Trainer lächelte. „Haben Sie ihm Anweisungen gegeben, wo er stehen soll?"

„Nein, ich lasse ihn seine eigene Position einnehmen."

„Wissen Sie dann, dass diese drei Fliegen, die in zwei Innings kamen, in völlig unterschiedlichen Teilen des Feldes lagen?"

"Was davon?" fragte Sands verwirrt.

„Der Junge hat einen guten Feldspielerinstinkt; er schätzt gut, wo der Schlagmann wahrscheinlich treffen wird."

„Das könnte Glück sein", antwortete der Kapitän nachdenklich.

„Zumindest bei den Männern gibt es meiner Meinung nach keine Frage", sagte der Trainer eher knapp. „Poole ist besser im Schlagen, besser als Feldspieler und in anderer Hinsicht besser."

"Was ist das?"

„Er passt gut auf sich auf." Und dieser letzten Meinung musste Sands zustimmen.

Am Donnerstag und Freitag übte die Mannschaft wie üblich, wobei Poole mit der Mannschaft schlug und mit dem Außenfeld Fliegen fing. Taylor war wieder an seinem Platz.

Am Samstagmorgen begrüßte Sands Phil, als sie aus der Kapelle kamen: „Seien Sie heute Nachmittag früh draußen."

Phil nickte und ging weiter in den Mathematikraum. „Ein weiterer Nachmittag auf der Bank", dachte er düster. „Taylors Magen wird ihn wahrscheinlich nicht noch einmal im Stich lassen."

Als er eine Stunde später sein Zimmer betrat, fand er Melvin tief in der halbwöchentlichen Seatonian-Ausgabe versunken , die gerade geliefert worden war.

„Sieh mal, Phil", rief sein Zimmergenosse mit einem fröhlichen Leuchten in seinen Augen; „Hier sind Informationen für Sie!"

Und Phil, der über Melvins Schulter auf die Passage in den „Notizen und Kürzeln" blickte, auf die der kräftige Zeigefinger zeigte, las: „Poole wird heute Nachmittag im Spiel mit den Harvard-Neulingen auf dem linken Feld spielen."

KAPITEL XX

Ein unerwarteter Schlag

„NUN , Dick, ein weiterer Fall von Diebstahl oder Verlust. Über einen sorglosen Kerl wie Hayes kann man nichts sagen."

„Was ist es dieses Mal", fragte Dick, „Geld?"

„Ja", antwortete Varrell , „eine Handtasche aus seiner Kleidung im Spind der Turnhalle." Er zog sich früh für das Balltraining an und steckte seinen Schlüssel unter die Spindtür. Als er zurückkam, war das Geld weg."

„Es ist seltsam, dass wir diese Sache nicht aufhalten können!" rief Melvin aus.

„Nachmittags waren ein Dutzend Leute in den Umkleideräumen. Bosworth war natürlich einer, und er war früh da, aber niemand verdächtigt ihn. Hayes glaubt, es sei einer der Kegelbahnjungen gewesen, und Farnum, der mir davon erzählt hat, wirft es dem Maler in Rechnung. Ich wette, ich weiß, wer es getan hat; aber mehr Beweise als im Fall des Safes habe ich nicht."

„Das hast du doch endlich aufgegeben, nicht wahr?" sagte Melvin mit einem breiten amüsierten Lächeln im Gesicht. „Du hast ein gutes Gespür für Theorien und Verdächtigungen und kannst aus den Lippen eines Mannes aus fünfzehn Metern Entfernung lesen, aber wenn es um Fakten geht, bist du trotzdem nicht da."

„Das kann so sein, vielleicht aber auch nicht", sagte Varrell mit einem Hauch von Überlegenheit. „Ich gebe nicht vor, ein Detektiv zu sein, aber ich habe die Hoffnung nicht aufgegeben und werde sie auch nicht aufgeben, bis ich nach den College-Prüfungen im Juni in den Zug steige. Der Kerl wird leichtsinnig und wird sich früher oder später bloßstellen. Wir können nur zuschauen und abwarten."

„Schauen Sie zu und warten Sie!" schniefte Melvin. „Das ist es, was wir getan haben, nicht wahr? Und sehen Sie, was ist das Ergebnis? Durand hat Geld verloren, und Hayes hat Geld verloren, und wir sind dem Dieb nicht näher als zuvor."

„Oh ja, das sind wir", sagte Varrell . „Erstens ist Eddy wieder mit Bosworth vertraut geworden. Ich habe ihn in letzter Zeit zwei- oder dreimal in Bosworths Zimmer gesehen. Gestern hatten sie eine hitzige Diskussion über etwas, und einiges davon wurde am Fenster geführt, während ich hinter meinen Jalousien arbeitete. Mit Hilfe meines Zeiss-Opernglases fing ich mehrere Ausdrücke ein, die mir einen Anhaltspunkt für das Gespräch gaben."

"Was haben sie gesagt?" fragte Dick eifrig.

„Nun, Bosworth war der Erste, der erschien. Mit seinem spöttischen Gesichtsausdruck kam er ans Fenster und schaute nach unten, um zu sehen, ob draußen jemand war. Bevor er sich umdrehte , schaute er zu meinem Fenster und sagte dabei: „Du kannst nicht anders." Du steckst genauso tief drin wie ich. Sie haben mir die Informationen gegeben und den Gewinn geteilt. Wenn ich in Schwierigkeiten gerate, nehme ich dich mit.' Dann blieben beide einige Minuten weg. Eddy war der nächste, der sich zeigte. Tränen liefen ihm über die Wangen und sein Kinn zuckte vor Schluchzen, sodass es schwierig war, der Bewegung seiner Lippen zu folgen. Anscheinend sagte er eine Minute lang nichts, sondern lehnte nur seine Stirn gegen den Rahmen des unteren Fensterrahmens, der hoch angehoben war. Plötzlich ballte er die Faust, ließ sie auf die Fensterbank fallen und schrie: „Ich werde das schmutzige Geld nicht behalten!" Ich zahle es dir am Ersten des nächsten Monats zurück, und dann wirst du sehen, du elender …" Er wandte den Kopf ab, so dass ich die nächsten Worte nicht sehen konnte. Bosworth erschien sofort und zog ihn vom Fenster weg."

„Armer kleiner Idiot!" sagte Melvin traurig. „Wie schade, dass wir nichts tun können, um ihn vor diesem Schurken zu retten! Bosworth hat ihn offenbar fest im Griff und jagt ihm eine Todesangst ein."

„Wahrscheinlich hat er Eddy Geld geliehen, und indem er vorgab, es sei ein Teil dessen, was im Safe war, hat er dem Jungen die Zunge gebunden. Es ist klar, dass Eddy der Schlüssel zur Situation ist. Wenn jemand ihn nur dazu bringen könnte, zu sagen, was er weiß, würde uns das den Beweis liefern, den wir brauchen, um Bosworth zu verbannen, und es könnte uns helfen, Eddy zu retten. Kennt Phil ihn gut?"

„Ich glaube nicht, dass sie intim sind", antwortete Dick, „aber sie kennen sich ziemlich gut."

„Warum kann Phil den kleinen Kerl nicht herauslocken?" sagte Varrell . „Es ist zum Wohl des Jungen."

Phil gab der Bitte der älteren Jungen widerwillig nach. Für einen Charakter, der offensichtlich offenherzig war und hinterhältige Methoden völlig verabscheute, riecht die Aufgabe nach Unehrlichkeit. Erst als ihm versichert wurde, dass Eddy in der Gewalt einer gefährlichen Person war, deren Griff um den Jungen so früh wie möglich gelöst werden musste, stimmte er dem Versuch zu.

Am nächsten Morgen bot er Eddy an, mit ihm in seinem Zimmer die Algebra-Aufgaben zu lösen. Eddy nahm das Angebot bereitwillig an, sowohl weil er die Hilfe willkommen hieß, als auch weil er froh war, einen Jungen wie Poole in seinem Zimmer zu haben. Als die Unterrichtsstunde zu Ende war, fragte Phil ihn rundheraus, was er an Bosworth attraktiv fände. Eddy wurde abwechselnd rot und weiß und sagte, er wisse es nicht. Dann stellte Phil seine Frage, und Eddy „wusste es nicht" und „konnte es nicht sagen", bis ein großer Sturm aus Tränen und Schluchzen das Herz des unwilligen Inquisitors zum Schmelzen brachte und die Untersuchung abrupt zu Ende brachte . Phil hatte gerade noch die Entschlossenheit, vor der schmerzhaften Szene zu fliehen, den unglücklichen Jungen zu drängen, Bosworth ganz in Ruhe zu lassen, und wenn er irgendetwas Schlimmes auf seinem Gewissen hätte, es Grim oder jemand anderem anzuvertrauen, der ihm helfen könnte .

„Damit ist die Sache vorerst erledigt", sagte Varrell , als er den Bericht hörte. „Der Schurke hat den kleinen Narren an Händen und Füßen gefesselt. Wir müssen das Wartespiel noch eine Weile spielen."

„Wenn Grim wüsste, was wir wissen, würde er Eddy in zehn Minuten die Fakten entlocken", sagte Phil.

„Da bin ich mir nicht so sicher", antwortete Varrell . „Das ist sowieso die letzte Karte; Ich bin noch nicht bereit, das zu spielen."

Die Saison näherte sich ihrem interessanten Ende. Am darauffolgenden Samstag sollte das Leichtathletiktreffen der Schule stattfinden, eine Woche später der Wettkampf mit Hillbury und nach einer weiteren Woche das große Baseballspiel mit denselben Rivalen. Vor und nach den sportlichen Wettkämpfen und dazwischen gab es die Morgan Prize Speaking, die Morgan Composition Reading, die Wettbewerbe um die Englisch- und Mathematikpreise, Klassenessen, Gesellschaftswahlen, die Vorbereitung auf den Unterrichtstag – Gelegenheiten und Freuden von jede Art, um die Gewissenhaften anzuspornen und die Gleichgültigen zu inspirieren. Varrell beschränkte seinen Ehrgeiz auf sein Studium und das Stabhochspringen und hatte so Kraftreserven für die Jagd nach „Beelzebub" – einem Namen, der nach drei Monaten Milton in den privaten Gesprächen der beiden Freunde allmählich und natürlich „Bosworth" ersetzte .

Melvins Berufe waren vielfältiger. Neben seinen regulären Schularbeiten, die er bis zum Schluss unbedingt gut erledigen wollte, galt es, die mühsamen Pflichten des Streckenleiters zu erfüllen, das regelmäßige Sprungtraining aufrechtzuerhalten und einen Teil des Unterrichtstages vorzubereiten. Die „Stilljagd" überließ er Varrell , der die Bewachung übernahm, während Dick sich um das Warten kümmerte.

Die Sorgen des Managements erwiesen sich als wesentlich größer, als Melvin erwartet hatte. Zusätzlich zu der Sorge, Abonnements einzusammeln, und der Notwendigkeit, sich um die große Anzahl von Männern und zahlreichen Details zu kümmern, die mit einem Dutzend Ereignissen zu tun haben, musste er Lasten tragen, die eigentlich einem anderen gehörten. Dickinson, der Kapitän, besaß einen ganz besonderen Charakter. Er konnte wie ein Reh rennen. In der Viertelstunde schienen ihm gewöhnliche Handicaps nichts zu nützen. Dieses Jahr hatte er auch mit den Hundert Yards experimentiert, und in zwei von drei Prüfungen konnte er Tommy Travers, der zwei Jahre lang der beste Hundert-Yard-Mann der Schule gewesen war, drei oder vier Yards geben und ihn schlagen Leichtigkeit. Doch mit dieser wunderbaren natürlichen Begabung, die ihn im Jahr zuvor plötzlich von einer unbedeutenden zu einer sehr beliebten Position emporgehoben hatte, hatte er nur ein geringes Interesse an seinem Sport. Er rannte, weil die Schule wollte, dass er rannte, nicht weil er entweder den Sport liebte oder sich nach dem Ruhm des Siegens sehnte. Wenn er sich selbst überlassen bliebe, hätte er früher oder später die Spur ganz aufgegeben und sich wieder in die Einsamkeit zurückgezogen, in der er mit seinen Büchern Trübsal drückte. Ohnehin wirkte er oft launisch und apathisch und vernachlässigte viele der Pflichten, die ein Kapitän besonders gern wahrnimmt. Inspiration und Anstoß mussten vom Manager kommen.

Der Sprung verlief entmutigend unsicher. Fast jeden Tag begann Dick sein Training mit dem Gefühl, an seine Grenzen gestoßen zu sein. Manchmal, wenn er ein oder zwei Zentimeter unter frühere Rekorde fiel, war er davon überzeugt. Dann, vielleicht am nächsten oder übernächsten Tag, als er zu dem Schluss gekommen war, dass er keinen großen Sprung in sich hatte und dass er mit einer mäßigen Leistung zufrieden sein musste, würde er sich selbst überraschen, indem er einen halben Zoll höher kletterte als er jemals zuvor erreicht hatte. Und es gab Zeiten, in denen er einen besonders langen und erholsamen Schlaf genossen hatte oder seine körperliche Verfassung genau richtig war, in denen ihm richtig nach einem Sprung zumute war. Dann geriet sein Ehrgeiz ins Wanken und er sagte sich jubelnd, dass die Grenze noch in weiter Ferne lag. Solche Tage gab es selten. Sollte er am dreiundzwanzigsten einen haben, oder, was noch wichtiger ist, am dreißigsten?

Am Dienstagabend gingen Dick, Varrell und Phil gemeinsam zur Kapelle, um der Preisansprache zuzuhören. Curtis gesellte sich zu ihnen an der Tür und alle vier nahmen vorne Platz. Es war eine lange Aufführung, aber die Jungen hörten interessiert zu und amüsierten sich damit, über die Vorzüge der Teilnehmer zu spekulieren, während Rede und Rede dicht hintereinander folgten. Curtis stimmte für Planter, Melvin für Durand, Varrell für Todd und Phil für einen Jungen, der einen Auszug aus einer Rede von Henry Clay hielt.

Als die Jury den ersten Preis an Planter, den zweiten an Von Gersdorf und die lobende Erwähnung an Todd und Durand zurückgab, schmeichelte sich jeder mit seinem kritischen Urteil.

Varrell sagte auf den Stufen von Carter gute Nacht und ging weiter in seinen eigenen Schlafsaal. Curtis, der in Gesprächslaune war, schlug vor, „für eine Minute nach oben zu gehen". Als er sich in einem Sessel niedergelassen hatte, sammelte Phil, der solchen „Minuten" misstraute, seine griechischen Bücher ein und zog sich in das Zimmer eines Klassenkameraden auf der anderen Seite des Flurs zurück.

„Wissen Sie, Dick, Planter ist der Typ, den ich bewundere. Er hat einen guten Rang – fast so gut wie Sie – und ist Herausgeber des Seatonian und des Lit. und steht bei einer Gelegenheit wie dieser immer im Vordergrund. Fletcher ist ein besserer Gelehrter, nehme ich an, aber er ist nichts anderes; Planter kann schreiben und sprechen und Noten bekommen; Er hat auch gute Manieren und ist immer ein Gentleman."

„Ich wusste nicht, dass du sanfte Eigenschaften bewunderst", sagte Dick amüsiert, „und was die Noten angeht, nun, erst dieses Jahr hattest du ein freundschaftliches Verhältnis zu irgendwelchen Schulbüchern."

"Besser spät als nie. Ich hatte dieses Jahr viele neue Ideen."

„Gehen Sie wieder zur Leichtathletik?" fragte Dick.

„Sie sind an ihrem Platz in Ordnung. Ich würde meine Fußballerfahrungen nicht gegen etwas eintauschen, was diese Kurbelfabrik jemals Daniel Webster oder einem anderen großen Genie gegeben hat, das zum ersten Mal auf unserer Bank zum Einsatz kam. Aber ich möchte nicht immer John Curtis, der Footballspieler, sein. Ich möchte etwas Besseres als das."

„John Curtis, der Harvard-Neuling?" schlug Dick vor.

Curtis lächelte grimmig. „Das werde ich sein, wenn es dem Besitzer meines Gehirns möglich ist. Auch ich komme voran. Wenn ich erst letztes Jahr angefangen hätte, wäre ich jetzt vielleicht irgendwo angekommen."

„Du schaffst es noch", sagte Dick ermutigend.

„Ich werde sowieso bluffen", antwortete der Fußballkapitän; „Aber es ist, als würde man versuchen, den Ball in den letzten zehn Minuten des Spiels siebzig Meter weit zu schießen."

Phil kam herein, blickte bedeutsam auf die Uhr und zog seinen Mantel aus.

„Ja, ich weiß, es ist Zeit für mich zu gehen", sagte Curtis und rappelte sich auf. „Wir sind alle im Training und sollten zu diesem Zeitpunkt im Bett sein. Das war ein gutes Spiel, das du letzten Samstag gezeigt hast."

Phil sah ihn misstrauisch an.

„Oh, ich meine es ernst", fügte Curtis hinzu. „Und du wirst auch das Publikum bei dir haben, wenn du so durchhältst. Kümmere dich nicht darum, was du von Marks und dieser Bande hörst."

Am Donnerstag kam Dick pünktlich nach dem Abendessen nach Hause, um einen langen Abend in seinem Unterricht zu verbringen. Phil war schon da.

„Hast du den Brief aus Cambridge gesehen, Dick?" er hat gefragt. „Ich habe es auf den Kaminsims gestellt."

Melvin nahm es unvorsichtig auf. „Von Martin", sagte er und warf einen Blick auf die Adresse. „Ich frage mich, was er will."

Er öffnete es, während Phil still daneben stand und auf Neuigkeiten von ihrem alten Schulfreund wartete. Während Melvin las, zeichnete sich ein angespannter, ernster Ausdruck auf seinem Gesicht ab und er hob instinktiv den Kopf, als wolle er sich einem Gegner stellen. Als er fertig war, hielt er den Brief immer noch in der Hand und starrte dumm zum Fenster.

"Was ist es?" rief Phil. „Ist Martin etwas passiert?"

„Nein, aber uns ist etwas passiert. Lesen Sie es und sehen Sie."

Und Phil las dies: –

> „ LIEBER ALTER DICK , nur ein Wort, um dir von einer Art Plan zu erzählen, der zu Fuß gegen Dickinson protestiert. Ich habe es von einem Junior bekommen, der in meinem Eingangsbereich wohnt, und der es von einem alten Mann aus Hillbury bekommen hat . Sie sagen, dass Dickinson letzten 4. Juli in Indiana an einem Rennen um einen Geldpreis teilgenommen hat, und sie haben Plakate, aus denen hervorgeht, dass er für die Teilnahme an dem Rennen angekündigt wurde. Ist es so? Wenn ja, dann hat er sich bis nach China für den Schul- und Hochschulsport eingesetzt. Ist dies nicht der Fall, müssen Sie den Vorwurf fair und deutlich widerlegen, und zwar über den Punkt hinaus, an dem man sich überhaupt einen Zweifel vorstellen kann, sonst wird er ausgeschlossen. Reg dich auf!
>
> „Dein und Seaton für immer,
>
> „LMM"

"Was werden Sie tun?" fragte Phil, als Dick seinen Hut aufsetzte.

„Ich werde es zuerst mit Dickinson besprechen", antwortete der Senior bitter. „Dann werden wir sehen, was zu tun ist."

KAPITEL XXI

Eine düstere Aussicht

DICKINSON war in seinem Zimmer. Er war gerade zurückgekommen und plante auch, lange in seinen Büchern zu lesen, die für ihn übliche Abendroutine. Melvin hämmerte gegen die Tür und riss sie dann mit wenig Zeremonie auf. Dickinson blickte leicht verwundert auf.

"Hallo! Ich dachte, Sie hätten Ihren Abend den Musen gewidmet. Was ist los? Du siehst aus, als wärst du auf dem Kriegspfad."

„Das bin ich", antwortete der Besucher grimmig. Sein Gesicht zeichnete sich durch harte Linien ab, während seine Stimme, die er vergeblich unter Kontrolle zu bringen versuchte, erstickt, angespannt und zitternd klang. „Wissen Sie, was einen Profi ausmacht?"

„Na ja, ich nehme an, das tue ich", antwortete der verwunderte Dickinson, der der Frage weniger Aufmerksamkeit schenkte als der unerklärlichen Aufregung seines Freundes.

"Also was ist es?"

„Warum, um Geld oder Ihr Brett oder eine ähnliche Entschädigung zu spielen."

"Irgendetwas anderes?"

„Ja, um mit Profis zu konkurrieren oder um Geldpreise, oder –"

"Oder was?" fragte der Fragesteller.

„Oder nehmen Sie an einer Art offenem Wettbewerb teil, den die Verwaltungsräte aus irgendeinem technischen Grund verbieten. Ich habe es nie wirklich verstanden , habe mich sogar nie darum gekümmert. Es betrifft uns nicht, und es schien mir völlig ausreichend, die allgemeinen Regeln zu kennen. Der echte Amateur braucht sowieso keine Regeln. Sein eigener Instinkt für das, was richtig und fair ist, würde ihn auf dem Laufenden halten."

„Oh, das würde es!" antwortete der Manager mit bösartigem Sarkasmus.

"Ja es würde!" erwiderte Dickinson und geriet bei dem hartnäckigen Kreuzverhör selbst in Aufruhr. „Was ist überhaupt in dich gefahren? Warum kommst du auf diese erstickende, verrückte Art und Weise hierher und stellst mir wilde Fragen? Wie meinst du das?"

Dickinson stand jetzt da und sah seinen Besucher mit einem herausfordernden Blick an, der Melvin warnte, dass er falsch anfing. Er zögerte einen Moment, versuchte seine Stimme zu kontrollieren und suchte nach einem einfachen Weg zurück auf den richtigen Weg.

"Also was ist es?" forderte Dickinson in herrischem Ton. „Steh nicht da und verdrehe die Augen. Raus mit der Sprache!"

„Es geht um dich, Jim", sagte Melvin schließlich, gab jeden Versuch einer klugen Führung des Gesprächs auf und sprach, als seine Wut etwas abgekühlt war, mit weniger Feindseligkeit und mehr Trauer in der Stimme. „Bist du letzten Sommer wirklich in Indiana mit Profis um einen Geldpreis gelaufen?"

Für eine kurze Minute blinzelte Dickinson den Fragesteller verblüfft an. Dann, mit einer schnellen Verwandlung, als die Erinnerung ein Bild eines vergangenen Ereignisses präsentierte, schoss ihm das Blut in die Wangen und ein grelles Licht loderte in seinen Augen.

„Nun, was ist damit?" fragte Dick, wieder der Prüfer, verlor jedoch seine Bitterkeit angesichts des empörten Blickes, den Dickinson auf ihn warf. „Kannst du nicht sprechen?"

„Es hat keinen Sinn zu reden", antwortete der Läufer mürrisch. „Wenn Sie denken, dass ich so ein Mann bin, macht es keinen Unterschied, was ich sage. Mein Wort würde zu nichts nützen. Ein Mann wird immer lügen, wenn es um das erste Geld geht, das er für die Leichtathletik bekommt."

„Es ist eine Frage des Wissens, nicht des Denkens", sagte Dick.

"Genau!" erwiderte Dickinson bitter. „Und so kennst du mich! Wenn mein Laufen keinen besseren Eindruck von mir hinterlassen hat, höre ich ganz damit auf. Ich wollte nie rennen. Du hast mich gegen meinen Willen hineingetrieben. Ich werde gerne rausschlüpfen."

„Hör auf, Jim! Beantworte meine Frage, nicht wahr?" rief Dick verzweifelt. „Bist du letzten Sommer am 4. Juli mit Profis am Rennen teilgenommen oder nicht?"

„ Natürlich habe ich das nicht getan", antwortete Dickinson mürrisch. „Man sollte mehr Verstand haben, als bei einem solchen Garn Bilanz zu ziehen. Ich habe noch nie in meinem Leben ein Rennen bestritten, außer letztes Jahr in dieser Schule und in Hillbury ."

Melvin holte tief Luft. Sein Mut kehrte zurück und sein Zorn ließ nach, aber das Geheimnis musste noch geklärt werden.

„Wie hat diese Geschichte dann angefangen?"

"Welche Geschichte?" schnappte Dickinson.

„Na, dass Sie letzten Sommer tatsächlich an so einem Rennen in Ihrer Stadt teilgenommen haben", erwiderte Dick geduldig, obwohl er das Gefühl hatte, dass Dickinsons gegenwärtige Unverschämtheit durchaus den Verdacht einer vergangenen Torheit, wenn nicht sogar einer Schuld, rechtfertigte.

„Ich weiß nichts über irgendeine Geschichte", antwortete Dickinson. „Ich wurde gebeten, an den Rennen teilzunehmen, und lehnte ab. Aufgrund eines Missverständnisses wurde mein Name in den Anzeigen erwähnt, aber ich bin nicht angetreten, war tatsächlich nicht einmal anwesend."

„War Ihr Name auf den Flugblättern?"

„Vielleicht war es so. Darüber weiß ich nichts."

„Wer war der Manager?"

„Ich erinnere mich nicht an seinen Namen – einer der Sportler der Stadt. Ich kenne den Namen des Vorsitzenden des Generalkomitees, und das ist alles."

„Könnte er uns eine Bescheinigung ausstellen, dass Sie nicht teilgenommen haben?"

„Er ist in Europa", antwortete Dickinson. „Er wäre nutzlos, wenn er hier wäre. Er hatte überhaupt nichts mit dem Sport zu tun und kennt mich nicht von Adam."

„Aber es muss jemanden geben , an den Sie schreiben können, um Beweise zu erhalten", rief Melvin verzweifelt. „Würde Ihr Vater sich nicht für Sie um die Angelegenheit kümmern, oder Ihr Geistlicher oder Ihr Schulleiter?"

Dickinsons Gesichtszüge entspannten sich zu einem traurigen Lächeln. „In der Tat mein Vater! Habe ich Ihnen nicht von seiner Einstellung zu diesem Thema erzählt? Er würde jeden Vorwand begrüßen, der mich ausschließen würde. Und was Dr. Monroe betrifft, unseren Minister, er ist ein guter alter Mann und einer der besten Freunde, die ich auf der Welt habe, aber ich möchte ihn nicht durch die Straßen schicken, um nach Beweisen für meine Kandidatur zu suchen. Der Rektor der High School würde die Arbeit gründlich erledigen, wenn wir ihm genügend Zeit geben könnten, aber er ist ein sehr beschäftigter Mann und kommt möglicherweise nicht sofort zur Sache."

„Vielleicht komme ich nicht sofort dazu!" wiederholte Melvin. „Warum, Jim, weißt du, wie viel Zeit wir haben? – nur fünf Tage. Dem Protest muss am Mittwoch entsprochen werden. Wenn wir dann nicht vorbereitet sind, wird das Urteil zu unseren Lasten ausfallen."

„Sie müssen uns eine angemessene Zeit geben, um die Anschuldigungen zu widerlegen, nicht wahr?" erwiderte Dickinson. „Sie erwarten sicherlich nicht, dass jeder Kerl eine Bescheinigung über sein Amateurniveau in der Tasche herumträgt."

„Die Regeln besagen eindeutig, dass Proteste am Mittwoch vor den Spielen entschieden werden müssen, und Hillbury wird sorgfältig darauf achten, dass die Regeln eingehalten werden. Was auch immer wir tun, muss vor Mittwoch erledigt sein. Wir müssen die Briefe heute Abend schreiben.

„Besprechen wir es zuerst mit Varrell ", sagte Dickinson, „er weiß mehr als wir alle zusammen. Es kann sein, dass ihm eine Möglichkeit einfällt, uns aus dem Loch herauszuholen."

Varrells Zimmer vertagt , wo die Fakten noch einmal besprochen wurden. Die Weisheit von Varrell lieferte kein anderes Mittel als den bereits vorgeschlagenen, an mehrere Männer zu schreiben, deren Namen Dickinson erwähnt hatte, in der Hoffnung, dass von der Gesamtzahl mindestens einer vollständig und umgehend antworten würde, mit unbestreitbaren Beweisen.

Am späten Abend trennten sich der Kapitän und der Manager, nachdem sie die Briefe geschrieben hatten und für ihre pünktliche Abreise sorgten, indem sie sie ins Büro trugen, anstatt sie in den Briefkästen auf der Straße zu lassen. So sehr die Jungen auch darauf bedacht waren, die Sache voranzutreiben, blieb ihnen jetzt nichts anderes übrig, als ruhig auf die Antwortnachrichten zu warten und ihre Ungeduld so gut wie möglich zu kontrollieren. Für Dickinson, dessen Temperament zur Verdrießlichkeit neigte, fiel dieses Warten nicht so schwer. Er hatte immer eine unvorstellbare Gleichgültigkeit gegenüber dem sportlichen Ehrgeiz gezeigt, der im Leben der Jungen um ihn herum eine so starke Feindschaft darstellte. Die unmittelbare Auswirkung der unangenehmen Nachricht war, dass seine Gleichgültigkeit in Abscheu umschlug. Die Anschuldigung war unbegründet und ungerecht; Wenn er seine Unschuld gegenüber jeder absurden Anschuldigung beweisen muss, die plötzlich gegen ihn erhoben werden könnte, ist es umso besser, je früher er mit der Leichtathletik fertig war. Das Spiel war die Kerze nicht wert.

Dickinson war des unangenehmen Themas überdrüssig, ging zu Bett und schlief schnell ein. Nicht so der unglückliche Manager. Für ihn war der Flottenläufer ein Schulbesitz, der ihm anvertraut wurde wie eine feine Klinge in der Obhut des Waffenschmieds, der sie auf Wunsch seines Besitzers glitzernd, scharf und sofort einsatzbereit herstellen musste. Er hörte, wie die Uhr zwölf und eins schlug, während er nervös von einer Seite des Bettes zur anderen rollte, vergeblich um den schwer fassbaren Schlaf bemühte oder über die verwirrende Situation nachgrübelte. Dickinson hat möglicherweise nicht die richtigen Männer vorgeschlagen, an die er sich wenden könnte; die

Briefe erreichen ihr Ziel möglicherweise nicht sicher; die Personen, an die sie gerichtet waren, antworteten möglicherweise nicht umgehend; Der Ausschuss misst den eingegangenen Antworten möglicherweise nicht das gebührende Gewicht bei. Er erinnerte sich mit Besorgnis an Geschichten, die er in Zeitungen über die versehentliche Zerstörung von Postautos gelesen hatte. Die Briefe würden gemeinsam weitergeleitet; Ein Unfall mit einem einzigen Beutel würde sie alle stoppen. Er stöhnte laut, als er sich vorstellte, wie er, Dickinson und die Schule hoffnungsvoll und hilflos warteten, Tag für Tag, Post um Post, auf Briefe, die nie ankommen konnten, da sie nie abgeschickt worden waren.

Varrell war auch lange wach. Er lag ausgestreckt in seinem Sessel, die Füße bequem auf der Fensterbank gepolstert, blickte hinaus in die friedliche Nacht und grübelte über das gleiche Problem nach, das seinen Freund quälte. Als er endlich aufstand und das Licht andrehte, war der Anflug eines Lächelns auf seinem Gesicht und ein zufriedenes Leuchten in seinen Augen, was darauf hindeutete, dass mindestens einer der drei Senioren sein Gehirn zu irgendeinem Zweck gequält hatte .

Das Trio traf sich am nächsten Morgen auf dem Weg zur Kapelle.

„Hast du die Briefe abbekommen?" fragte Varrell .

Melvin nickte.

„Haben Sie an die Zeitungen geschrieben?" fuhr Varrell fort . „Die Zeitungsmänner sind normalerweise am besten über lokale Ereignisse informiert."

Manager und Kapitän sahen sich überrascht an. „Wir haben nicht an sie gedacht", gestand Dickinson. „Es gibt die *Times* und den *Chronicle* . Jemand in diesen Büros sollte die Fakten genau kennen."

„Ich werde ihnen beiden gleich nach der Kapelle schreiben", sagte Melvin freudig. „Vielen Dank, Wrenn; Ich wusste, dass du uns helfen würdest."

Während Melvin seine Briefe verfasste, war Varrell im Telegraphenbüro und schickte Nachrichten an dieselben Adressen. Aber er behielt seinen eigenen Rat.

Der Schulsport fand am Samstag statt, mit eher enttäuschenden Ergebnissen. Dickinson gewann erwartungsgemäß seine Rennen, stellte jedoch keine neuen Rekorde auf und seine Form war offensichtlich nicht so gut wie die, die er ein Jahr zuvor in denselben Sportarten gezeigt hatte. Die Schule war enttäuscht, aber nicht hoffnungslos, denn Marks' Expertenmeinung, dass Dickinson seine Grenzen erreicht hatte und nun rückwärts gehen würde, fand außerhalb seiner eigenen kleinen Gruppe keine allgemeine Akzeptanz. Melvin gewann den zweiten Platz im Hochsprung und schaffte es kaum, 1,70 m zu schaffen, obwohl er in der Woche zuvor im Training mehrere Male problemlos über die Latte gelangte. Es war für ihn wenig tröstlich, im Gegensatz zu den anderen zu wissen, dass sein Einbruch nicht auf Unfähigkeit, sondern auf die Sorge um Dickinson zurückzuführen war. Varrell war der einzige der drei, der durch die Arbeit des Tages Ruhm erlangte und seinen Wettkampf mit einem Sprung gewann, der nur geringfügig unter dem Schulrekord lag.

In dieser Nacht wurde der Protest von Dickinson offiziell bekannt gegeben und am darauffolgenden Mittwoch entschieden. Die Nachricht ging mit der üblichen elektrisierenden Kraft durch die Schule und erfüllte jedes treue Herz mit Bestürzung und Empörung.

Im Campuswald.

KAPITEL XXII

DIE ENTSCHEIDUNG DES GERICHTS

„WIR sollten es heute Abend auf jeden Fall hören", sagte Melvin am Montag, als er mit Phil und Dickinson im Büro herumlungerte und auf die Verteilung der Post wartete. „Wenn die Briefe am Samstag eingetroffen wären und die Leute sich umgehend um die Angelegenheit gekümmert hätten, wären die Antworten möglicherweise am Samstagabend verschickt worden."

„Wahrscheinlicher ist, dass sie erst am Samstagabend oder heute Morgen angekommen sind", antwortete Dickinson, der eine weniger optimistische Ansicht vertrat. „Wenn die Leute dann wie die meisten anderen um einen Gefallen bitten, werden sie sich am Dienstag oder später mit der Sache befassen, und die Briefe können am Donnerstag oder zu einem beliebigen Zeitpunkt in der folgenden Woche eintreffen – sofern sie tatsächlich geschrieben wurden überhaupt."

Nichts für Melvin; nichts für Dickinson; zwei Arbeiten für Varrell ; Dicks Herz sank.

„Morgen haben wir den ganzen Tag Zeit und die erste Post kommt am Mittwoch", sagte er schließlich, als sich das Trio düster auf den Heimweg machte.

Auf der anderen Straßenseite kam eine Gestalt an ihnen vorbei und eilte auf das Büro zu.

„Hier sind ein paar Papiere für dich, Varrell ", rief Phil. Aber Varrell war bereits vorbei und reagierte nicht auf den Ruf.

„Wirf sie auf ihn!" knurrte Dickinson. „Er hört nie etwas, wenn er ihm den Rücken zuwendet."

Phil traf ins Schwarze und Varrell bückte sich, um die Pakete zu holen.

„Kein Brief, Wrenn, kein beschuldigter Brief für irgendeinen von uns; Nur diese Papiere für Sie. Am liebsten hätte ich sie in den Fluss geworfen!"

„Ich bin froh, dass Sie das nicht getan haben", antwortete Varrell und studierte den Poststempel. „Ich nehme jederzeit ein halbes Brot, auch wenn ihr kein Brot bekommt. Alte Zeitungen sind manchmal wertvoll."

Der Dienstag war für Melvin kein Tag des gewinnbringenden Lernens. Er ging zu seinen Rezitationen, aber bei einigen wurde er entschuldigt, und bei anderen machte er äußerst schäbige Fehler. Seine ganze Aufmerksamkeit galt dem Warten auf die Post. Morgens nichts, nachmittags nichts, abends ein einziger beschmierter, bekritzelter Umschlag mit dem Poststempel „Ralston, Indiana"!

„Endlich das Juwel", grinste Varrell , als er die Adresse über Melvins Schulter las. „Öffne den Koffer!"

„Das ist kein Scherz", antwortete Dick ernst. „Von diesem Brief hängt ein gutes Geschäft ab."

„Besonders Schmutz", sagte Varrell . „Komm, mach auf!"

Melvin schnitt den Umschlag sorgfältig durch und brachte Folgendes ans Licht:

This is to sertify that Jim Dickson did not run in the 4th July Sports as advertysed
Yours reslly
Michael Ryan

"Ist das alles?" fragte Varrell .

Melvin untersuchte es noch einmal. "Alles."

„Ich fürchte, er hat die Englisch-A-Klasse nicht bestanden", sagte Varrell

.

Sie gingen einige Minuten schweigend weiter, Melvin war zu sehr angewidert von der Leichtfertigkeit seines Begleiters, um etwas zu sagen.

„Wenn Sie ernsthaft reden können, würde ich Sie gerne etwas fragen", sagte er schließlich; „Aber ich will keinen Unsinn mehr."

„Ich meine es ernst", antwortete Varrell ernst.

"Was denkst du darüber? Werden sie es annehmen oder nicht?"

„Ich fürchte, es ist nicht gut", sagte Varrell . „Was sie wollen, sind vollständige und sichere Beweise, denen nicht ausgewichen, in Frage gestellt oder geleugnet werden kann. Dies ist nur ein Beweis für diejenigen, die seine Autorität akzeptieren; es ist nicht das, was sie unumstößlich nennen."

Melvin stöhnte. „Du hättest mir wenigstens ein solches Wort ersparen können."

Varrells Gesicht zurück . Melvin wandte sich empört und entmutigt ab.

Varrell packte den jungen Mann mit dem strengen Gesicht am Arm. „Dick, sei nicht verrückt! Ich bin nicht so nutzlos, wie ich scheine. Komm hoch ins Zimmer und lass mich dir etwas zeigen."

Zehn Minuten später stürzte der Sportmanager vier Stufen auf einmal die Treppe hinunter, sein Gesicht strahlte vor Lächeln, sein ganzes Wesen strahlte vor Freude, die einer lang ertragenen Enttäuschung folgt, wenn die Sonne nach langsamen, dunklen Tagen strahlender hervorkommt des Nordoststurms.

„Der alte Schlingel!" er murmelte; „Der schlaue alte Schlingelfuchs! und er hatte das Ding den ganzen Tag in der Tasche! Am liebsten hätte ich ihn getreten und gleichzeitig umarmt. Wenn ich jetzt doch mal den Hochsprung ausprobieren könnte! Könnte ich nicht sechs Fuß schaffen!"

Zwei Treppen runter, über den Hof, zwei Treppen hoch! Er fand Dickinson mit der Nase in einem Antiquitätenwörterbuch und packte das Gelernte kubikzentimeterweise ein. Die Nase kam im Handumdrehen heraus; Als es eine gute halbe Stunde später zurückkehrte, hatte es seinen scharfen Geruchssinn für Tatsachen etwas verloren, und die beiden Augen über ihm leuchteten hell und entschlossen. Von dort brachte ihn der Manager nach Hause ins Bett und schlief neun erholsame , erholsame Stunden.

Der offizielle Studentenvertreter im Hillbury -Seaton-Sportkomitee war der Kapitän der Mannschaft. Da Dickinson natürlich von der Diskussion ausgeschlossen war, weil gegen seinen eigenen Namen protestiert wurde, sollte Melvin seinen Platz einnehmen. Er wurde von Curtis und Varrell zum Bahnhof begleitet .

„Reiben Sie es ein, wenn Sie die Chance dazu haben", sagte Curtis wütend. „Das ist einer ihrer Tricks; verschone sie nicht ."

„Ich hoffe, dass Sie so etwas nicht tun", sagte der friedliche Varrell . „Es wäre weder höflich noch sicher. Ich glaube, sie sind in dieser Sache ziemlich ehrlich; und davon müssen Sie sowieso ausgehen, auch wenn Sie anders denken."

„Ich stimme Ihnen zu", sagte Dick nachdenklich. „Die Werbung gibt sicherlich einen sehr starken Verdacht, und unser Fall ist nicht so sicher, dass wir es uns leisten können, unangenehme Gefühle zu schüren."

„Die Hauptsache ist, vorsichtig vorzugehen und so wenig Widerstand wie möglich zu erregen", fuhr Varrell fort. „Halten Sie sich an den Plan, den wir aufgestellt haben, wenn Sie können."

Der Zug kam brüllend und scheppernd herein.

dich jedenfalls nicht täuschen", sagte Curtis und fasste den Manager fest am Arm. „Kommen Sie siegreich zurück, sonst lynchen wir Sie."

„Und spielen Sie nicht zuerst Ihren Trumpf aus", fügte Varrell hinzu .

Das Treffen fand in Boston statt. Das Komitee bestand aus sechs Mitgliedern, einem aus den Studierenden, einem aus der Fakultät und einem aus den Alumni jeder Schule. Hillbury wurde von Professor Loder, Mr. Harkins, einem klugen Anwalt, und Kapitän McGee vom Hillbury-Leichtathletikteam vertreten. Denn Seaton erschien neben Melvin, Mr. Pope, der die Fakultät vertrat, und Dr. Brayton, einem jungen Bostoner Chirurgen, der trotz aller Verpflichtungen und Verantwortlichkeiten einer geschäftigen Praxis immer noch bereit war, einige Opfer auf sich zu nehmen, um seiner Schule zu dienen. Herr Pope wurde zum Vorsitzenden und Professor Loder zum Sekretär ernannt.

„Unsere Aufgabe ist es, über den Protest des Hillbury- Managers gegen Dickinson zu entscheiden", sagte der Vorsitzende. „Ich werde den Protest verlesen und dann Herrn Harkins, der es gewohnt ist, Fälle vor Gericht zu vertreten, bitten, eine Stellungnahme zu den Vorwürfen abzugeben."

„Ich bin es gewohnt, als Anwalt und nicht als Richter aufzutreten", erwiderte der Anwalt lächelnd. „Hier handeln wir in gerichtlicher Funktion."

Dick studierte das Gesicht des Anwalts, während der Protest verlesen wurde, und kam schnell zu dem Schluss, dass er Mr. Harkins weniger als Richter denn als Anwalt mögen sollte. Das Gesicht war beweglich und intelligent, doch etwas in seinen Linien deutete auf Skrupellosigkeit hin. Dick hatte nur wenig Zeit, sich diesen Eindruck zu verschaffen, denn seine ganze Aufmerksamkeit galt nun den Worten von Mr. Harkins und nicht seinem Gesicht.

„Der Vorwurf lautet, kurz gesagt, dass Dickinson mit professionellen Läufern in einem offenen Rennen in Verbindung gebracht wurde, was im Widerspruch zu den grundlegendsten Regeln der Amateur-Leichtathletik steht."

"Wann und wo?" fragte Dr. Brayton und wandte sich an den Kapitän von Hillbury .

„Am vierten Juli letzten Jahres in Ralston, Indiana", antwortete McGee prompt.

„Was ist Ihre Informationsquelle?"

„Die Werbung. Mr. Harkins, würden Sie das Poster freundlicherweise an Dr. Brayton weitergeben?"

Es handelte sich um eine großgeschriebene Bekanntmachung, wie man sie häufig in Schaufenstern sieht, die unter anderem ein Rennen um ein Preisgeld von fünfzehn Dollar ankündigte, an dem Smith, Doyle, Jackson und „JW Dickinson, der viele Schul- und College-Absolventen hat." Rekorde" würden konkurrieren.

Das schicksalhafte Plakat ging auf dem Tisch von Hand zu Hand. Dick wartete voller Neugier darauf, dass er an die Reihe kommen würde, doch mit einem schweren Gefühl der Verzweiflung. War es möglich, dass dieses elende Blatt groben Papiers die Macht hatte, so großen Schaden anzurichten?

„Welche Antwort gibt Dickinson?" sagte Dr. Brayton schließlich und wandte sich an Melvin.

„Er bestreitet, jemals in seinem Leben an einem Rennen teilgenommen zu haben, außer an den Wettkämpfen in Seaton und Hillbury ", antwortete Melvin mit leicht zitternder Stimme, aber dennoch gelassen und kühl. „Die Anzeige erfolgte ohne seine Zustimmung oder sein Wissen."

„Während es abstoßend erscheinen mag, die Genügsamkeit des Wortes eines Mannes in Frage zu stellen", sagte Mr. Harkins mit einem milden Lächeln, „ich denke, Sie, meine Herren, werden mir alle darin zustimmen, dass wir unserer Pflicht nicht nachkommen würden, wenn wir Mr. Dickinsons Wort akzeptieren würden." unbegründete Ablehnung als schlüssige Antwort auf den Protest."

„Natürlich", antwortete Dr. Brayton prompt. „Die Frage ist nur, wo die Beweislast liegt."

„Über den Angeklagten muss ich sehr positives sagen", sagte Professor Loder. „Wir sind bestrebt, unsere Wettbewerbe auf einem so hohen Niveau zu halten, dass kein Hauch von Misstrauen auf den Amateurstatus eines jeden Teilnehmers geworfen werden kann. Diese Werbung hat ernsthafte Zweifel an der Eignung von Dickinson für den Schulsport aufkommen lassen. Es ist seine Aufgabe, sich von jedem Verdacht zu befreien."

Es folgte eine kurze Schweigeminute, bevor Herr Harkins erneut sprach: „Wenn mir noch ein Wort erlaubt ist, möchte ich hinzufügen, dass der zu befolgende Grundsatz nicht die Maxime der Strafgerichte ist: ‚Es ist besser, dass neun Schuldige fliehen . ' „anstatt dass ein unschuldiger Mann leiden sollte" – aber die berühmte Anweisung von Präsident Grant: „Kein Schuldiger soll entkommen!" Es schadet weniger, wenn man fünf zu Unrecht ausschließt, als wenn man einem erlaubt, anzutreten, der sein Privileg eingebüßt hat."

„Vor zwanzig Jahren waren Sie und ich uns da nicht so sicher", sagte Dr. Brayton mit einem Lächeln. „Wenn Sie einen Mann ungerecht verdrängen, beeinträchtigen Sie die Gleichberechtigung der Vertretung, und die Wettbewerbe sind wieder unfair. Was wir hier suchen, sind die Fakten in diesem Fall. Wir sind uns alle einig, dass dieses Poster berechtigte Zweifel an der Eignung von Dickinson aufkommen lässt. Ist das alles, was wir darüber wissen sollen?"

"Herr. „Melvin muss einige Gegenbeweise vorbringen", sagte der Vorsitzende.

Dick wachte erschrocken auf. Er war so sehr damit beschäftigt gewesen, die Argumente der älteren Mitglieder des Ausschusses zu verfolgen, dass er für einen Moment die ihm obliegende Aufgabe vergessen hatte.

Verteidigung vorzubereiten. " Wenn wir nicht zufällig ein oder zwei Tage vor Bekanntgabe davon erfahren hätten, hätten wir absolut nichts anzubieten."

„Es tut mir leid, das zu hören", sagte Professor Loder und sah McGee scharf an. „Das scheint unfair."

„Wir haben es erst spät herausgefunden", sagte McGee und errötete, „und dann mussten wir ein Treffen einberufen."

„Wir haben sofort an Ralston geschrieben", fuhr Melvin fort, „und haben diese Bescheinigung vom Manager der auf dem Plakat genannten Sportart erhalten." Wenn wir mehr Zeit gehabt hätten, hätten wir wahrscheinlich mehr Briefe vorzulegen."

Er reichte das Gekritzel dem Vorsitzenden, der einen Blick darauf warf und es an Dr. Brayton weitergab. Dieser lächelte darüber und reichte es seinem Nachbarn. So entwickelte es ein Lächeln, während es die Runde drehte, bis alle lächelten, außer Dick, dessen Gesicht vor Verwirrung purpurn, aber bitter streng war.

„Ich würde das gerne als Beweismittel vor Gericht sehen", kicherte Mr. Harkins. „Es trägt weder Datum noch Bescheinigung, betrifft einen bestimmten Dickson, nicht Dickinson, und gibt keinen Hinweis auf Michaels Autorität."

„Ich würde mich nicht fragen, ob Michael sich erklären könnte, wenn er hier wäre", sagte Dr. Brayton nachdenklich.

„Sie würden einem solchen unbeglaubigten Zertifikat auf unbestimmte Zeit sicherlich kein Gewicht beimessen!" protestierte Herr Harkins.

„Ja, wenn ich davon überzeugt wäre, dass es sich um einen echten Versuch handelte, die von uns verlangten Informationen weiterzugeben", antwortete Dr. Brayton. „Ich weiß nicht, ob ich das ernst nehmen soll oder nicht."

„Welche Beweise sollten Sie als ausreichend erachten, um die Anschuldigung zu widerlegen?" fragte Mr. Pope und wandte sich an Mr. Harkins. Dick warf dem Lehrer einen dankbaren Blick zu; Es war die Frage, die er stellen wollte.

„Warum – ähm –" Mr. Harkins war einen Moment ratlos; sein Interesse war eher negativ. „Nun, jede vertrauenswürdige Aufzeichnung der Ereignisse des Tages, die zeigt, dass Dickinson nicht teilgenommen hat."

„Es gab wahrscheinlich keinen offiziellen Bericht", wagte Dick zu sagen.

„Nun, jede eindeutige Aussage von zuverlässigen Leuten, die in der Lage waren, es zu wissen", sagte Professor Loder.

„Vielleicht ein Zeitungsbericht über die Ereignisse des Tages?" schlug Dick vor und versuchte, seinen Eifer zu kontrollieren.

„Ja, wenn es eindeutig wäre", stimmte der Professor zu.

„Nun, hier ist ein Artikel, der am 6. Juli in Ralston veröffentlicht wurde, und obwohl er die Spiele beschreibt und die Teilnehmer nennt, erwähnt er Dickinson nicht."

Dr. Brayton nahm das Papier und untersuchte die Passage sorgfältig, dann übergab er es Professor Loder und Mr. Harkins, die darüber ihre Köpfe zusammensteckten. Schließlich blickte der Anwalt mit einem gnädigen Lächeln auf und sagte in seinem sanftesten juristischen Tonfall:

„Es tut mir leid, Herr Melvin, aber das ist keineswegs schlüssig. Bestimmte Namen von Teilnehmern werden mit ihren Zielplätzen genannt, aber es gibt hier keinen Beweis dafür, dass Dickinson nicht startete und so weit zurückfiel, dass er nicht ins Ziel kam. Es tut mir leid, Sie enttäuschen zu müssen, aber ich fühle mich kaum berechtigt, diese negativen Beweise als Widerlegung der klaren Aussage des Plakats zu akzeptieren."

„Dann würde der Verfahrensbericht doch nichts beweisen", sagte Dick verbittert. „Professor Loder hat gerade gesagt, dass der Zeitungsbericht ausreichen würde."

„Das wäre es", antwortete Mr. Harkins nachsichtig, „wenn es die klare Aussage enthalten hätte, dass Dickinson nicht kandidiert."

„Ist das auch deine Idee?" fragte Dick und wandte sich an Professor Loder. Das Herz des Jungen raste, seine Hände und Knie zitterten unter dem Tisch, aber seine Stimme war ruhig und dafür empfand er unsägliche Dankbarkeit.

„Sicherlich", sagte Professor Loder mit einiger Schärfe in seiner Stimme. „Wir fordern nicht das Unmögliche. Wenn die Zeitung erklärt hätte, dass Dickinson nicht kandidiert hat, gäbe es nichts mehr zu sagen."

„Dann *gibt* es nichts mehr zu sagen", erklärte Dick und sprang auf, um die nervöse Anspannung zu lindern, die im Laufe der Diskussion immer größer geworden war. „Hier ist der *Ralston Chronicle* , der genau diese Aussage macht."

Mr. Harkins ergriff die Zeitung und studierte die schwarz linierte Passage mit offensichtlichem Verdruss. Er war noch dabei, zu studieren, und war sich eines Fehlers nicht ganz sicher, als Professor Loder, nachdem er dem Anwalt über die Schulter auf den Absatz geschaut hatte, sagte: „Ja, das scheint die Sache geklärt zu haben; der Protest muss zurückgezogen werden. Es tut mir jedoch leid, dass Sie uns gegenüber nicht offener hätten sein können ."

Dick errötete tiefrot. „Ich hoffe, Sir, Sie glauben nicht, dass ich einen hinterlistigen Kurs eingeschlagen habe. Ich wollte lediglich sicherstellen, dass die Zeitungsaussage als ausreichender Beweis akzeptiert wird. Sehen Sie, Sir, ich bin sicher, dass Dickinson unschuldig ist, weil ich ihn kenne und ihm vertraue, aber ich konnte nicht sagen, wie die Beweise andere ansprechen würden."

„Und so haben Sie uns zuerst verurteilt und dann die Beweise vorgelegt", sagte Dr. Brayton. „Tatsache ist, Professor Loder, dass die große Gefahr in diesen Diskussionen nicht in unterschiedlichen Idealen liegt, sondern in der Unbestimmtheit unserer Vorstellungen darüber, was einen Beweis für Schuld oder Unschuld darstellt. Ich neige zu der Annahme, dass die Methode von Herrn Melvin uns tendenziell schneller zu einer Einigung geführt hat."

Professor Loder gab keine Antwort. Die *Chronik* ging langsam über den Tisch. Mr. Harkins entwarf einen neuen Plan und kehrte zur Diskussion zurück.

„Um die Wahrheit zu sagen, ich mag diese Art von Beweisen nicht", begann er feierlich.

Professor Loder warf ihm einen missbilligenden Blick zu. „Ich verstehe nicht, wie man ernsthaft dagegen protestieren kann. Es ist von der gleichen Art wie das Plakat, aber viel eindeutiger und maßgeblicher."

Diese Worte ließen in den Augen des Seaton-Managers einen Funken der Dankbarkeit und des Respekts aufblitzen. Es war offensichtlich, dass es sowohl an der Hillbury- Fakultät als auch an der Seaton-Universität faire und ehrliche Männer gab.

„Ist dies der einzige Fall, der unter der Anklage angeführt wird?" fragte Mr. Harkins und wandte sich ungeduldig an McGee.

„Der Einzige, den ich kenne", antwortete der Junge. Mr. Harkins verfiel in schlecht gelauntes Schweigen.

„Soll ich dann davon ausgehen, dass wir zu einem endgültigen Ergebnis gekommen sind?" fragte der Vorsitzende.

„Ich beantrage, dass sich das Komitee von der Unbegründetheit der Anschuldigungen überzeugt hat und dass dem Hillbury- Manager die Erlaubnis erteilt wird, den Protest zurückzuziehen", sagte Professor Loder umgehend.

Der Antrag wurde gestellt und einstimmig angenommen. Das Treffen löste sich auf. Mr. Harkins berichtete über ein wichtiges Geschäft, verabschiedete sich allgemein und ging eilig. Dick blieb noch stehen, um Professor Loder und Dr. Brayton für ihre Höflichkeit und Fairness zu danken, vereinbarte mit McGee ein paar Einzelheiten zu den Spielen und eilte dann zum Telegraphenbüro, um die erfreuliche Nachricht weiterzuleiten.

An diesem Abend wurde er von den Jungen als siegreicher Diplomat empfangen, der von einem internationalen Kongress zurückkehrte. Der einzige Umstand, der sein vollkommenes Glück trübte, war der Widerwille der Schule, zu glauben, dass Varrell und Varrell allein die Ehre für die Sicherung der Beweise und für deren erfolgreiche Präsentation verdienten.

KAPITEL XXIII

DAS GROSSE TRACK-TREFFEN

ZWEI Tage voller Unruhe und Diskussionen, und der bedeutsame Samstag stand vor der Tür. Die Gleichgültigkeit, die Melvin zu Beginn der Saison empfand, als die Verantwortung des Managements auf seinen Schultern lastete, war längst verflogen. Für ihn war es zunächst eine Aufgabe, eine Bürde, die er tragen musste, weil er sie besser ertragen konnte als jeder andere; Er hatte das Beste aus seiner Energie und seinem besten Denken hineingesteckt, er hatte sich Sorgen gemacht, Opfer gebracht und für die Sache gearbeitet. Es kam ihm jetzt fast so vor, als ob das Team ihm gehörte und für ihn und die Schule kämpfte. Seine Sorge hätte nicht größer sein können, wenn sein eigenes zukünftiges Glück und das Wohlergehen der Schule wirklich vom Erfolg des Teams abhängen würden.

Von dem Moment an, als die Nachricht eintraf, dass der Protest abgelehnt worden war, hörte Dickinson auf, nur eine Zierde der Mannschaft zu sein, und wurde ein echter Kapitän. Jetzt war Feuer in ihm, Entschlossenheit und echter Enthusiasmus. Seine gesamte Haltung war geprägt von Selbstvertrauen und bewusster Macht, die den schwächsten Mann in der Truppe aus seinem demütigenden Gefühl der Unfähigkeit befreite und ihm das Gefühl gab, Teil einer starken Truppe zu sein, die von einem starken Mann geführt wurde, und dass er dazu fähig war größere Dinge, als er jemals erreicht hatte.

Bei der Massenversammlung der Schule am Abend vor den Spielen, als sich die Jungen in loyaler Truppe versammelten, um ihrer Mannschaft für den morgigen Tag einen „Abschied" zu geben, löste nichts, was ein Schüler, ein Absolvent oder ein Freund sagte, eine solche Reaktion aus Herzen der Schule wie die kurze, schlichte, männliche Ermahnung des Kapitäns.

Und kein Sportler braucht so persönliche Inspiration wie die Mitglieder eines Leichtathletikteams. Der Fußballspieler steht Seite an Seite mit seinen Kameraden, der Starke hilft dem Schwachen und teilt mit ihm den Ruhm des Sieges. Der Baseball-Score kann Treffer und Fehler gegen dasselbe Mitglied einer Gewinnermannschaft anzeigen. Der Läufer hingegen betritt das Feld alleine, kämpft seinen kurzen Kampf ohne Hilfe und lässt sein Team entweder vollständig im Stich oder leistet einen individuellen Beitrag zu dessen Erfolg; er kann nicht durch die Bemühungen eines anderen zum Sieg gedrängt werden.

Der Wind wehte am Samstag aus östlicher Richtung und brachte vom Meer her eine dicke Atmosphäre mit sich, die jedoch kaum ausreichte, um die Blätter zu bewegen. Die Luft war kühl wie ein Märznebel.

"Was denkst du darüber?" fragte Melvin, als er Dickinson beim Frühstück traf.

"Das Wetter? Es ist schlecht für die Nerven, aber noch schlimmer für die Hillbury-Leute , die es nicht so gewohnt sind wie wir. Mir selbst macht es nichts aus. Ich verlange nur, dass wir keinen Wind und keinen Regen haben, gegen den wir ankämpfen können."

„Für die Springer ist es hart. Wenn die Luft kalt und schwer ist, kann man seiner Feder keine Kraft verleihen."

„Das Wetter beeinflusst mich nicht so sehr wie andere Bedingungen", sagte Varrell . „Ich finde es viel einfacher zu springen, wenn eine große, eifrige Menschenmenge da ist und die Spannung groß ist."

„Sie werden genug Aufregung haben, wenn das alles ist, was Sie wollen", sagte Dick grimmig. „Dieses Hillbury- Team kommt hierher, um zu gewinnen. Ich weiß zufällig, dass sie mit einigen der Ereignisse rechnen, die wir mit Sicherheit für unsere gehalten haben. Wenn wir Hillbury heute schlagen, müssen wir dafür neue Rekorde aufstellen."

„Dann holen wir uns auf jeden Fall die neuen Rekorde", sagte Varrell und blickte über den Tisch hinweg auf den schweigenden Kapitän.

Auf dem Weg zur Kapelle gesellte sich Tompkins zu ihnen. „Gute Rede, die du gestern Abend gehalten hast, Jimmy", sagte der Pitcher, „besser als alles, was ich bei der Preisrede gehört habe."

Dickinson nickte als Anerkennung für das Kompliment.

„Sie können uns nach dieser Rede nicht enttäuschen", fuhr Tompkins fort. „Ich kenne ein paar Leute in Hillbury , die prahlen mit Ropes und Lary wie ein Agent, der eine Goldmine verkauft. Lass dich nicht von ihnen fertigmachen."

„Das werden sie nicht, es sei denn, sie sind bessere Männer. Wenn ja, wollen wir, dass sie gewinnen."

„Nicht ganz", erwiderte Tompkins. „Lassen Sie natürlich die beste Mannschaft gewinnen, achten Sie nur darauf, dass wir nicht verlieren."

Melvin schnaubte lächerlich. „Du verrückter Cowboy! Wie können wir helfen, zu verlieren, wenn Hillbury das beste Team ist und Hillbury gewinnt? Du meinst nicht, dass wir sie unehrlich schlagen sollen?"

„Meine Bedeutung ist zu tief für Gladiatorengehirne wie Ihres", sagte Tommy und verstummte. „Das erkläre ich später."

Die Hillbury-Leute kamen mit einem Sonderzug in fester Phalanx, glücklich und hoffnungsvoll. Die Rekorde des Jahres fielen deutlich zu ihren Gunsten aus. Dickinson und Curtis waren die einzigen Männer, die wirklich gefürchtet wurden, denn Todd betrachteten sie als so gut wie geschlagen, und der Rest des Seaton-Teams wurde zwar nach dem allgemeinen Zufallsprinzip mit einer bestimmten Anzahl von Punkten belohnt, aber mit einer niedrigen Wertung bewertet.

Um halb drei begrüßten die vollbesetzten Seaton-Tribünen die Hundert-Yards-Männer, die gerade am Ende der Strecke aufgetaucht waren. Lary , der Hillbury -Champion, und Dickinson standen Seite an Seite: Ersterer eine kleine, kräftige, muskulöse Gestalt, schnell in jeder Bewegung, Letzterer groß und geschmeidig und sogar langsam und bedächtig. Melvin beobachtete die Vorbereitungen mit einer unerwarteten Angst, die in seinem Herzen aufstieg. War es dieser solide, geschäftstüchtige Mensch mit seinen knorrigen Beinen und seiner selbstbewussten Art, dem Seaton-Kapitän den Vorsprung zu verschaffen und bis zum Ziel vorne zu bleiben? Riss! ertönte der Pistolenschuss, und die Männer gingen davon, erhob sich mit einem augenblicklichen Satz aus der geduckten Position und warf sich vorwärts in ihre Schritte.

Es war wahr! Lary lag beim Start fünf Yards voraus, seine kurzen Beine huschten über die unvernarbte Oberfläche der Strecke, als die Flügel eines summenden Insekts durch die Luft schlugen – hinter ihm Dickinson und Travers und noch weiter dahinter der zweite Hillbury- Läufer, der zählte nicht zur Wertung. Fünf Sekunden lang kamen die drei mit dem scheinbar gleichen Abstand weiter, dann kroch Nummer zwei von Nummer drei weg und auf Nummer eins zu. Acht Sekunden, neun, zehn, die Stoppuhren registrierten. Noch einen Bruchteil, und der kleine Sprinter war am Bande, Dickinson nur noch fünfzehn Zentimeter dahinter und Travers auf dem dritten Platz!

Wie die Besucher darüber jubelten, das erste Vorzeichen für den Erfolg des Tages! Der großartige Dickinson wurde gleich im ersten Rennen geschlagen! Das große Megafon des Ansagers brüllte die Platte hervor – sie erreichte das Beste beider Schulen. Die erzielten Punkte – Hillbury fünf, Seaton drei – wurden an die Tafel geschrieben; und die Menge blickte wie ein hungriger Hund, der gierig auf ein zweites Stück Fleisch wartet, auf das nächste Ereignis.

Willbur aus Hillbury zugestanden . In den Seaton-Schätzungen war jedoch damit gerechnet worden, dass Maine of Seaton den zweiten Platz und Faxon den dritten Platz erringen würde. Willbur lief ein wunderschönes Rennen, das die Hillbury-Leute vor Stolz versetzte und einen neuen Doppelrekord aufstellte; Aber zum Unglück für Seaton stellte sich heraus, dass der zweite Mann, der zwanzig Yards dahinter lag, nicht Maine, sondern Towle of Hillbury war , während Maine einen sehr schlechten dritten Platz abgab. Die Punktzahl stieg – Hillbury zwölf, Seaton vier – und die Herzen der Seatonianer sanken. Der Anfang war schlecht.

Mittlerweile näherte sich das Kugelstoßen, das mit dem ersten Durchgang begonnen worden war, seinem Ende. Dies war endlich eine Ermutigung für die Heimmannschaft, denn jeder Preis ging an den Träger eines roten S. Curtis lag wie üblich vorne, gefolgt von Farlow, einem großen Zweihundertpfünder, und Trapp als Dritter.

„Wir haben es jetzt ausgeglichen, Toddy", rief Melvin freudig, als die Männer zum hohen Hürdenlauf herauskamen. „Wir wollen hier sieben Punkte, wissen Sie."

„Ich werde mein Bestes geben", sagte Todd; „Das ist alles, was jemand tun kann. Dass Rawson mich vielleicht doch schlagen könnte. Sie sagen, er schafft es in siebzehn Wohnungen ."

"Unsinn!" erwiderte Melvin. „Geh rein und schlag ihn."

Der Start war zugunsten des Hillbury- Mannes. Rawson flog die Strecke hinunter, überwand dabei die Hälfte seiner Hürden und bewegte sich wie ein Torpedoboot in rauer See. Direkt hinter ihm kam Todd, machte drei schnelle Schritte zwischen den Hürden und erhob sich wie ein Vogel, der im Flug aufsteigt. Beim letzten Hindernis schienen sie Kopf an Kopf zu sein, aber hier schlug Rawson hart zu und verlor seinen Schritt, und Todd war im Ziel mit Leichtigkeit Erster. Smith of Seaton wurde Dritter, so dass Hillbury vierzehn und Seaton achtzehn Punkte erzielte .

„Jetzt ist Ihre Chance auf Rache", sagte Curtis, als Dickinson zum Zwei-Zwanzig-Spiel antrat. „Zeigen Sie diesen Kerlen, was Sie können, wenn Sie wirklich Raum haben, voranzukommen. Und wir sollten nichts gegen einen neuen Rekord haben, wissen Sie."

Der Kapitän lächelte grimmig. „Ich werde zufrieden sein, zu gewinnen."

Dickinson nahm seinen Platz mit Travers and Ropes und Lary an der Startlinie ein, wo die Kurve der Strecke begann. Sie waren ein bewährtes Quartett. Lary war frisch von seinem Sieg im Hundertjahrhundert; Travers hatte Preise aus Wettbewerben der vergangenen Jahre gewonnen; Ropes war ein neuer Mann, der von den Hillbury- Trainern als kommender Champion gefeiert wurde. Für Dickinson schien es das Rennen seines Lebens zu sein, so sehr wollte er die Enttäuschung wiedergutmachen, die er seinen Schulkameraden bei seinem ersten Rennen bereitet hatte.

Die Läufer stiegen paarweise aus, Travers und Lary vorne; Ropes und Dickinson stehen Seite an Seite und machen im Hinterland Fortschritte. In der Kurve schien es, als ob Travers die Nase vorn hatte, aber als die Läufer die Gerade erreichten, sah man, wie sie in einer diagonalen Linie über die Strecke abliefen: Lary führte, dann Travers, dann Ropes und Dickinson als Letzter. Als die Hillbury-Leute den gefürchteten Champion im Hintergrund sahen, stießen sie ein zusammenhangloses Freudengeheul aus.

„Wirst du dir das ansehen!" rief Curtis, der Melvin nahe der Ziellinie zur Seite stand. „Unterlegen, so sicher wie Waffen!"

"NEIN! NEIN! Pass auf!" rief Dick als Antwort. Die Strecke entlang fegte eine Reihe weiß gekleideter, zitternder und kämpfender Gestalten. Als es an den Seaton-Bänken vorbeikam, konnte Dick sehen, wie die aufgeregten Zuschauer ihre Arme hochwarfen, konnte die Schreie hören und vermuten, dass die Langbeiner den Boden hinter sich ließen. Einen Moment später wusste er, dass der Kampf zwischen Ropes und Dickinson um die Führung ausgetragen wurde; und dann, als die weißen Gestalten vorbeizogen, sah er, dass die Rennfahrer in umgekehrter Reihenfolge wieder ausgestiegen waren: Dickinson, Ropes, Travers und Lary … Und so meldeten die Richter sie im Ziel. Ergebnis: Seaton vierundzwanzig, Hillbury sechzehn.

Als die Meilenläufer herauskamen, erfuhr Melvin, dass der Kapitän ihn sehen wollte. Er fand Dickinson in den Umkleidekabinen, unter den Händen des Gummis.

„Das war großartig, alter Mann, absolut großartig!" begann der Manager.

Dickinson überprüfte ihn: „Ich habe dich nicht hergebracht, um mir das zu erzählen. Es ist etwas Ernstes. Wussten Sie, dass es uns nicht gut geht? Ich gebe natürlich niemandem die Schuld. Wir haben einige Punkte gewonnen, aber es gibt Feldereignisse am Ende der Liste, bei denen wir uns überhaupt nicht sicher sind. Wir müssen mit einem guten Vorsprung gegen sie vorgehen, sonst werden wir geschlagen."

Dick nickte stumm. Der Hochsprung sollte die letzte Veranstaltung sein; Man musste ihm nicht sagen, dass seine Gewinnchancen sehr problematisch seien.

„Jetzt bin ich für den Weitsprung angemeldet", sagte der Kapitän. „Ich habe meinen Namen eingetragen, weil es nicht geschadet hat, ihn dort zu haben, und gelegentlich, wissen Sie, habe ich einen guten Sprung gemacht. Ich frage mich, ob es nicht besser wäre, es zwei- oder dreimal zu versuchen, auf die Chance hin, ein oder zwei Punkte zum Ergebnis hinzuzufügen."

„Aber um Viertel nach vier?" rief Melvin aus. „Das kommt gleich danach."

"Das ist der Punkt. Besteht ein Risiko? Ihr bester Mann im Viertel ist Ropes, aber ich bin heute einmal an ihm vorbeigelaufen und kann es wieder schaffen. Ich fühle mich überhaupt nicht erschöpft, und Sie wissen, dass das Quartal mein Lauf ist. Ich habe kein Vertrauen, dass Brown im Weitsprung überhaupt etwas erreichen wird, und Hillbury hat zumindest zwei gute Springer. Soll ich das Risiko eingehen, mich zu verletzen, um ein paar Punkte zu gewinnen?"

„Weitspringer raus!" ertönte die offizielle Warnung an der Tür des Quartiers.

„Ich denke, ich werde es tun", entschied Dickinson, als Melvin zögerte.

Die Hillbury-Leute jubelten, als die Springer herauskamen; Die Meile hatte Hillbury fünf Punkte und Seaton drei eingebracht .

„Immer noch sechs Vorsprung!" sagte Melvin und blickte auf die Tafel.

Dickinson machte einen Sprung – neun Fuß sechs; dann noch einer – zwanzig Fuß zwei Zoll; und ging zurück ins Haus, um sich erneut den Knöchel massieren zu lassen. Erst als er einige Zeit später für das Viertelfinale herauskam , erfuhr er, dass er den zweiten Preis gewonnen hatte, während Brown überhaupt nichts verdient hatte. Hillbury hatte den ersten und dritten Platz belegt.

„Siebenundzwanzig bis neunundzwanzig, alter Mann!" flüsterte Curtis, als Todd sich auf den Weg zu den niedrigen Hürden machte. „Sie kriechen hoch. Entmutigen Sie sie, nicht wahr?"

„Ich weiß es nicht", antwortete Todd leise. „Ich habe keine Angst vor Rawson, aber Harding ist ein anderer Vorschlag. Ich kann nicht das Unmögliche schaffen."

Gleichzeitig wurde mit dem Hammerwerfen begonnen; und Curtis sah sich nach seinem ersten Wurf mit so überlegenen Männern konfrontiert, dass seine ganze Aufmerksamkeit auf das neue und unangenehme Problem konzentriert war, Männer zu schlagen, die besser waren als er. Er sah das Rennen, denn die Hammermänner unterbrachen ihren Wettkampf eine Minute, um den Hürdenläufern zuzusehen; Aber als die Läufer vorbeiflogen, sah er im Grunde nur die Vision zweier Gestalten, deren Gesichter eine wilde, harte Grimasse bildeten, von denen die eine blaue und die andere rote Buchstaben auf der Brust trug und mit identischen Schritten über die Hürden lief. wie Pferde, die im Galopp traben, und dahinter wieder mehr blaue Buchstaben und noch mehr rote. In beiden Lagern herrschte gewaltiges Geschrei, denn das Rennen stand kurz vor dem Ende und jede Seite hatte Vertrauen in ihren eigenen Champion. Bald jedoch hörte Hillbury auf zu jubeln, während Seaton erneut ausbrach und Curtis wusste, dass Todd gewonnen hatte.

Der große Fußballspieler kehrte auf seinen Posten zurück, fest entschlossen, seine vertrauensvollen Schulkameraden nicht im Stich zu lassen. Todd hatte im gerade zu Ende gegangenen Rennen fünf Punkte gewonnen, Hillbury drei. Die Bilanz lautete nun: Hillbury dreißig, Seaton vierunddreißig; Aber von den drei verbleibenden Ereignissen konnte nur eines, das Viertel, sicher zu Seatons gezählt werden, und die anderen beiden könnten einen großen Beitrag zum Hillbury- Ergebnis leisten. Im vorliegenden Fall müssen die Spiele gewonnen werden. Eifrig und ängstlich nahm er seine vierte und fünfte Prüfung entgegen. Immer noch im Rückstand! Verzweifelt vor Enttäuschung ergriff der arme Curtis ein letztes Mal seinen Hammer, schwang ihn wild herum und ließ ihn mit aller Kraft seines Körpers in einem letzten, krampfhaften Ruck durch die Luft fliegen.

"Zu hoch!" Er stöhnte, als die Messgeräte ihr Maßband über den Boden spannten. "Ich bin fertig mit." Und so war es. Sein bester Wurf hatte ihm knapp den dritten Platz beschert. Die Bilanz ergab für Hillbury nun einen Saldo von 37 zu 35.

So entmutigt sie auch waren, tobten die jubelnden Fans aus Seaton erneut, als Dickinsons große, vertraute Gestalt erneut auf der Strecke auftauchte. Keiner von ihnen zweifelte auch nur einen Moment daran, dass er das Rennen gewinnen würde. Die Hillbury-Anhänger selbst hatten das Ereignis in ihren optimistischsten Berechnungen stets außer Acht gelassen. Ihre Chancen schienen jetzt noch geringer zu sein, denn Ropes hatte sie bereits im Stich gelassen, und Willbur hatte ein hartes Rennen in Rekordzeit absolviert und konnte nicht in der Verfassung sein, sich mit dem Champion zu messen. Dickinson selbst schenkte seinen Rivalen keine Beachtung; Er startete in seinem eigenen Tempo, etwas unter seinem Maximum, aber schnell genug, um die anderen Teilnehmer zu entmutigen, und ging schnell und hart, als ob ihm die Geschwindigkeit Freude bereitete und er umso leichter laufen konnte, je schneller das Tempo war. Die Läufer waren in der Kurve dicht beieinander; auf der hinteren Strecke stürmte Willbur voran; Am Ende der Strecke hatte Dickinson ihn kaum eingeholt, und die beiden schwankten mit dem Hillbury- Mann auf der Innenseite in die Kurve und flogen mit dem Gang eines Sprinters, wobei jeder Muskel angespannt war und die Kraft jedes Herzschlags rücksichtslos in die eigene geworfen wurde Geschwindigkeit. In einer Schar erhoben sich die Zuschauer, Seaton und Hillbury , und schleuderten dem kämpfenden Paar mit spontanem, unharmonischem Geheul, das sich der Kontrolle der Anführer widersetzte, Ermutigung und Applaus entgegen. Hinter der Kurve nahm das Blau noch zu; zu Beginn der Geraden noch mit zwei Yards Vorsprung. Dann, als die langen Schritte hinter ihm langsamer wurden, ließ das Tempo des mutigen

Halbmeilenläufers plötzlich nach; er taumelte und fiel der Länge nach auf die Strecke. Während freundliche Arme ihn hochhoben und forttrugen, sauste der große Seatonianer weiter bis ins Ziel, und vier Sekunden später folgten Ropes und Watson.

Es gab wütenden Jubel, als die Zahlen des neuen Rekords auf der Tafel erschienen – ein Jubel, der sowohl das Herz erwärmt als auch die Ohren taub macht, denn Seaton jubelte zuerst ihrem Kapitän und dann Willbur zu , dessen verzweifelter Versuch Dickinson vertrieben hatte zu seinem Besten; und Hillbury jubelte Willbur und dann Dickinson zu. Beide Seiten fühlten sich durch diese gegenseitige Höflichkeit wohler; Doch das frisch veröffentlichte Ergebnis, Hillbury neununddreißig, Seaton einundvierzig, und das Aufkommen der Stabhochspringer brachten die eifrigen Partisanen bald wieder ins Bewusstsein ihrer Rivalität.

Die Latte stieg in den langsamen, ermüdenden Schritten an, die den Zuschauern solcher Spiele bekannt sind: neun Fuß drei, neun Fuß acht, neun Fuß neun. Mit zehn Fuß blieben allein Varrell und Phillippe aus Hillbury im Wettbewerb, ein Hillbury- Mann hatte den dritten Platz belegt. Beide Männer sprangen zehn Fuß zwei, aber bei zehn Fuß scheiterte Varrell und Phillippe schaffte es, sich hinüberzuwinden. Hillbury hatte ihren Punktestand um sechs Punkte erhöht, also 45 zu Seatons 43.

Und jetzt kommt es zum letzten Wettkampf, bei dem es darum geht, ob Hillbury die Führung bis zum Ende behalten wird! Als Dick und Benson herauskamen, fand im Seaton-Quartier eine nüchterne Besprechung statt. Es war kurz, denn es gab eigentlich nichts zu sagen. Seaton muss sich den ersten Platz sichern , um den Gleichstand zu erzielen – den ersten und einen weiteren, um zu gewinnen. McGee aus Hillbury hatte einen Rekord von 1,80 m; Dick war noch nie mehr als 1,70 m gesprungen. Die Chancen standen gegen ihn und gegen Seaton. Wenn er verlor, wäre es das entscheidende Ereignis, das er verlieren würde, und die großartige Arbeit von Todd, Dickinson und anderen würde umsonst sein.

„Behalte deinen Mut, Dicky, mein Junge", flüsterte Curtis. „Sie haben ihn einmal wegen des Protests geschlagen; Du kannst ihn wieder auf Vordermann bringen. Er hat Angst vor dir, vergiss das nicht! Bleiben Sie ihm voraus, sonst geht er auseinander."

Dass dies dummes Gerede war, wusste Dick genau, aber irgendwie gab es ihm Mut, und der starke Jubel von den Seaton-Bänken gab ihm Halt. Er überwand die niedrigeren Höhen mit Leichtigkeit, McGee ebenso erfolgreich, wenn auch mit weniger Anmut. Mit einem Meter fünfundneunzig war Dick der einzige Seaton-Mann, der noch im Wettbewerb war, während es noch zwei Teilnehmer gab, die das Blau trugen. Um fünf Uhr fünf waren er und McGee allein. Die Latte stieg nun jeweils um einen halben Zoll an, und sobald Melvin die neue Höhe überwunden hatte, ertönte ein erleichterter Schrei von den Seaton-Bänken, der erneut von Hillbury wiederholt wurde, als McGee den Sprung wiederholte . Bei 1,70 m scheiterte McGee, doch beim zweiten Mal gelang ihm der Versuch. Bei fünf, siebeneinhalb scheiterte Melvin zunächst ebenfalls, klärte aber im zweiten Versuch, und McGee wand sich hinüber, berührte die Latte, stieß sie aber zum Glück nicht ab. Er stürzte haufenweise in die Grube aus weicher Erde hinter den Pfosten, stand aber einen Moment später scheinbar unverletzt wieder auf.

Die Messlatte wurde auf 1,70 Meter aufgestellt.

„Wenn ihm das nicht gelingt, sind wir erledigt", sagte Curtis Todd ins Ohr. „Und er kann es nicht tun; es ist ihm ein Rätsel.

„Hör auf zu krächzen!" erwiderte Todd. „Ich sage, er kann."

Melvin ging in absoluter Stille auf und ab. Die Anführer der Jubelschreier hatten ihre Pflichten aufgegeben, und wie der Rest der eifrigen Menge waren sie auf den Springer fixiert und ihre Herzen machten mitfühlend einen Sprung mit ihm.

Und während die Menge jede seiner Bewegungen beobachtete, sah Melvin selbst nichts als die Bar vor sich mit dem weißen Taschentuch darauf, die Höhe und die Entfernung und den unendlichen Wunsch, das weiße Taschentuch und die Bar wegzuräumen, ohne sie von ihrem Platz zu bewegen Ruheplatz. Ein kurzer, nervöser Lauf, den Blick auf die Bar gerichtet; eine Hocke wie der Panther, der auf seine Beute losspringt; und er schwebte hinauf und über das weiße Quadrat, als ob ein Meter achtzig ein leichtes Stück wäre, und seine Beine passten sich automatisch der Stange an.

Dieser Sprung entschied den Wettbewerb, denn McGee scheiterte dreimal und schied aus; und es blieb unentschieden. Seatonianer und Hillburyites stießen gleichermaßen siegreiche Schreie aus und gingen dann, in Schweigen versinkend, ihrer jeweiligen Wege und fragten sich, ob sie wirklich Sieger oder Besiegte waren. Und nur diejenigen, die Preise in ihren Händen hatten, waren sich sicher, dass der Tag nicht gegen sie gelaufen war.

„Hallo, Dick!" schrie Tompkins vom Ende des Korridors, als Melvin nach oben in sein Zimmer kam. „Du hast es schließlich geschafft!"

„Wir haben es getan und wir haben es nicht getan", antwortete Dick und blieb in seiner Tür stehen. „Vielleicht sollten wir zufrieden sein, denn meiner Meinung nach war das Hillbury- Team wirklich das bessere."

„Dann hatte ich recht."

"Worüber?" fragte Dick, dessen Geist außer denen der letzten Stunden nichts von den Ereignissen des Tages mitbekam.

„Warum, über das, was ich heute Morgen gesagt habe. Hillbury war die bessere Mannschaft, und trotzdem hast du nicht verloren."

„Das ist eine Tatsache", sagte Dick und sein Gesicht verzog sich zu einem Lächeln.

„Das nächste Mal nennen Sie einen Mann nicht verrückt, nur weil er aus Montana kommt", fuhr Tompkins mit ernster Miene fort. „Vielleicht hat er eine prophetische Vision."

DAS ENDGUT DER SPIELE

	HILLBURY	SEATON
100 Yards Sprint	5	3
880-Yards-Lauf	7	1
Den Schuss abgeben	0	8
120-Yards-Hürde	2	6
220 Yards Sprint	2	6
Meilenlauf	5	3
Weitsprung	6	2
220 Yards Hürde	3	5
Hammerwurf	7	1
440-Yards-Lauf	2	6
Stabhochsprung	6	2
Hochsprung	3	5
Gesamt	48	48

Für den ersten Platz gibt es 5 Punkte, für den zweiten 2 und für den dritten 1.

KAPITEL XXIV

DAS HILLBURY-SPIEL

AM folgenden Montag wartete Herr Moore in großer Aufregung auf den Direktor .

„Ich bin verzweifelt wegen des kleinen Eddy", sagte er. „Es kommt mir vor, als ob ich dieses elende, weiße, leere Gesicht in meinem Zimmer einen weiteren Tag nicht ertragen könnte. Er hat in den letzten vierzehn Tagen keine Arbeit geleistet, die diesen Namen verdient, und ich sehe keine Möglichkeit, ihn dazu zu bringen, welche zu tun."

„Du hast mit ihm darüber gesprochen, nehme ich an?" schlug Herr Graham vor.

„Wiederholt und mit all dem Fingerspitzengefühl, das ich besitze. Ich habe versucht, sein Vertrauen durch Freundlichkeit zu gewinnen; Ich habe ihm Vorwürfe gemacht, ich habe ihm gedroht, ich habe ihn verspottet; Ich habe ihm lange Aufgaben zum Aufschreiben gegeben: Nichts, was ich sagen oder tun kann, hat auch nur die geringste Wirkung auf das kleine Maultier. Manchmal denke ich, dass er von einem Gefühl persönlicher Bosheit mir gegenüber angetrieben wird, und der Gedanke macht mich so nervös, dass ich meine Rezitation kaum durchführen kann."

Herr Graham lächelte: „Sie haben sicher keinen Grund für dieses Gefühl, denn ähnliche Berichte habe ich von anderen Lehrern erhalten." Er hielt einen Moment inne und sein Gesichtsausdruck wurde düster , als er fortfuhr: „Der Junge hat offensichtlich etwas sehr Ernstes im Kopf. Ich werde selbst mit ihm reden. Wissen Sie, ob er noch immer mit Bosworth vertraut ist? Ich glaube, Sie haben eine hohe Meinung von Bosworth."

Herr Moore zögerte, überging die Frage und antwortete auf den Vorschlag: „Früher hatte ich; Seitdem ich ihn beim Schreiben von Kompositionsübungen für Marks erwischt habe, bin ich mir bei ihm nicht mehr so sicher. Dennoch erledigt er seine Arbeit für mich auf eine Weise, über die ich mich nicht beschweren kann."

„Glauben Sie, dass er sich des Diebstahls aus Zimmern in Carter und Hale schuldig machen könnte?"

"Diebstahl! Das hoffe ich nicht! Verdächtigen Sie ihn?"

„Das tue ich und ich tue es auch nicht", antwortete Mr. Graham müde. „Er gibt mehr Geld aus, als jeder Junge ausgeben sollte, der Hilfe von der Schule erhält. Mindestens zweimal, als Geld gestohlen wurde, kam ich zu dem Schluss, dass er es getan haben könnte, aber ich hatte keine direkten Beweise gegen ihn, nicht einmal genug, um einen Anruf und eine Befragung zu rechtfertigen. Unterdessen geht der Diebstahl weiter. Am Samstag gab es in Hale einen weiteren Fall."

Mr. Moore sah ernst aus. „Was für ein Skandal! Es sollte auf jeden Fall gestoppt werden, auch wenn wir Detektive einsetzen müssen. Könnten Sie als neuen Jungen nicht einen Detektiv mit jugendlichem Aussehen vorstellen?"

Der Direktor schüttelte den Kopf. „Neue Jungen kommen nicht am ersten Juni in die Schule. Außerdem bin ich grundsätzlich gegen solche Methoden. Das ist ein Verbrechen eines Jungen gegen Jungen. Die Jungen sind durch ihre Nachlässigkeit und Nachlässigkeit mitverantwortlich für das, was passiert ist. Sie können und sollten den Täter selbst aufspüren."

„Ich fürchte, Sie werden wenig erreichen, wenn Sie sich auf die Mitarbeit der Jungen verlassen", sagte Mr. Moore, als er aufstand, um zu gehen. „Sie stehen einander immer bei und vertuschen die Sünden des anderen. Verdächtigen Sie den armen Bosworth auf keinen Fall, bis Sie unwiderlegbare Beweise haben. Das Schlimmste, was ich gegen ihn weiß, ist seine Intimität mit diesem kleinen Kerl, Eddy."

Das Gespräch zwischen Eddy und dem Schulleiter war sehr unbefriedigend. Schon früh brach der Junge in Tränen aus, und seine Antworten wurden zwischen Schluchzen unterbrochen, die seinen eigenen gebrechlichen Körper erschütterten und dem Meister das Herz schmerzten. Er tat sein Bestes für Mr. Moore; Es ging ihm nicht gut, und das schon seit Wochen. Nein, er hatte nichts im Kopf. Es sollte ihm nicht leid tun, wenn man ihn nach Hause schickte; Die Schule und die Jungen darin waren ihm egal, bis auf einen.

„Bosworth?" schlug Mr. Graham sanft vor.

„Nein, Sir", antwortete der Junge mit Nachdruck und ein Ausdruck des Abscheus huschte über sein Gesicht. „Ich meine Phil Poole. Er ist der Einzige, der jemals freundlich zu mir war."

Mit dieser Schlussfolgerung lockerte der Rektor die Strenge seiner Methode und flehte den Jungen an, sein Herz offen zu öffnen, im vollen Vertrauen, dass er freundlich und fair behandelt werden würde. Noch mehr Tränen, noch heftigeres Schluchzen, noch mehr krampfhafte Unschuldsbeteuerungen. Entweder würde Eddy nichts sagen, oder er hatte nichts zu erzählen.

Am nächsten Morgen drückte Herr Graham in der Kapelle seine Empörung darüber aus, dass die heimlichen Diebstähle in den Schlafsälen weitergehen sollten, und erinnerte die Jungen daran, dass sie mit ihm die Verantwortung für das Verhalten der Schule teilten. Die Ermahnung war kaum nötig, denn die Schüler waren bereits völlig erregt. Sie diskutierten die Fälle von allen Seiten und äußerten vage und schreckliche Drohungen darüber, was mit dem Übeltäter geschehen würde, wenn sie ihn einmal in ihre Hände bekamen. Die Diskussion brachte kein Ergebnis, außer dass die Namen eines Dutzend unschuldiger Burschen vorübergehend in Verruf gerieten; und Drohungen, wie Varrell Melvin gegenüber trostlos bemerkte, nützen nichts, wenn sie an niemanden im Besonderen gerichtet sind.

„ Hillbury- Tag" kam. In den letzten zwei Wochen hatten die Neun ein stabiles Spiel gespielt, das zwar nicht brillant, aber zumindest durch und durch gut war; und nachdem sich die Schule von der schwankenden Stimmung befreit hatte, in der Hoffnung und Furcht mit jedem neuen Gerücht aus dem rivalisierenden Diamanten auf und ab schwankten, hatte sie sich schließlich in eine vorsichtig zuversichtliche Stimmung eingependelt. Es gab immer noch einige, die mit Missbilligung über die Bevorzugung sprachen, die einen Veteranen verdrängte und einen kleinen Jungen wie Poole in ein wichtiges Feld brachte; aber bei dieser kleinen Zahl erwies sich der allgemein grassierende Patriotismus als zu stark, um persönliche Vorurteile hervorzurufen. Sogar Marks, dessen Baseball-Jargon einen Sportredakteur entmutigt hätte und der behauptete, dass „der Junge die Bande verunsichern würde" – selbst der alberne, umgangssprachliche, sportliche Marks glaubte nur zur Hälfte, was er sagte, und war wirklich durchaus bereit, dass der Feldspieler sich von anderen unterscheiden würde selbst, wenn dies für den Erfolg des Teams notwendig war.

Die Menschenmenge strömte an diesem Nachmittag auf den Campus, als ob es kein Ende gäbe. Es hatte sich herumgesprochen, dass die Neun eine „Show zu gewinnen" hatten, und die jüngeren Absolventen drängten sich in die regulären Züge. Als Dick, stolz seinen Cheerleaderstab umklammert, die Sitzreihe entlang zum Mittelteil ging, wo sich die jubelnde Truppe versammelte, erhaschte er flüchtige Blicke auf bekannte Gesichter alter Jungen, die zwischen den Reihen der Strohhüte und bunten Sonnenschirme auf ihn herablächelten . Er erkannte Varrell, der auf der obersten Bank saß, und schüttelte seinen Schlagstock in dem vergeblichen Versuch, seine Aufmerksamkeit zu erregen. Aber Varrells Aufmerksamkeit war anderswo, und Dick bekam für seine Demonstration keine Antwort außer einem finsteren Blick von Bosworth, der auf halber Höhe am Rand des Eingangsgangs Platz nahm. Plötzlich erschienen die Neunen, und im Lärm der Schreie und der Verwirrung der wehenden Banner war Dicks ganze Aufmerksamkeit darauf gerichtet, Planters Führung zu folgen und rechtzeitig seinen eigenen Teil der Sektion zu halten.

Während die Neun von Hillbury ihr Training absolvierten, schlüpfte Melvin auf die Spielerbank, um ein letztes Wort mit Tompkins und Poole zu sprechen, und war erfreut, dass sie beide cool und entschlossen waren.

„Wie fühle ich mich? Schikanieren!" antwortete Tompkins. „Wenn ich nur wüsste, wie man pitcht, könnte ich heute Wunder vollbringen."

„Gib uns dein Bestes, das ist gut genug für uns", erwiderte der Senior und klopfte ihm auf die Schulter.

„Ich werde auf jeden Fall mein Bestes geben", antwortete Tommy. „Wenn ich versage, liegt es nicht daran, dass ich es nicht versuche."

dich davon nicht verunsichern", drängte Melvin.

„Darüber brauchen Sie sich keine Sorgen zu machen", warf Phil ein. „Dieser Krug klappert nicht."

In diesem Moment beendete der Schiedsrichter das Spiel und Melvin eilte zu seinem Schützling zurück. Hillbury übernahm das Feld. Nachdem Millan den neuen Ball gemächlich im Gras neben der Pitcher's Box gerieben hatte, während seine Freunde aufmunternde Jubelrufe brüllten, warf er einen heißen Ball über die Ecke des Tellers. „Ein Schlag!" Der nächste war ein Ball; Beim dritten Mal schlug Vincent zu und löste ein hohes Foul aus, das vom ersten Baseman aufgefangen wurde. Robinson traf den ersten Ball, der geworfen wurde, und ließ einen leichten Flug in die Reichweite des Mittelfeldspielers fallen. Watson trat schändlicherweise in den Streik; und das Hillbury -Team trottete lächelnd herein, ganz zufrieden, dass es die drei Hillburys mit langem Klingeln verdient hatte , die ihnen von einer dankbaren Wählerschaft zugeworfen wurden.

Die roten Buchstaben verstreuten sich an ihren Platz. Stevens, der die Hillbury- Liste anführte , ging mit einem selbstbewussten und kraftvollen Auftreten an den Schlag. Aber sein kühnes Auftreten täuschte über seine wahren Gefühle hinweg. Nervös und unsicher ließ er den ersten Ball passieren und hörte, wie er einen Schlag auslöste, schlug törichterweise auf den zweiten zu, der außerhalb seiner Reichweite lag, und schlug dann, nachdem ein Ball gerufen worden war, einen langsamen Sprung zum Werfer. Hood, der ihm folgte, berührte den Ball nicht, obwohl er ihn dreimal hart schlug; und Franklin warf Robinson eine schwache Fliege in die Hände. Seaton kam nach nur fünf Minuten im Feld zum zweiten Inning ins Spiel. „Zusammenhalten!" Phil suchte sich seinen Lieblingsschläger aus, stellte seine Füße fest auf den Boden, blickte mutig zum Werfer und versuchte zu vergessen, dass dies das Hillbury- Spiel war, und in dem Mann vor ihm nicht den gefürchteten Millan zu sehen, sondern einen Übungswerfer, dessen Bälle waren einfach, wenn man sie genau beobachtete. Der erste war breit, der zweite zu niedrig; Den dritten erwischte er direkt und trieb ihn über die unbedeckte zweite Base ins Außenfeld. Es war der erste Hit des Spiels, und die Seatonianer machten ihrer Freude in einem großartigen „Tollwut" Luft.

Und jetzt, zusätzlich zu den sinnlosen Ermahnungen der Feldspieler: „Jetzt direkt auf sie !" „Mitten im großen Handschuh!" „Leg es um, alter Junge!" Man hörte die Schreie des Trainers, dessen Ziel es normalerweise eher zu sein scheint, den Pitcher zu verwirren, als dem Base-Runner zu helfen. Phil klammerte sich an die erste Base, während Sudbury zweimal zuschlug und dann mit einem langen Fly ausging und Sands ein Pop-Foul schlug, das der dritte Baseman leicht fing. Da zwei Männer ausfielen, startete Phil in der ersten Seillänge und stahl sich den zweiten Platz. Dass er erfolgreich war, lag sowohl am hohen Wurf des Fängers als auch an seiner eigenen Geschwindigkeit, denn der zweite Baseman musste nach dem Ball springen, und während er in der Luft war, glitt Phil sicher zur Base. Eine gute Single würde jetzt den Lauf bringen, und die Seatonianer warteten mit stiller Begeisterung, die die Cheerleader nicht zu unterbrechen versuchten, darauf, ob Waddington ihre Hoffnungen erfüllen würde. „Ein Schlag! Ein Ball! Zwei Bälle! Zwei Schläge!" und Waddington schlug einen hübschen Liner über den dritten Platz, der Poole nach Hause brachte und den Schlagmann auf den zweiten Platz brachte. Hayes ging mit einem Grounder ins Aus, um kurz zu stoppen.

Hillbury kam entschlossen, den Ball zu schlagen. Ribot schoss einen harten Ball in die dritte Base, wo Watson den Ball auf dem Boden abfing und sauber zur ersten Base spielte. Kleindienst ging zu Strikes über und Haley schlug, nachdem drei Bälle gerufen worden waren, einen langen Fly ins linke Feld, der wie ein Three-Base-Hit aussah. Phil war mit dem Schlag am Ziel, rannte auf die Stelle zu, wo der Ball fallen sollte, und war sich nach seinem ersten Blick über die Schulter sicher, dass er ihn erreichen würde. Aber die Menge war sich nicht so sicher, und als er sich am Ende seines Laufs plötzlich umdrehte und den Ball herunterzog, ertönte von den Seaton-Bänken ein Applausgeheul, das die Cheerleader für einen Moment als völlig nutzlosen Schmuck erscheinen ließ. Während Dick darauf wartete, dass dieser Ausbruch vorüberging, ließ er einen neugierigen Blick über die Reihen eifriger Gesichter schweifen und wurde sich plötzlich bewusst, dass ein Zuschauer an der allgemeinen Freude keinen Anteil zu haben schien. Unberührt von der Aufregung, die um ihn herum tobte, saß Bosworth mit finsterem Blick über dem Diamanten, einer melancholischen Insel in einem wogenden Meer der Freude.

Plötzlich drehte er sich um und zog den Ball nach unten.

Das dritte Inning verlief, ohne dass sich der Spielstand änderte. Im vierten Durchgang scheiterten Watson und Poole an In-Field-Hits, und Sudbury blieb auf dem zweiten Platz, als Sands zuschlug. Hillbury begann gut, als Hood seine Basis auf Bällen hatte; Wenn Franklin seine Freunde enttäuschte, indem er einen Fly zum Short-Stop schickte, machte Ribot den Misserfolg wett, indem er den zweiten Ball in einer geraden Linie über den Kopf des ersten Basemans schoss. Als Vincent es zurückbekam, hatte Hood die Platte überquert und Ribot stand jubelnd auf dem dritten Base.

Die Hillbury-Leute waren auf den Beinen, ohne auf die Cheerleader und das Programm zu achten , und heulten vor Stolz und Hoffnung. Der Punktestand war unentschieden! Ein Treffer, ein Fehler, ein langer Flug würden Ribot hereinlassen und Hillbury in Führung bringen. Tompkins beobachtete Ribot aus dem Augenwinkel, aber sein ganzer Geist war auf das Problem konzentriert, den Ball genau dorthin zu bringen, wo er benötigt wurde. Unbesorgt, aber bedächtiger als je zuvor reagierte er auf Sands' Signale. „Ein Schlag! ein Ball! ein Foul! zwei Bälle! zwei Schläge!" Die eifrigen Seatonianer begannen leichter zu atmen. Ein Streik würde die Situation enorm verbessern.

Sands signalisierte einen langsamen hohen Ball über die Innenecke. Tompkins schüttelte den Kopf, aber Sands wiederholte das Zeichen und der Pitcher gehorchte. Der Ball fiel ins Tor, aber Kleindienst befürchtete einen gezielten Schlag und wartete, bis er in seiner Nähe war, und schlug dann rücksichtslos auf ihn ein. Fast gleichzeitig hörte Phil das Knallen des Schlägers, sah, wie der Ball hoch über den Kopf des zweiten Basemans stieg, und spürte, wie ihm das Herz durch einen plötzlichen stechenden Schmerz sank. Die Fliege war so weit draußen, dass es für Sudbury nahezu unmöglich wäre, den Ball rechtzeitig zurückzugeben, um den Läufer auf dem dritten Platz zu halten, selbst wenn er ihn fing.

Und so kam es. Sudbury bekam den Fly nach einem harten Lauf, drehte sich schnell um und schickte ihn heiß zum zweiten Baseman, der ihn ins Ziel brachte; aber Ribot war drei Meter über der Platte, als der Ball in Sands' Griff landete .

Während die Hillbury-Leute wild schrien, jubelte Seaton ihnen Jubel um Jubel zu und rief, um ihren Mut aufrechtzuerhalten und den neun Männern auf dem Feld zu zeigen, dass ihre Schulkameraden nicht verzweifelt waren. Haley schlug zweimal zu und hob den Ball dann über Hayes' Kopf hinweg ins kurze linke Feld. Phil hatte einen scharfen Lauf, um unter den Ball zu kommen, aber er nahm ihn sicher genug, und dann, obwohl die drei Männer draußen waren, machte er sich auf den Wurf und schickte ihn auf die Home-Plate. Sands musste einen Schritt vorwärts gehen, um ihm zu begegnen. „Nächstes Mal etwas länger", dachte Phil, als er hineintrottete. „Das kann ich bei Bedarf machen."

Seatons Hälfte des fünften Innings war bald vorbei. Waddington ging mit einem hohen Foul ins Aus, Hayes flog ins linke Feld und Tommy war bei seinen Schlägen sehr zahm. Als Webster an die Platte trat, um für Hillbury in Führung zu gehen, verspürte mehr als ein schüchterner Seatonianer eine geheimnisvolle Vorahnung, dass sich dies als tödliches Inning erweisen würde. Das dachte auch Webster, denn er wartete tapfer, bis zwei Bälle angerufen worden waren, und schlug dann einen wunderschönen Liner über den Kopf des zweiten Basemans, der nur durch einen brillanten Stopp von Vincent verhindert wurde, dass es sich um einen Drei-Basen-Hit handelte. Webster ruhte sich zunächst aus. Die Hillbury-Leute schwangen ihre Waffen und jubelten; Während die Innenfeldspieler von Seaton auf ihre Handschuhe spuckten und sich auf große Taten vorbereiteten, ermutigten sie Tommy in der Zwischenzeit: „Sei genau dort, wo du bist!" und „Leg sie direkt rüber, alter Mann!" Ob Tompkins von diesen Ermahnungen profitierte, lässt sich schwer sagen; Er tat auf jeden Fall sein Bestes, um „die Ware abzuliefern", im Bewusstsein, dass jeder Pitch von entscheidender Bedeutung war.

„Ein Schlag! drei Bälle!" Cunningham wartete und hoffte auf eine Chance zum „Gehen". „Zwei Schläge!" Der Schlagmann sammelte sich für seine letzte Chance und schlug hart auf den Ball zu, doch es gelang ihm nur, einen Grounder zum Pitcher zu schicken. Tompkins drehte sich um und warf absichtlich zur zweiten Base, wo Webster aus dem Spiel gedrängt wurde, obwohl Robinson zunächst nicht schnell genug war, um den Mann zu fangen. Dennoch war ein Mann draußen und die Zuschauer waren ermutigt.

Millan kam zum Schlag und warf dem Seaton-Pitcher einen trotzigen Blick zu. Der erste sah vielversprechend aus und er holte kräftig aus. Die Seatonianer hörten das Knallen, hatten für einen Moment den Eindruck, dass der Ball wie ein Gewehrschuss in Richtung des ersten Bases flog, sahen, wie Waddington seine Hände zusammenlegte, taumelte und zum ersten Base schoss – und nach einem Moment wurde ihnen klar, dass das fünfte Inning plötzlich zu Ende gegangen war mit einem Doppelspiel.

Als Dick sich umdrehte, um seinen Teil zum Jubelruf für „ Waddy " beizutragen, erhaschte er einen flüchtigen Blick auf Bosworth, der von seinem Platz in den Gang hinunterkletterte, der zur Rückseite der Sitze führte. In der Aufregung der Szene hätte Melvin den Weggang eines einzelnen Mitglieds der ungeordneten Menge kaum bemerkt, wenn der letzte Blick, den der Kerl entlang der Bänke warf, nicht ein Element von Angst und Heimlichkeit in sich gehabt hätte, das seine Aufmerksamkeit auf sich zog Das Glitzern des fernen Wassers, das das Sonnenlicht reflektiert, fällt dem Bergsteiger ins Auge. Plötzlich erfasste ihn ein drängendes Misstrauen, das selbst das Spiel zweitrangig erscheinen ließ. Hastig übergab Melvin seinen Stab an einen seiner Mitführer, mit einer Erklärung, die er nicht erklären konnte, und drängte sich in den hinteren Teil der Menge, die sich in der Eingangspassage drängte, durch die Bosworth gerade gegangen war. Da war sein Mann dreißig Meter entfernt und ging auf den Eingang zum Gelände zu!

Der Senior blieb stehen, drehte sich wieder in die Umzäunung um und ließ seinen Blick über die Bänke zu Varrells Platz schweifen. "Er ist weg!" murmelte er bestürzt. „Nur mein verfluchtes Glück! Und ich kann nicht aufhören, ihn zu jagen!" Er wartete noch einen Moment und ließ seinen Blick vergeblich über die Sitzreihen schweifen, auf der Suche nach seinem vermissten Freund. Dann kehrte er wieder in den Gang zurück und beobachtete, wie Bosworth das Gelände verließ.

Am Tor blieb Bosworth stehen und wechselte ein paar Worte mit dem diensthabenden Mann. „Sie fragen ihn nach der Partitur", dachte Dick; „Ich frage mich, wie er seinen plötzlichen Weggang erklärt." Als Bosworth die Straße entlang außer Sichtweite verschwand, rannte Dick zum Tor.

„War das Bosworth, Mike?" er keuchte, als er den Pförtner begrüßte.

„Ich weiß überhaupt nicht, wer der Kerl ist. Ich habe ihm nur erzählt, wie das Spiel lief , und er hat gesagt, dass er zwei Spieler für Hillbury gewinnen soll ."

"War das alles?" fragte Dick enttäuscht.

„Nein, Sir, ich habe ihm gesagt, was für ein Inning, und er sagte: „ Ind of the Fif "; Und ich sagte, dass man so ein knappes Spiel mittendrin gut gebrauchen kann, und er meinte, die Belastung sei zu viel für seine Nerven. Aber sie sind doch eine Chance für den Abschied , nicht wahr ?"

„Ich denke schon", antwortete Dick abwesend. Er verglich die völlige Gleichgültigkeit, die sich auf Bosworths Gesicht abzeichnete, als er unter den Enthusiasten saß, mit dieser Geschichte nervöser Aufregung. „Wessen Rad ist das?" fragte er unvermittelt und zeigte auf ein Fahrrad, das am Zaun lehnte.

„Meins", sagte Mike.

„Wirst du es mir für eine Stunde leihen?" fuhr Melvin eifrig fort. „Ich habe eine sehr wichtige Besorgung zu erledigen."

„Sicher!" sagte Mike. Das Wort war kaum aus seinem Mund, als Melvin das Fahrrad ergriff und damit über die Straße fuhr. Mike und sein Kamerad sahen zu, wie der Student die Maschine durch den gegenüberliegenden Hof, über einen Drahtzaun und über einen anderen Rasen zu einer zweiten Straße fegte, wo er aufstieg und davon sprintete.

„Er ist echt ein Teufelskerl , dieser Abschied", bemerkte Mike. „Du solltest sehen, wie er einen Fußball kickt . *Er* Dann beeilen Sie sich nicht , Mann. Es ist der Ball, der die Eile macht ."

KAPITEL XXV

IM DRITTEN STOCK VON HALE

INDEM Dick der Lincoln Street und dem Weg durch den Seminarhof folgte, legte er zwei Seiten eines Dreiecks viel schneller zurück, als der Fußgänger die dritte Seite, die direkte Straße vom Campus zur Akademie, schaffen konnte. Er lehnte das Fahrrad außer Sichtweite an die Wand der Turnhalle und kroch in den Schutz der hohen Stufen von Carter, von wo aus er einen Blick auf die Schlafsäle hatte, ohne selbst gesehen zu werden. Noch nie hatte der alte Akademiehof einen solchen Eindruck von Stille und Verlassenheit vermittelt. Der alte Robeson harkte die Auffahrt auf der anderen Seite der Turnhalle; Die Reinigungskräfte am Samstag waren in den Tiefen des Rezitationsgebäudes begraben. Ohne das unbeschreibliche Jubelgebrüll aus der Ferne, das in Schüben aus der Richtung des Campus kam, oder den Lärm eines gelegentlichen Wagens, der die Straße entlang ratterte, hätte der grünrasenbedeckte Hof wie eine stille Wiese abseits der Aufenthaltsorte der Menschen wirken können.

„Jedes Wohnheimfenster offen!" dachte Dick, als er sich im Hof umsah, „und die Hälfte der Türen auch, wette ich. Diese Kerle haben es wirklich verdient, einige ihrer Sachen zu verlieren. Aber was für ein Kinderspiel für einen Dieb!"

Es vergingen einige Minuten, bis Bosworth auf der Straße erschien und gemächlich in den Hof einbog. Als er den Punkt erreichte, an dem sich der Weg teilte, zögerte er einen Moment, bevor er sich von seinem eigenen Schlafsaal zum mittleren Eingang von Hale wandte. An den Hale-Treppen blieb er erneut stehen, warf einen hastigen Blick über den Hof und verschwand im Eingang des Schlafsaals. Einen Moment später huschte Dick die Auffahrt entlang zur Ecke Hale.

Kaum hatte er den Schutz der Schlafsaalwand erreicht und begann, unter den Fenstern zum Mitteleingang zu schleichen, als eine plötzliche Erscheinung in der hinteren Ecke seinen Lippen einen Ausruf des Staunens entlockte, der ihn sicherlich verraten hätte, wenn Bosworth in der Nähe gewesen wäre genug, um es zu hören. Da war Varrell , der sich aus der anderen Richtung leise an der Wand entlangarbeitete, sein Gesicht war rot gerötet, als wäre er von einem langen, harten Lauf gekommen, aber er zeigte nicht die geringste Überraschung über dieses Treffen mit seinem Verbündeten. Sie kamen am Eingang zusammen, wo Varrell , der Melvins offensichtliche Absicht, Fragen zu stellen, mit einer unverkennbaren Geste bestätigte, sich heimlich hineinschlich und sich an die Wand unter der Treppe duckte. Sein Freund folgte ihm dicht auf den Fersen.

"Schuhe ausziehen!" flüsterte Varrell, mit den Lippen dicht an Dicks Ohr. Dem Befehl wurde ohne Nachfrage Folge geleistet. Varrell stellte seinen Strohhut neben seine Schuhe; Dick ahmte ihn nach.

„Kannst du ihn hören?" kam ein zweites Flüstern.

Dick hörte zu: zunächst absolutes Schweigen; dann das Geräusch aus dem zweiten Stock, als eine Tür sorgfältig geschlossen wurde, gefolgt vom Kratzen einer Sohle auf der Marmortreppe darüber; dann das Klicken eines Türknaufs und wieder Stille.

„Er hat gerade ein Zimmer im zweiten Stock verlassen und ist zu einem im dritten hinaufgegangen", flüsterte Dick.

„Jetzt ist unsere Zeit", verkündete Varrell und ging voran. Ihre Schritte waren auf dem festen Stein geräuschlos. Die Türen zu beiden Suiten im dritten Stock waren geschlossen.

"Welche?" flüsterte Varrell. Noch nie hatte er seinen Klassenkameraden um sein schnelles Gehör beneidet wie in diesem Moment.

Dick legte sein Ohr an die Tür rechts. Er konnte schwach den fernen Jubel hören, ein formloses, bedrohliches Geräusch, das durch die offenen Fenster des Zimmers drang, wie das ferne Brüllen einer wütenden Menge. Im Raum war alles still.

Er schüttelte den Kopf und ging auf Zehenspitzen zur anderen Tür. Auch hier nahm sein Ohr zunächst kein Geräusch wahr, das nicht von außen kam, aber bald hörte er Schritte auf der anderen Seite des Zimmers und ein knirschendes Geräusch, als würde man eine Schublade öffnen.

„Er ist hier", sagte Melvins Lippen. Sein Nicken und seine Geste hätten einem Narren die Geschichte erzählt. Varrell winkte ihn zur Seite und drehte sanft den Knopf. Die Tür bewegte sich leicht in den Angeln.

"Bereit?" fragte Varrells Augen. Dick nickte und Varrell öffnete die Tür. Da stand der lange Verfolgte vor der offenen Schublade eines Frisiertischs, mit einem Paar goldener Manschettenknöpfe in der Hand.

Bosworth zuckte zusammen und drehte sich zu den Eindringlingen um. Er gab keinen Laut von sich, aber seine Augen nahmen einen wilden, ängstlichen Ausdruck an, während sein blasses Gesicht zu einem blasseren Farbton verblasste und die rote Linie seiner Lippen zu einem weißlichen Blau wurde, als er den wilden Blicken seiner beiden Verfolger gegenüberstand.

„Also haben wir den Dieb endlich gefasst", sagte Varrell streng, „diesmal auf frischer Tat."

Bosworth befeuchtete seine Lippen. „Wenn Sie glauben, ich sei ein Dieb, irren Sie sich gewaltig", begann er und verdrehte die Augen hin und her wie jemand, der unter großer Anstrengung nach Ideen sucht.

„Wir denken nicht; „Wir wissen es", antwortete Varrell . „In Ihrer Hand liegt gestohlenes Eigentum."

Bosworth zögerte einen Moment und blickte nach unten. Als er den Blick wieder hob , war er bereit mit einer Erklärung. „Ich habe sie nur angeschaut. Ich bin hierhergekommen, um einen Trab zu bekommen, den ich Morton geliehen habe. Ich konnte die Belastung des Spiels nicht ertragen und beschloss, zurückzukommen und zu arbeiten. Ich dachte, die Tür würde wahrscheinlich aufgeschlossen sein und ich könnte mir das Buch holen. Ich öffnete die Schublade, um zu sehen, ob das Buch dort war – so etwas würde ein Kerl nicht auf seinem Arbeitstisch zeigen –, die Knöpfe fielen mir ins Auge, und ich nahm sie aus Neugier hoch."

„Huh!" schnaubte Varrell , „und was ist mit der Schalnadel auf dem Tisch?"

„Ich weiß nichts über Schalnadeln", antwortete Bosworth mit einem Anflug von Groll. „Wenn eine Schalnadel auf dem Tisch liegt, dann hat Morton sie wohl dort gelassen. Die Tatsache, dass es da ist, zeigt, dass ich kein Dieb bin; Ich hätte es nehmen sollen, wenn ich es gewesen wäre."

Dicks Überzeugung begann zu schwächen. Es klang alles sehr natürlich und plausibel. Hatte Wrenns Verliebtheit sie beide in eine falsche Lage gebracht? Er wandte sich an Bosworth. „Wenn das, was Sie sagen, wahr ist, haben wir Ihnen großes Unrecht getan. Sie sagen, Sie seien wegen des Buches hierher gekommen. Bist du direkt hierher gekommen?"

"Sicherlich."

„Ohne in ein anderes Zimmer zu gehen?"

„Natürlich nicht", antwortete Bosworth ungeduldig. „Habe ich nicht gesagt, dass ich den Trab wollte?"

Ein verständnisvoller Blick huschte von Dicks Gesicht zu Varrells Gesicht .

„Er lügt", sagte Varrell kühl. „Wir müssen warten, bis weitere Kerle kommen, dann werden wir ihn durchsuchen und sein Zimmer durchsuchen."

Auf Bosworths Gesicht erschien ein Ausdruck der Besorgnis. „Sie haben kein Recht, mich zu durchsuchen", rief er. „Ich werde es nicht ertragen."

"Wir werden sehen!" war Varrells lakonische Antwort.

Auf der Treppe unten war nun ein gemächlicher Schritt zu hören, und bald erschien draußen auf dem Treppenabsatz das überraschte Gesicht des kleinen Eddy.

„Wie läuft das Spiel?" rief Dick und dachte plötzlich daran, dass der große Wettbewerb noch im Gange war.

„Ich weiß es nicht", antwortete der Junge mürrisch und spähte neugierig in den Raum. „Ich war nicht beim Spiel. Ich war den Fluss hinauf."

"Was machst du hier?"

„Ich gehe hoch in mein Zimmer."

„Na dann machen Sie weiter", befahl Varrell. Eddy begann weiter. „Edy!" namens Bosworth.

Mit einer hastigen Bewegung, die ganz anders war als die lässige, lässige Bewegung, mit der er die Treppe hinaufgekrochen war, eilte Eddy zurück und blieb erwartungsvoll in der Tür stehen, seine großen Augen voller Angst, sein ganzer Gesichtsausdruck der eines Hundes, der sich vor einem grausamen Herrchen duckt. Der Anblick bewegte Dick bis ins Innerste seines Herzens. Wenn er jemals einen Zweifel an Varrells Kurs gespürt hatte oder einen lauernden Verdacht gespürt hatte, der seinem Sinn für Fairplay entsprang, dass Bosworth doch ein vergleichsweise unschuldiges Opfer des Scheins sein könnte, dann verschwanden der Zweifel und der Verdacht in der Gegenwart dieser erbärmlichen Gestalt , wie Regentropfen auf der Meeresoberfläche.

„Ich würde gerne einen Moment mit ihm sprechen", sagte Bosworth nervös.

„Nein, das tust du nicht!" rief Dick. „Du hast deine letzte Rede mit ihm gehalten."

„Oh, lass sie reden", sagte Varrell und warf seinem Freund einen scharfen Blick zu. „Es darf nur nichts zwischen euch passieren", fügte er hinzu und wandte sich erneut an Bosworth. „Wenn Sie bereit sind, sich dort mit dem Rücken zur Wand zu stellen und den Jungen an einer Seite stehen zu lassen, so dass ein freier Raum zwischen Ihnen ist und beide in diese Richtung schauen, gehen wir außer Hörweite durch den Eingang hinaus und beobachten Sie aus der Ferne durch die Tür. Andernfalls sollte es besser kein Gespräch geben, bis die Suche beendet ist."

Bosworth stimmte den Bedingungen zu; Varrell platzierte die beiden so , wie er es wollte – Bosworth im besten Licht – und zog sich mit Dick zum Eingang zurück, wo Varrell sich niederließ und seinen Blick in einem langen, intensiven Blick auf die Gesichter des flüsternden Paares richtete. Dick verstand das Spiel, das sein Freund spielte, gut, und seine eigenen Augen wanderten hilflos vom Beobachter zum Beobachteten, während er versuchte, aus Wrenns Gesichtsausdruck zu erraten, wie erfolgreich er Bosworths Lippen lesen konnte, aus Angst vor einem Misserfolg, als der Dieb allmählich seinen Kopf in Eddys Richtung neigte.

„Gesicht in diese Richtung!" rief Varrell .

„Wir sind jetzt durch", antwortete Bosworth.

„Eddy, geh hoch und bleib in Sichtweite auf der Treppe stehen, bis wir dich herunterrufen", befahl Varrell . Dann fügte er mit leiser Stimme zu Dick hinzu: „Lass ihn einen Moment dort, bis ich meine Schuhe anziehen und vor ihm in Bosworths Zimmer gehen kann." Hängen Sie an Bosworth wie der grimmige Tod. Lass den Kerl nicht entkommen."

„Sie können ihn mir anvertrauen", antwortete Dick eifrig. "Was für ein Glück?"

„Das kann ich noch nicht sagen", erwiderte Wrenn.

Zwei Minuten später durfte Eddy gehen und schlenderte gemächlich die erste Treppe hinunter; die Sekunde nahm er schneller. Am Eingang des Wohnheims begann er zu rennen und behielt die Treppe hinauf zu Bosworths Schwelle bei. Die Tür war unverschlossen – Bosworth hatte keine Angst vor Dieben – und drinnen saß Varrell !

„Mach die Tür zu, nicht wahr?" war die scharfe Begrüßung des Seniors an den erstaunten Jungen. „Warum bist du hierher gekommen? Raus damit und versuche nicht zu lügen, denn wenn du es tust, werde ich dich erwischen."

Eddy starrte hilflos um sich.

„Sein – Messer", stammelte er zwischen Keuchen.

„Lüg mich nicht an!" sagte Varrell streng. „Was hat er dir gesagt, du sollst in den Schrank gehen?"

"Nichts."

Varrell riss die Schranktür auf, fuhr mit der Hand über die Kleidungsstücke, die an den Haken hingen, versetzte den Schuhen auf dem Boden einen Tritt und holte eine leere Pappschachtel vom Regal. Dann wandte er sich an Eddy.

„Schau her, Junge", sagte er in sanfterem Ton, „Bosworth ist ein Dieb und ein Schurke, das weißt du vollkommen. Sagen Sie besser, was Sie wissen, und retten Sie Ihre eigene Haut, solange Sie können."

„Ich habe nichts zu erzählen."

Eddys Lippen zitterten und seine Augen versprachen Tränen, aber sein Gesicht trug immer noch den Ausdruck hartnäckiger Entschlossenheit.

„Der kleine Narr!" stöhnte Varrell und wandte sich ab. „Er ist zu stark terrorisiert, um etwas herauszulassen. Und wenn man bedenkt, dass wir dem Ziel so nahe sind und es nicht ganz erreichen können! Hätte der Bösewicht dabei nur nicht den Kopf bewegt! Gelbes Buch! Ich hätte schwören können, dass er gesagt hat: ‚Gelbes Buch im Schrank', aber es gibt kein gelbes Buch im Schrank oder anderswo!"

Er öffnete noch einmal die Schranktür und stolperte über einen der Schuhe, den er eine Minute zuvor verächtlich getreten hatte. In einem Anflug von Verärgerung bückte er sich, hob den Schuh auf und warf ihn dorthin, wo er ihn nicht mehr stören würde. Als er es deutlicher sichtbar machte, fiel ihm die Farbe ins Auge und sein Arm blieb in der Luft stehen. „Was für ein Patzer!" er ejakulierte. „Es war ‚boot', nicht ‚book'; Wie konnte ich einen solchen Fehler machen!"

Eddy stand stumm da und starrte mit besorgtem, fasziniertem Gesicht zu, wie der Senior mit der Hand in den Schuh fuhr, ihn umdrehte, schüttelte und hinwarf. Er bückte sich nach dem anderen, drehte es um und klopfte damit auf den Boden; dann erhob er sich und tastete vorsichtig nach innen, während er seinen Blick auf den zitternden Jungen richtete.

„Hier scheint Papier zu sein", sagte er langsam, „oder zumindest etwas Ähnliches, das dicht am Futter des Obermaterials angebracht ist." Im nächsten Moment ließ er den Schuh fallen und entfaltete ein kleines, quadratisches Stück Papier. Es war der Scheck, der in der Nacht des 7. März aus dem Bürosafe gestohlen wurde!

Varrells erster Impuls war, einen Triumphschrei auszustoßen, der den gesamten Eingang zum Schlafsaal klingeln ließ; sein zweiter, um sicherzustellen, dass sein Triumph echt war. An der Identität des Schecks bestand kein Zweifel; Er hatte zu viel über die Einzelheiten des Falles gehört, um diesbezüglich Zweifel zu haben. Aber wäre ein erfahrener Lügner wie Bosworth nicht in der Lage, sich selbst aus einer solchen misslichen Lage zu befreien?

Der Senior wandte sich wieder Eddy zu, der jetzt auf dem Tisch lehnte, den Kopf in den Armen vergraben und in großen, verzweifelten Schluchzern weinte. „Ich sehe, wie es ist", sagte Varrell streng. „Sie haben die Kombination gelernt und Bosworth dazu gebracht, das Geld zu stehlen; Er hat es mit dir geteilt, und als es ausgegeben war, hast du aus den Zimmern gestohlen."

„Das ist nicht so!" schluchzte der Junge. „Ich habe noch nie in meinem Leben einen Cent gestohlen. Bosworth hat alles geschafft! Ich erzählte ihm von der Kombination – und das war alles, was ich damit zu tun hatte. Ich wusste erst lange danach, dass er es gestohlen hatte, als er mir erzählte, dass das Geld, das er mir geliehen hatte, aus dem Safe stammte und ich auch verhaftet würde, wenn er erwischt würde. Aber ich habe in meinem ganzen Leben noch nie etwas gestohlen – und ich habe ihn auch fast bezahlt. Oh, ich bin so unglücklich! Was wird meine Mutter tun, wenn ich ins Gefängnis muss!"

Varrell legte seine Hand sanft auf die zitternde Schulter des Jungen. Das Herz des Inquisitors war berührt.

„Sie kommen überhaupt nicht ins Gefängnis, wenn Sie sich zusammenreißen und die ganze Sache klarstellen", sagte der Senior. „Du hast nichts Unrechtes getan, außer die Schurkerei eines anderen zu vertuschen."

Er wartete ruhig darauf, dass das Schluchzen nachließ, die Hand immer noch auf Eddys Schulter. Und während er wartete, drang aus der Richtung des Campus ein weiteres Brüllen an sein Ohr, stürmisch und lang anhaltend, das lauter und leiser wurde und wieder lauter wurde, wie das Heulen des Nordwestwinds in einer Winternacht.

„Auch ihr Spiel ist vorbei", sinnierte Varrell. „Ich frage mich, ob sie unser Glück hatten."

KAPITEL XXVI

EINE DOPPELTE UNTERSTÜTZUNG

UND nun zum Ende des Spiels. Als Dick und Varrell das Spielfeld eilig verließen, war gerade das sechste Inning im Gange, und jedes Team begann wieder von vorne an der Spitze seiner Schlagliste. Der Jubel, den Dick gehört hatte, als er auf den Stufen von Carter wartete, wurde durch den erfolgreichen Rückzug der ersten drei Hillbury- Batter ausgelöst. Die drei Männer, die die Seaton-Liste anführten, waren bereits der Reihe nach losgezogen. Mit einer Bilanz von eins zu Gunsten von Hillbury und wenigen Treffern wuchs das Selbstvertrauen der Gäste. Jede weitere Null im Seaton-Score bedeutete nun einen weiteren Nagel im Seaton-Sarg.

Der siebte begann mit Poole am Schläger. Der erste Ball war etwas zu weit für ihn, aber er glaubte, ihn nutzen zu können und schlug dem Short-Stop einen kleinen Liner über den Kopf. Als Sudbury auftauchte, ließ Ribot seinen Werfer zwei Bälle werfen, in der Hoffnung, Phil dazu zu verleiten, zu versuchen, den zweiten Platz zu stehlen. Dann kam ein Schlag und ein weiterer Ball. Nachdem er drei Bälle gerufen hatte, begann Phil mit dem Arm des Werfers auf dem nächsten Pitch die alte Chance auf Hit and Run zu nutzen. Sudbury warf einen Buntwurf und schaffte durch Ribots wilden Wurf seine Basis auf den ersten Platz, während Phil problemlos den zweiten Platz belegte. Das war ein sachlicher Anfang, der die trägen Seaton-Kehlen erneut aufwühlte!

Sands kam an den Teller. Hatte der Kapitän jemals eine solche Gelegenheit? Ein Single würde den Punktestand ausgleichen, ein Two-Base-Hit würde wahrscheinlich das Spiel gewinnen. Ein Grounder an der falschen Stelle könnte zu einem Double Play und dem Verlust des dadurch verursachten Starts führen. Sands tat sein Bestes, aber sein Bestes war nur ein langsamer Grounder in Richtung des dritten Platzes, und er raste zum ersten Platz davon, ohne große Hoffnung, dort anzukommen. Phil hatte von der zweiten Base aus eine gute Führung übernommen und rannte an Kleindienst, dem dritten Baseman von Hillbury , vorbei , kurz bevor dieser den Ball bekam und ihn über die Raute zur ersten Base schoss. Sands war draußen, aber sowohl Phil als auch Sudbury hatten eine Basis vorgerückt.

„Kann er das schaffen?" sagte Tompkins, als Waddington den Werfer ansah.

"Was ist zu tun?" fragte Hayes, der mit dem Fuß auf den Boden stampfte und nervös den Schläger in seiner Hand schwang.

„Alles andere als einen Schlag oder Schlag ins Feld", antwortete Tompkins. „Wenn er einen Treffer erzielt, gewinnen wir das Spiel. Wenn nicht, verlieren wir. So eine Chance bekommen wir nicht noch einmal."

Waddington wartete, bis zwei Schläge und drei Bälle angesagt waren. Beim nächsten ließ er mit aller Kraft losfahren.

„Es ist ein Homer, es ist ein Homer!" schrie Tompkins und hüpfte vor Freude auf und ab.

„Nein, ein Three-Bagger", korrigierte Hayes und schwang seinen Schläger gefährlich nahe an Tompkins' Kopf.

Aber es war weder das eine noch das andere. Weit draußen auf den Tennisplätzen, die das Mittelfeld begrenzten , warf Franklin sich auf den fliegenden Ball und klammerte sich fest an ihn, obwohl er mit der Länge auf den Boden fiel. Er erholte sich und bekam den Ball zurück in die Saison, um Sudbury auf dem dritten Platz zu halten, aber Phil hatte die Platte überquert.

Auf beiden Seiten der Raute herrschte nun Babel, Seaton jubelte über den Lauf, der den Punktestand ausgleichte, und Hillbury über die brillante Leistung ihres Feldspielers.

Hayes war als nächstes an der Reihe. „Nur ein kleiner Hit, Haysey ", flehte Tompkins. „Mehr als eine Sekunde reicht. Machen Sie einen Treffer und ich werde es tun."

Hayes' Reaktion bestand darin, den Ball für zwei Bases über den Kopf des dritten Baseman zu schlagen. Sudbury kam mit dem dritten Lauf ins Spiel, und Tompkins schied unrühmlich aus, indem er dem Pitcher einen einfachen Ball zuschlug. Die Seaton-Hälfte des Innings war vorbei, der Spielstand stand nun drei zu zwei zu ihren Gunsten.

Hillbury kam in ihrer Hälfte nicht weiter als bis zum dritten Platz. Im achten Durchgang gingen die Schlagmänner auf beiden Seiten wie Kegel vor einer Bowlingkugel zu Boden. Die Werfer zeigten ihr Können, jeder Spieler war wachsam und eifrig, der Zufall schien die Treffer selbst in die Hände der Feldspieler zu bringen. Cunningham sprintete sechs Meter weit, um Robinsons Liner zu erobern; Watson wurde mitten auf den Bänken von Hillbury gefoult ; Hayes schaffte einen One-Hand-Stop, der einen Three-Base-Hit versprach. Das Außendienstpersonal verschwendete nicht länger seinen Atem mit Ermahnungen; Die Cheerleader versuchten nicht mehr, die Führung zu übernehmen. Die Menge blieb ihrer eigenen aufgeregten Stimmung überlassen, und an die Stelle von Jubelrufen und Gesängen traten zusammenhangslose Rufe.

Das neunte Spiel begann im gleichen Tempo des schnellen Spiels. Poole flog zur ersten Base, Sudbury schlug zu, Sands traf zur zweiten Base und

Hillbury hatte ihre letzte Chance. Ribot schickte einen Fly weit über das kurze linke Feld, aber Watson rannte zurück und fing ihn auf. Kleindienst schlug über den Kopf des zweiten Baseman; Haley ließ einen Fly im kurzen rechten Feld fallen und wurde Zweiter, während Vincent versuchte, den Läufer auf dem dritten Platz zu fangen. Da nur ein Mann ausfiel und Läufer auf den Plätzen zwei und drei landeten, sah die Hillbury- Situation rosig aus. Die blauen Banner wehten wild; Aber die Anführer von Hillbury brachten ihre Mannschaft noch einmal zum alten Jubel zurück und gaben Webster einen schallenden Volleyschuss, als er mit dem Schläger in der Hand an die Platte trat. In jedem Herzen des gesamten Feldes, bei den Spielern und im Publikum gleichermaßen, schlich sich die Überzeugung ein, dass die beiden Runs, die nötig waren, um Hillbury den Sieg zu bescheren, erreicht wurden und dass Websters Hit sie bringen sollte.

Phil näherte sich dem Diamanten. Er kannte Websters Schlagbilanz wie ein Buch – das Notizbuch, das er so lange geführt hatte. Wenn Webster überhaupt einen Treffer erzielen würde, dann im kurzen linken Feld, außerhalb der Reichweite sowohl des dritten als auch des kurzen Stopps.

Riss! ging der Schläger. Die Hillbury-Leute erhoben sich und stießen ihren Siegesschrei aus, als der Ball sicher über den Kopf des dritten Basemans flog. Haley startete sofort von der zweiten Position; Kleindienst, der an dritter Stelle stand, wartete noch etwas länger, um sicherzustellen, dass Watson seinen vorherigen Spielzug nicht wiederholen würde. Als auch er sah, dass der Ball außer Reichweite von Watson war, warf er alle Vorsicht in alle Winde und machte sich auf den Weg nach Hause, während Haley die Basis nur einen Dutzend Fuß hinter ihm umrundete.

Über den dritten Platz hinaus dachten weder Trainer noch Läufer daran, hinzusehen. Sands selbst, der seine Maske beiseite geworfen hatte und nun hilflos an der Platte stand und sich darauf vorbereitete, den Anblick dieser beiden Siegesserien zu ertragen, die ein fast gewonnenes Spiel in ein sicher verlorenes Spiel verwandeln sollten – Sands selbst hatte die Hoffnung aufgegeben , und beobachtete gleichgültig den Flug des Balls und war fassungslos über die Bitterkeit und Demütigung der Niederlage.

Dann, während er hinsah, überkam ihn eine abrupte Veränderung. Sein ganzer Körper strahlte wie in einer gewaltigen und unerwarteten Freude. Der Treffer erfolgte tatsächlich über dem Kopf des dritten Baseman; Aber der linke Feldspieler, der sich noch immer in seiner gewohnten Position befand, war schnell nach vorne gerannt, um den Ball zu treffen, nahm ihn beim Aufprall auf, bereitete sich auf den Wurf vor und schickte ihn mit dem großartigen Schulterstoß, um den Sands so oft beneidet hatte, geradeaus zum wartenden Fänger. Es sauste an der Schulter des ahnungslosen Kleindienstes vorbei und landete sicher in Sands' Fausthandschuh. Gemächlich, als gäbe es keine Chance für einen Fehler; leicht, als wären solche Stücke eine Angelegenheit der alltäglichen Praxis; Mit einem Lächeln auf den Lippen über die Torheit derer, die um ihn und sein Team fürchteten, bückte sich der Seaton-Kapitän und markierte den ersten Läufer, als dieser hineinschlüpfte, dann trat er vor, um den zweiten zu treffen, und stürzte sich hinter den ersten. Die beiden verblüfften Männer waren beim Wurf auf den Teller draußen, und es war immer noch Seatons Spiel!

Die Partitur:—

SEATON	AB	R	BH	TB	PO	A	E
Vincent, rf	4	0	1	2	1	0	0
Robinson, 2b.	4	0	0	0	3	3	0
Watson, 3b.	4	0	0	0	2	1	1
Poole, lf	4	2	2	2	2	2	0
Sudbury, vgl	4	1	1	1	2	0	0
Sande, c.	4	0	0	0	7	1	0
Waddington, lb.	3	0	1	2	7	0	0
Hayes, ss	3	0	1	2	2	2	1
Tompkins, S.	3	0	0	0	1	1	0
Summen	33	3	6	9	27	9	2

HILLBURY							
Stevens, lf	4	0	0	0	2	0	0
Hood, ss	4	1	0	0	0	3	0
Franklin, vgl	4	0	0	0	2	0	0
Ribot , ca.	4	1	1	3	6	1	2
Kleindienst, 3b.	4	0	1	1	2	3	0
Haley, RF	4	0	1	1	1	0	0

Webster, 1b.	4	0	2	2	11	0	0
Cunningham, 2b.	3	0	2	3	3	2	1
Millan, S.	3	0	0	0	0	2	0
Summen	34	2	7	10	27	11	3

INNINGS	1	2	3	4	5	6	7	8	9
Seaton	0	1	0	0	0	0	2	0	0-3
Hillbury	0	0	0	2	0	0	0	0	0-2

Phil verließ das Feld nach diesem Wurf nicht mehr. Wie er hereinkam, hätte er nicht sagen können, denn die wilde Horde von den Seaton-Bänken traf ihn kurz vor dem dritten Platz, warf ihn in die Luft, kämpfte um ihn und trieb ihn auf der Raute hin und her wie einen Hockey-Puck, der vorbeifliegt das Eis. Als er schließlich freigelassen wurde, suchte er lange nach Dick und Varrell , traurig enttäuscht darüber, dass seine beiden besten Freunde ihn im Moment seines Triumphs so unerklärlicherweise im Stich gelassen hatten.

Als Phil schließlich von den wartenden Spielern gedroht wurde, gewaltsam ergriffen und in den Lastkahn gepfercht zu werden, gab er seine Suche widerwillig auf und kletterte über die Knie seiner ungeduldigen Freunde. Sie fuhren urkomisch durch urkomische Menschenmengen hinunter. Niemand, der diese Erfahrung noch nie gemacht hat, kann sich die köstliche Hingabe vorstellen, mit der sich eine Mannschaft nach langen Monaten des Trainings und der Spannung der glorreichen Freude des Sieges hingibt. Ein jubelndes Feuer von Erklärungen, Erinnerungen und Komplimenten ergoss sich von einem Ende des Lastkahns zum anderen.

„Weißt du, Phil", sagte Sands und gab dem Jungen einen herzhaften Schlag aufs Knie, „ich erwarte nie, dass ich noch einmal so einen Glücksschock verspüre wie damals, als ich sah, wie der Ball in deinen Klauen aufleuchtete und wieder nach Hause ging." mit diesem alten „Schwerkraftanstieg". Als ich es in meinen Händen spürte, hätte ich schreien können! Und zu sehen, wie der arme Kleindienst so nett hereinschlüpfte, mit dem Ball vor ihm, und Haley auf den Fersen, die geradewegs darauf zustürmte – und beide dachten, sie hätten das Spiel gewonnen! Es war reichhaltig!"

„Wie bist du überhaupt dorthin gekommen, Phillie ?" fragte Vincent. „Du gehörtest weit weg."

„Ich wusste, wo er wahrscheinlich zuschlagen würde, und legte mich für ihn ein", sagte Phil bescheiden.

„Schon wieder das Notizbuch!" rief Tompkins, „das elende, kleine, schmutzige Notizbuch! Ich habe das ganze Spiel auf dieses Buch ausgerichtet! Wir sollten es in rotem Marokko binden und zusammen mit dem Ball in der Trophäenschachtel aufhängen lassen."

Sie passierten gerade den Weg, der zum Haus des Direktors führte , als ihnen von einer loyalen Gruppe der zwanzigste Jubel der Anerkennung entgegenschallte.

"Schau da!" rief Watson. „Haben Sie diese Kombination schon einmal gesehen? Da sind der Aristokrat Varrell und dieser seltsame kleine Eddy vorn und Dick Melvin und Bosworth dahinter. Es muss etwas passiert sein, das diese Kerle zusammengebracht hat."

Beim Klang des Jubels drehte sich Dick schnell um und winkte den Siegern im Lastkahn zu, dann wandte er sich wieder seinem Angriff zu. Bosworth hob den Blick nicht vom Boden.

Tompkins warf Phil einen fragenden Blick zu und Phil antwortete mit einem Lächeln und einem Nicken. Er ahnte jetzt, warum seine Freunde ihn auf dem Feld im Stich gelassen hatten.

Die Hauptstraße von Seaton.

KAPITEL XXVII

ABSCHLUSS

DICK saß mit seinem mürrischen Gefangenen im Vorzimmer des Direktors , während Varrell und Eddy mit Mr. Graham im kleineren Raum daneben verschlossen waren. Die Tür dazwischen blieb offen, und sowohl der Gefangene als auch der Wärter lauschten angestrengt, um zu erfahren, wie sich die Ereignisse im inneren Raum abspielten. Obwohl Dick erfreut war, dass das Ende der langen Verfolgungsjagd erreicht war, war er mit seiner eigenen Position im Ziel nicht ganz zufrieden. Er hatte unterwürfig Wache gestanden, während Varrell Bosworths Zimmer durchsucht hatte; Er hatte ebenso unterwürfig gehorcht, als Varrell wieder aufgetaucht war und ihn mit Bosworth zum Haus des Direktors geschickt hatte. Dass er immer noch auf der Hut sein musste, nur weil er nichts von den interessanten Details hörte, die er wissen durfte, war ärgerlich, wenn auch unvermeidbar. Mit dem Gefühl, dass er seine Pflicht erfüllte, fasste Dick alle Kräfte und wartete geduldig.

Durch den Türspalt ertönte das Gemurmel von Varrells Stimme, als er mit leiser, gleichmäßiger Stimme seine Geschichte erzählte, gelegentlich unterbrochen von kurzen, deutlichen Fragen des Direktors , die Dick kaum verstehen konnte. Sofort wurde Eddys Aussage herangezogen. Mit zitternden Lippen schluchzte er Antworten auf die Fragen des Seniors, wie ein schüchterner Zeuge, der die Vorschläge seines Anwalts bestätigt. Als Herr Graham an der Befragung teilnahm, wurde die Stimme des Jungen noch nervöser und schriller. Worte und Ausdrücke drangen zu den eifrigen Ohren im Vorzimmer. Bosworth legte seine vorgetäuschte Gleichgültigkeit ab , setzte sich kerzengerade hin und lauschte mit aller Kraft.

Aber er war dazu bestimmt, wenig zu hören. Eddys jammernde Stimme schoss plötzlich in die Höhe, brach ab und verstummte abrupt zu einem Keuchen und Gurgeln. Ein Stuhl rutschte auf dem glatten Boden aus, und ein regloser Körper schlug mit einem dumpfen Knall auf die harte Oberfläche. In seinem nervösen Zustand konnte Dick sich nicht länger zurückhalten. Er warf seine Polizeiaufgaben über Bord und stürmte in den Innenraum, wo sich Mr. Graham und Varrell über Eddys zusammengebrochenen Körper beugten, Varrell immer noch den Kopf des Jungen hielt, den er dicht am Boden aufgefangen hatte, und der Direktor ihn entsetzt anstarrte das zuckende Gesicht.

„Das passt", sagte Varrell . „Ich habe einen solchen Fall schon einmal gesehen; kommt von Verdauungsstörungen. Du willst seine Kleidung lockern und ihn davon abhalten, sich auf die Zunge zu beißen."

"DR. Kenneth sofort!" rief Mr. Graham, als er Melvin an seinem Ellbogen erblickte.

Dick eilte zurück in das Zimmer, das er gerade verlassen hatte. Es war leer. Er stand einen Moment da und starrte ausdruckslos auf den leeren Raum, dann wandte er sich mit verwirrtem Gesicht den anderen zu.

„Bosworth ist weg!" rief er aufgeregt. "Soll ich-?"

„Holen Sie sofort den Arzt!" wiederholte Herr Graham. „Macht nichts, Bosworth!"

Der Befehl war deutlich, und dennoch zögerte der Junge. Seine Lippen kamen zusammen und öffneten sich in einem „Aber ..." Er kam jedoch nicht weiter, denn Varrell unterbrach ihn, bevor die Nachricht herauskam.

„Beeilen Sie sich, nicht wahr? Hören Sie nicht auf zu reden!"

Es war der scharfe, stechende Ton, in dem die Worte gesprochen wurden, und der warnende Blick, der in Varrells grauen Augen aufblitzte, als er sie aussprach, der Dick aus dem Haus flüchten ließ.

Nach fünf Minuten war er wieder zurück, nachdem er den Schularzt an der Tür seines Büros getroffen hatte. Eddy erwachte bereits wieder.

„Komm, lass uns verschwinden", sagte Varrell , nachdem sie einige Minuten lang schweigend den Operationen zugeschaut hatten. „Sie brauchen uns nicht mehr."

Kaum hatten sich die Türen hinter ihnen geschlossen, begann Melvin heftig: „Na?"

"Also was?" antwortete Varrell kühl.

„Warum hast du mich gezwungen, diesen Kerl gehen zu lassen?"

Varrell lachte. „Weil Mr. Graham offensichtlich wollte, dass er geht. Er hatte seinen Verstand beisammen, auch wenn du deinen Verstand verloren hättest."

"Aber warum?" beharrte Dick.

„Versetzen Sie sich in seine Lage und Sie werden sehen", erwiderte Varrell . „Bosworth ist in den Augen des Gesetzes ein Schwerverbrecher. Herr Graham kann eine Straftat nicht dulden, und er will nicht den Skandal eines öffentlichen Prozesses vor Gericht. Bosworth hat uns geholfen, indem er weggelaufen ist. Er wird in dieser Stadt nie wieder gesehen werden. Kommen Sie jetzt ins Zimmer, und ich erzähle Ihnen alles darüber."

Varrells Vorhersage erwies sich als wahr. Bosworth verschwand plötzlich und vollständig. Seine Mutter kam ein oder zwei Tage später und verbrachte ein paar Stunden damit, die Sachen ihres Sohnes zu packen, und ein paar Minuten mit einem traurigen Interview mit dem Direktor . Den Jungen, die Geld verloren hatten, wurde es durch Herrn Graham zurückgegeben, und die Diebstähle in den Wohnheimen hörten auf.

Der Aufenthaltsort des elenden Bosworth blieb selbst seiner Mutter eine Zeit lang ein Rätsel. Ein Jahr später berichtete Vincent, der seine Mahlzeiten bei Mrs. Bosworth in Cambridge einnahm, dass er einen handschriftlich an seine Vermieterin adressierten Brief mit dem Poststempel „Texas" gesehen habe, den er zu erkennen glaubte. In seinen letzten College-Ferien traf Marks Bosworth selbst unter einer Gruppe von Spielern, die Wetten bei den Profi-Ballspielen in Chicago anboten. Man kann mit Sicherheit sagen, dass sie ihre Bekanntschaft nicht erneuert haben.

Eddy, der von der Last seines Geheimnisses befreit war, erholte sich schnell und wurde bald von seinem Vater nach Hause gebracht. Zum Glück für den reuigen Jungen führte Mr. Eddy, selbst ein alter Seatonianer , ein offenes Gespräch mit Mr. Graham, bevor er seinen Sohn sah, was dem gefürchteten Treffen die Hälfte seiner Schrecken nahm. Für Mr. Eddy war es eine neue Idee, dass ein Junge aus Angst vor der kompromisslosen Härte, mit der sein Geständnis aufgenommen würde, dazu getrieben werden könnte, auf einem bösen Weg weiterzumachen, dem er entkommen wollte. Die Abschiedsworte des Schulleiters trösteten den Vater einigermaßen mit dem Gedanken nach Hause, dass es vielleicht noch eine Chance für den Jungen geben würde, sich in der alten Schule wiederzufinden.

Für Phil, Dick und Wrenn Varrell verliefen die letzten Schultage angenehm ereignislos. Dick hatte zwei friedliche zwei Wochen Zeit, um seine Unterrichtsrede vorzubereiten, die er mit angemessener Ernsthaftigkeit hielt, als wäre sie ein ernsthafter Beitrag zur Weisheit der Welt. Wrenn kehrte zum bescheidenen Tenor seines Lebens zurück; und als Planter in seiner Klassenprophezeiung Varrell eine Karriere vorhersagte, die mit der von Sherlock Holmes konkurrieren sollte, verstand kaum ein halbes Dutzend Mitschüler den Sinn dieser Anspielung. Phil ging am Ende des Schuljahres voller Freude nach Hause und ließ seine älteren Freunde seine fröhliche Anwesenheit vermissen. Sein Studienstuhl wurde mehr als von John Curtis besetzt, der sich dort niederließ, da er der günstigste Ort zum „Mahlen" war – ein Ort, den er während der langen Woche vor den College-Prüfungen nur zum Schlafen und Essen verließ.

John war eher gedämpft, als die letzten Abschiede ausgesprochen wurden, und die Studenten um ihn herum versprachen einander ein baldiges und glückliches Wiedersehen in Cambridge, New Haven, Hanover oder einem anderen der halben Dutzend Orte, die ihre College-Wahl anrief ihnen. Melvin war sehr beunruhigt über den ernsten Gesichtsausdruck des großen

Kerls und die naiven Ausflüchte, mit denen er versuchte, sich nicht auf seine Pläne für die Zukunft festzulegen.

Aber Curtis war nur vorsichtig. Am 4. Juli, als Dick seinem „kleinen" Bruder herablassend bei der ernsten Aufgabe, ein Feuerwerk zu zünden, half, wurde ihm ein Telegramm mit dem Datum „Mt. Desert" und der einfachen Legende zugesandt :

> „Klar, außer Niederländisch. Wir treffen uns, Soldiers' Field, September.
>
> „ JOHN CURTIS. "

Dicks letzter halber Dollar ging an ein Feuerwerk, um die Nachricht zu feiern.